KB237502

향적사를 찾아가다
過香積寺

향적사 어딘지 알지 못하여
구름 봉우리 속으로 몇 리나 들어간다
고목 우거져 사람 다니는 길 없건만
깊은 산 속 어딘가의 종소리
샘물 소리 가파른 바위에거 흐느끼고
햇살은 푸른 소나무를 차갑게 비치고 있네
해질녘 고요한 연못 굽이어 앉아
편안히 참선하며 잡념을 걸어 낸다네

不知香積寺
數里入雲峰
古木無人徑
深山何處鍾
泉聲咽危石
日色冷青松
薄暮空潭曲
安禪制毒龍

우화등선

크라는검仙

Fantastic Oriental Heroes

촌부 新무협 판타지 소설

우화등선 6

촌부 新무협 판타지소설

초판 1쇄 찍은 날 § 2006년 8월 28일
초판 1쇄 펴낸 날 § 2006년 9월 5일

지은이 § 촌부
펴낸이 § 서경석

편집장 § 문혜영
편집책임 § 이재권
편집 § 서지현

펴낸곳 § 도서출판 청어람
등록번호 § 제1081-1-89호
등록일자 § 1999. 5. 31
어람번호 § 제2-0993호

주소 § 경기도 부천시 원미구 심곡1동 350-1 남성B/D 3F (우) 420-011
전화 § 032-656-4452 팩스 § 032-656-4453
http://www.chungeoram.com
E-mail § eoram99@chollian.net

ⓒ 촌부, 2006

ISBN 89-251-0289-7 04810
ISBN 89-5831-954-2 (세트)

6 강호비사(江湖秘事)

우화등선

끄바 登仙

Fantastic Oriental Heroes

춘부 新무협 판타지 소설

목차

6장

제2화 **혈랑비화(血狼秘話)**

하남성(河南省)에는 삼문협(三門峽)이라는 명소가
있다. 협곡 중앙에 위치한 암도(岩島)를 중심으로 세 개의 물길이 흐르
는데, 북류는 인문(人門), 중류는 신문(神門), 남류를 귀문(鬼門)이라고
부른다. 세 개의 문을 흐르는 물길은 급류를 이루어 미친 듯이 휘몰아
친다.

때문에 붙여진 이름이 삼문협으로, 예로부터 장강을 수운(水運)하는
데 가장 어렵다고 알려진 곳 중 하나다.

삼문협에서 조금만 남쪽으로 하강하면 령보(靈寶)라는 고을이 나온
다. 강과 가까워 수운의 이점을 안을 만도 하지만 그렇지만도 않은 곳
이었다.

령보의 귀문산(鬼門山)을 중심으로 화적 떼인 혈랑대가 들끓고 있으
니, 별수없는 일일지도 모른다.

혈랑대의 낭아귀(狼牙鬼) 서문다천은 무림의 고수로, 구파일방의 전통적인 무인에 비할 바는 아니겠지만 이름깨나 날리는 자였다.

마을의 복수를 해보겠다 이를 악물고 떠난 장정들은 모두 주검이 되어 돌아왔다.

평화로울 때라면 관가나 무림지사들에게 도움이라도 청해보겠으나 마교가 들끓는 난세인지라 그들의 도움도 받지 못했다.

"으하하핫!"

그래서 서문다천은 몹시 신이 났다. 아무도 건드리지 않으니 이 얼마나 살 만한 세상인가!

덕택에 오늘도 아무런 고민 없이 령보 구석에서 싱싱한 여인들을 골라올 수 있었다.

"평생 오늘 밤 같았으면 좋겠구나! 그럼 내 황제도 부럽지 않게 살겠다!"

"그러믄요, 그러믄요."

부대주란 자가 알랑알랑 아부를 떨었다. 서문다천은 속내가 뻔히 드러나는 부대주의 몸놀림에 슬쩍 눈썹을 찌푸렸으나, 그래도 기분이 좋다보니 화를 내지는 않았다.

"이놈, 아부는 그만 하고 오늘의 수익을 고해보거라!"

"우히힛, 예, 예. 은자가 마흔 냥에, 쌀을 아홉 섬을 챙겼습죠. 그리고 소를 서너 마리 챙겼고, 비단은 아흔 필을 구했습니다."

"으하하핫!"

은자 수익은 적지만, 비단이 아흔 필이면 적잖은 셈이다. 고작 하루 동안 올린 수입치고는 많다고도 볼 수 있다.

"그리고?"

“그리고… 또……?”

대주가 무슨 소리를 하는지 몰라 주저주저하던 부대주가 눈치를 살살 살폈다.

“이놈아, 계집 말이다, 계집!”

부대주의 얼굴에 화색을 떠올랐다.

“오늘은 또 계집 풍년입니다요, 대주. 총 열두 명의 계집을 구했습죠. 아홉은 처녀고 세 명은 누가 한 배 올랐던 년들입죠. 사내 맛을 본 세 년은 쓸모가 없을 것이고… 아, 처녀 중에 반반한 년이 있는데 그년을 올릴깝쇼?”

“크하하핫!”

잔에 가득한 미주(美酒)를 들어 꿀꺽 삼킨 서문다천이 고개를 끄덕였다. 적잖이 신이 난 모습이었다.

대주의 기분이 좋아 보이자 술자리에 앉아 있던 혈랑대원들의 기분도 좋아졌다.

“이게 모두 대주의 영도력 덕택입니다!”

“허, 그놈. 똑똑하기도 하다. 영도력이라… 영도력. 그래, 내가 영도력이 워낙에 뛰어나단다! 으하하핫!”

누군가의 아부에 기분이 더욱 좋아진 서문다천이 크게 웃었다.

“그래, 오늘의 전리품들을 데려와 보거라! 내 친히 수하들에게 하사하여 줄 터이니!”

짐짓 호기로운 체 서문다천이 웃었다.

오늘 잡아 올린 여인들은 미색이 고와 모두 대주 차지일 터인데, 이처럼 호방하게 자신들에게 여인을 내어준다니 기분이 좋을 따름이다.

수하들은 신이 나서 웃었다.

"감사합니다! 감사합니다, 대주!"

"충성을 다 바치겠습니다! 하핫!"

＊　　　＊　　　＊

어디선가 아부를 하는 외침이 들려왔다. 술자리의 떠들썩함과 취기가 섞인 목소리였다.

"대주가 최고이십니다! 으하핫!"

"…저 소리도 참 듣기 싫구만."

멀리서 들려오는 소리를 조용히 듣던 매화자(賣話子) 강필형이 중얼거렸다. 그는 일찌감치 혈랑채에 잡혀온 몸으로, 노구인지라 죽이기는 좀 찝찝하다 하여 잔일이나 시키려고 데려온 자였다.

그렇게 납치된 지 벌써 석 달이 다 되어가니, 자신의 처지가 한스러울 따름이다.

"어, 어르신… 저희는……."

"저희들은 어찌 되는지요……?"

"……."

매화자는 자신의 뒤에서 오들오들 떨고 있는 여인들을 보고는 한숨을 내쉬었다. 이런 처지들은 자주 보아왔다. 하룻밤 능욕을 당하고 시원찮으면 목이 쳐지거나, 만족스레 색욕을 채워준다면 두고두고 노리개가 될 것이다.

수하들의 수가 많아 모두의 색욕을 채우기가 힘드니, 목숨을 거두지는 않고 두고두고 욕보이려 할 것이 뻔하다.

아마 살아도 사는 것이 아니리라.

“…미안하네.”

“어, 어르신! 탈출할 곳이 아무 곳도 없는지요?”

“어르신, 저에게는 정혼한 사내가 있습니다! 순결을 잃느니 목숨을 버리겠습니다! 부디… 부디 도망칠 수 있게…….”

“그런 곳이 있다면 내가 먼저 도망갔을 것이야.”

매화자는 냉혹하게 말했다. 어차피 버려질 몸이니, 동정을 품어보아야 자신의 마음만 아플 뿐이다.

한마디 한마디가 잔인한 듯 보이지만 그게 또 세상살이이니 어쩌랴!

“…내 한마디만 조언함세. 버티게나. 제발 버텨. 살다보면 다시 좋은 날이 오지 않겠는가. 쉬이 목숨을 끊지만 말아주게.”

너무 많은 죽음을 보아왔던 매화자가 씁쓸한 얼굴로 말했다. 버티기 어려운 일임이 분명하나, 그렇다고 생명을 쉬이 끊는 것도 못 볼 일이다. 그로서는 아낙네들이 독기를 품고 버텨주기만을 바랄 수밖에 없었다.

“어르신! 살려만 주신다면……!”

“방법이 없다니까…….”

매화자가 무어라고 중얼거릴 즈음이었다.

“으하핫! 무슨 작당들이냐!”

고개를 젓던 매화자의 앞으로 옥문이 벌컥 열렸다. 매화자는 얼른 입을 다물었다. 옥 안에 있던 곱디고운 처자들이 공포에 질렸다.

옥 안으로 들어온 사내가 침을 꿀꺽 삼키며 아낙네들을 둘러보았다.

“오늘은 어쩐 일인지 운이 좋구나. 이토록 미색이 고우니… 훗훗, 네년들은 이제 곧 극락을 볼 것이야.”

사내는 클클클 웃으며 아낙네 하나의 머리채를 쥐었다. 그리고는 옥 밖으로 밀어 던졌다.

"서둘러라, 이년들아! 서둘러!"

"꺄악!"

짧은 비명 소리와 함께 아낙네가 밖으로 던져졌다. 아낙네의 얼굴이 절망으로 물들었다.

*　　　　*　　　　*

"그렇게 열두 명의 여린 아낙네는 머리채를 휘어 잡혀 화적 떼 앞으로 끌려가 버리고 말았지."

매화자는 술을 벌컥벌컥 들이켰다.

주점이 차갑게 물들었다.

화적 떼의 공포를 잘 아는 이들은 꿀꺽 침을 삼켰고, 그네들의 행위에 분노한 누군가는 술잔을 쥐고 부르르 떨었다.

"그,·그래서 어찌 되었습니까?"

마침내 기다림을 참지 못한 누군가가 외쳐 물었다.

화적 떼에게 잡혀갔다가 탈출한 매화자는 이야기를 파는 사람답게 신명나게 이야기를 하던 중이었다. 마침 여인네들이 능욕당하기 직전까지 이야기가 왔는데, 매화자가 말은 않고 술만 퍼마시니 뒷이야기가 궁금해 참을 수가 없다.

"캬아, 시원하구만. 본래 이야기를 한다는 것이 참으로 목마른 짓이라네. 자네도 알고 있나? 말을 자꾸 하다 보면 말일세, 입에서 침이 마르고 목구멍이 칼칼해지니 가끔 이렇게 목을 축여줘야……."

"이보게, 점소이! 저 노인네에게 술을 가져다주게! 계산은 내가 하지!"

청년이 외치는 소리를 들은 매화자가 껄껄 웃으며 감사를 표했다.

"하하핫, 거 젊은이가 화통하기도 하지! 그래, 저렇듯 성의를 보이는 데서야 이 노인네도 할 수 없지. 그 다음엔 어떻게 되었느냐면 말이야……."

*   *   *

"꺄아아악!"

"홋홋, 이로서 열두 명 전원을 대령했소, 대주. 대부분 미색이 쓸만하니, 하사하실 여체만을 기대하겠소이다!"

마지막으로 열네 살 소녀의 머리채를 끌고 앞으로 걸어나온 사내가 소녀를 거칠게 밀치며 외쳤다.

서문다천은 고민하는 얼굴이 되었다.

"허어, 이년도 곱고, 저년도 곱구나. 누구를 선택해야겠는지 모르겠는걸?"

"으하핫, 어린것이 장땡이지 않겠소! 저 조그만 년이 제법 쓸 만할 것 같으니, 고 년을 품는 게 어떻겠소, 대주?"

걸쭉한 수하의 음탕한 말이 이어졌다. 서문다천은 고개를 저었다.

"어리면 말이야, 꼬물꼬물한 것이 재미가 없는 법이야. 겁이 너무 많거든. 좀 담대한 년이 걸리면 좋겠는데, 그렇다고 놀아본 년은 싫어. 난 처녀가 좋단 말이지."

"으하하핫!"

진지하게 말하는 서문다천의 말을 농담으로 알아들은 수하들이 신이 나 웃어댔다.

잡혀와 능욕당하고 이제는 요리까지 해다 바쳐야 하는 여인들에게서 안줏거리 몇 접시를 받아 옮기던 매화자는 우울한 얼굴이 되었다.

비명 소리가 듣기 싫어 귓가를 막아보았지만, 들려오는 소리를 어찌 막으랴! 게다가 해야 하는 일이 있으니 별수없다.

"개 같은 놈들……."

매화자는 돼지고기를 투박하게 구운 접시를 들고 술자리로 걸어갔다.

자신과 비슷한 처지의 노인이 술동이를 들고 영차영차 옮기는 것이 눈에 들어왔다.

매화자는 제 처지도 잊고 가련한 듯 그 노인을 바라보았다. 비록 비참한 신세이긴 하지만, 그래도 사지가 멀쩡하고 정신이 똑바르니 아쉬울 것도 없다.

하지만 저 노인은 이미 실혼(失魂)하여 바보가 되어버렸으니, 이보다 안타까울 일이 또 어디 있으랴!

"쯧쯧쯧… 이보게, 화노(花老)."

"응, 응?"

"술동이는 그리 들지 말고 다른 장정에게 맡기게. 혈랑대가 악독하다 하나 순박한 자들도 많더구먼."

"응, 응!"

여든이나 먹었다던데, 노인의 얼굴에는 검버섯 하나 없었다. 어디서 무얼 했는지는 모르지만 주름 하나 없는 노인의 얼굴을 바라보며 매화자는 기묘한 기분을 느꼈다.

"후우, 더 말해 무얼할꼬. 이만 가보게."

"응!"

할 수 있는 말이 몇 개 없는 노인이 주저주저 술덩이를 들고 걸음을 옮겼다.

매화자도 우울한 얼굴로 술자리로 향했다.

"음?"

그때였다.

저 멀리 어디에선가 반짝거리는 빛이 보였다. 커다란 새 같기도 하고, 또 자세히 보면 길쭉하기도 한 무엇인가가 쏜살같이 날아오고 있었다.

"저게 뭐지……?"

매화자는 혼잣말을 중얼거리며 눈을 끔뻑였다. 조금 더 자세히 보려는 것이었다.

하늘에서 번쩍거리는 빛은 굉장히 빠른 속도로 날아가고 있었다. 처음에는 작은 점처럼 보이더니, 이제는 제법 큼직하게 보인다.

"그, 그러니까… 저것이……."

결국 그것은 자세한 형상을 드러내었다. 그것은 한 자루의 검이었다. 하늘을 나는 곧고 현현한 검 위에는 한 소년이 타고 있었다.

"거, 거, 거……."

매화자가 더듬더듬거릴 무렵이었다. 그가 하고 싶은 말을 술자리의 거친 화적 하나가 대신 외쳐 주었다.

"검선(劍仙)이다!"

"검선이다! 세류소선이다!"

"뭣이? 무당의 세류소선?"

술자리는 순식간에 아수라장이 되었다. 자리에서 일어난 화적 떼들은 도(刀)를 챙겨든다, 편(鞭)을 챙겨든다 소란을 피워댔다.

무의식중에 자신을 지키려는 행동들이었다. 겁에 질린 자는 본래 터무니없는 짓도 하는 법이다.

그러나 그게 터무니없는 짓이란 걸 잘 알고 있기에, 화적 떼들은 어느새 공포에 질려 있었다.

"제, 제길⋯ 우린 다 죽었어."

어린 화적 하나가 울먹울먹거리며 말했다. 자리를 채운 다른 화적들도 그와 다르지 않은 심정이었다.

낭아귀 서문다천도 당황했다. 검선이 어찌 알고 이 먼 곳까지 찾아온단 말인가! 협을 행하는 신선이라 했으니, 어쩌면 자신들의 목숨은 여기까지인지도 모른다.

두려움에 떨던 서문다천은 혈랑대원들이 두려움 섞인 얼굴로 자신을 바라보는 것을 알고 얼른 표정을 수습했다.

상황이 개떡같이 돌아간다지만 부하들에게 약한 모습을 보일 수는 없는 노릇이다.

'제길⋯ 생각을 해야 돼, 생각을.'

서문다천은 재빨리 머리를 굴렸다. 그의 무공은 결코 낮지 않으나 무공보다 더 뛰어난 것은 그의 머리, 그리고 언변이었다.

자신보다 무공 수위가 낮은 자를 만나면 거침없이 베어버리고, 자신보다 수위가 높은 자를 만나면 혀를 굴려 살아나야 하는 법이다.

'제기랄, 방법이 없어.'

잠시 머리를 굴리던 서문다천은 아무런 해답도 찾아내지 못했다. 신선을 어떤 말로 꼬드길 수 있겠는가! 불가능하다.

그러다 보니 차라리 될 대로 되라는 마음이 든다. 검선을 설득할 방법이 없으니, 그저 부딪쳐 볼 뿐이다.

소란에 빠진 장내를 둘러보며 서문다천이 준엄하게 외쳤다.

"모두 자리를 지켜라!"

우직한 얼굴의 서문다천이 몸을 일으켰다. 그는 두려움 하나 없는 표정으로 강직하게 서 있었다.

수하들은 겁에 질린 얼굴로 서문다천을 바라보았다.

"대, 대주……."

서문다천은 꼿꼿이 선 채로 날아오는 빛을 바라보았다.

하지만 그라고 겁에 질리지 않을쏘냐! 일반 강호인이라면 한바탕 대적해 보련만, 신선이라면 그럴 수도 없다. 그도 귀가 있으니 세류소선에 대한 이야기는 많이 들어본 것이다.

본래는 허황된 소문이라 하여 믿지 않았지만, 검을 타고 오는 데서야 할 말이 없다.

서문다천은 울고 싶은 심정이 되었다.

사천으로 향하던 청명은 화가 난 얼굴이었다. 하긴, 화가 머리끝까지 날 법도 했다. 굳이 읽지 않아도 불쾌한 인연이 있다는 것이 느껴졌다. 천도에 어긋나도 크게 어긋난 인연이었다.

소나 돼지 대신 사람을 잡던 객잔에서 하루 유숙하던 청명은 인연을 느끼자마자, 한 자루 검을 벗 삼아 날아올랐다.

마침내, 청명과 애검 운혜가 혈랑채에 당도했다.

"무량수불……!"

혈랑대원들은 조그마한 소년이 검 위에서 팔짝 뛰어내리는 것을 목격했다.

　고집스레 앙다문 입술이 화가 났다는 것을 보여주었지만 앳된 얼굴에 치기가 어려 있을 것만 같다.

　본래 당대의 전설인 검선은 아이와도 같다 했으니, 역시 소문이 틀리지만은 않은 것일 테다.

　"거, 검선……."

　두려움 가득한 얼굴로 누군가 말했을 때였다.

　"모두 입을 닫으라!"

　서문다천이 준엄하게 외쳤다. 그는 굳센 걸음걸이로 뚜벅뚜벅 걸어 청명에게로 다가왔다.

　"……."

　청명은 이를 앙다물고 아무런 말도 하지 않았다. 얼음보다 차가운 눈으로 그를 노려볼 뿐이었다.

　마침내 청명의 앞에 선 서문다천이 머리를 숙였다.

　"신선께서 예까지 강림하실 줄은 몰랐습니다."

　"그대들의 하는 모습을 보니, 가만히 있을 수 없었어요."

　청명은 고집스레 말했다. 서문다천은 당황스러움을 애써 가누었다.

　'생각해라, 서문다천! 생각! 살아남아야 하느니, 살아야 한다!'

　재빨리 머리를 굴리던 서문다천은 마침내 적당한 말을 생각해냈다.

　"…하나, 사나이 된 자로서 풍류를 즐김이 무에 그리 큰 흠이 되겠습니까."

　"산이 속세를 떠난 것이 아니라 속세가 산을 떠나는 법이에요. 하물며 그대의 마음이 산도 아니고 속세도 아닌 바에 내 어찌 무시할 수 있겠어요."

청명을 아는 사람이 보았다면 놀랄 만한 일이었다. 신선이 언제부터 이렇듯 달변이었던가!

"그대의 마음은 악(惡)에 물들어 있어요."

서문다천은 다시 이를 악물었다. 잠시 고민하던 그는 마지막으로 꾀를 부려보기로 했다.

"본래 검선 여동빈도 색을 즐기고 주도를 아는 풍류선이라 했습니다. 선인께오서도 선인지경에 올랐으니, 어찌 속세의 삿된 예법에 따르리오? 도에 이르러 삼라만상의 이치를 깨달았으니 예와 법에 구속되지 않을 것이 분명한데, 어찌 속세의 예로 본인을 탓하시려오?"

"……."

자기가 생각해도 참 잘 말했다. 예전에 글줄깨나 배워놓은 것이 이처럼 도움이 될 줄이야.

서문다천은 떨리는 얼굴로 청명을 바라보았다.

"선인께서도 한잔 술에 취해보지 않으시려오?"

*　　　　*　　　　*

"어찌 그처럼 방자한 자가 있단 말인가!"

"제 주제도 모르고 감히 선인을 꾀려 하다니, 그런 개 같은 자가 또 어디 있느냔 말이야!"

매화자는 자신의 이야기 솜씨가 아직 죽지 않았다는 것에 만족했다. 그의 말 한마디 한마디가 끝날 때마다 주점에 난리가 나는 것이다.

선인이 등장했을 때는 캬아, 하고 환호성을 지르며 즐거이 웃는 자가 있었고, 선인의 생김생김을 묻는 사람도 적지 않았다.

마침내 서문다천이 꾀를 부리는 대목에 이르자 마치 곁에서 본 양 화마저 내어주니, 이야기 솜씨가 죽기는커녕 일취월장하지 않았는가!

매화자는 자랑스레 말했다.

"허헛, 노구를 이끌고 산에 오르다 혈랑대에 잡혔을 때만 해도 이 한 생 끝나는 줄 알았더니만, 화가 변하여 복이 된 셈이로구만. 이처럼 선인을 만나는 복을 누렸으니 사실은 내 죽어도 여한이 없네."

"거, 다음 이야기나 해보슈. 그런 같잖은 말에 선인이 넘어갔을 리는 없는 노릇이고."

"…커흠. 이야기라는 것이 본래 노동이라. 때때로 머리를 쓰다 보면 몸을 쓰는 것보다 더욱 힘드니 어찌 배를 채우지 않을 수 있겠는고. 입을 놀리는 것도 제법 어려운 일이란 말이지……."

"제길, 망할 노인장 바라는 것도 많구려! 이보게, 점소이! 저 노인에게 오리 구이라도 가져다주게. 계산은 내가 함세!"

"껄껄, 아까 그 젊은이로구만. 고맙네그려. 그럼 내 계속 이야기를 하지. 아까 누군가가 선인은 그 같잖은 말에 꿈쩍하지 않으실 거라고 했지? 그래, 자네. 자네로구만. 자네는 틀렸어."

"엥?"

취객의 입에서 신음성이 튀어나왔다.

*　　　　*　　　　*

"그대의 말이 맞아요. 본래 신선이란 세속의 모든 인연에서 벗어나니, 악을 보아도 화를 내지 않고 선을 보아도 웃지 않지요."

청명은 고개를 끄덕였다. 기실, 서문다천의 말은 틀리지 않았다. 본래 신선은 인간사에 개입하지 않는 법이다.

인간사에 좋은 일도 많겠지만, 흉흉한 일이 얼마나 많이 일어나던가? 본질적인 문제를 해소하지 않는 이상, 어차피 인간계는 바뀌지 않는 법이다.

한곳에서 악이 창궐하여 해결한다손 치더라도, 다른 곳에서 또 악이 준동하니 도고일척이면 마고일장이라는 소리가 틀린 것은 아니다.

청명은 시무룩해졌다. 대신 서문다천의 얼굴이 밝아졌다.

"으하핫! 그러니, 선인께서도 여기서 한잔하시면……."

"하지만… 나는 아니에요."

"…예?"

청명은 대꾸하지 않았다. 그저 조용히 검을 들어올릴 뿐이었다. 청명이 검을 놓자, 또다시 검이 스스로 진동하여 천지를 가득 메웠다.

"나는 인중선이자 적덕선. 덕을 쌓아갈 거예요."

그것이 청명의 뜻이었다. 세상 모두를 바꿀 수는 없다. 하지만 인간사에 끼어든 바에 눈앞에 보인 일을 못 본 척 지나갈 수만은 없는 일이었다.

"그러니까 나는 그대를 혼내줄 거예요."

"서, 선인……."

청명은 고집스러운 눈으로 서문다천을 노려보았다. 생각을 정리하니 마음이 편해졌다. 속세가 산으로 돌아오면, 아마도 악행은 줄어들 것이었다.

진정으로 덕을 쌓는 일은, 바로 속세를 산으로 불러들이는 일이리라.

반대로 서문다천의 얼굴은 썩은 참치처럼 되어버렸다. 그는 조용히 이를 악물었다. 이제 죽었다.

‘죽었다, 죽었다, 죽었다……’

그런데 죽었다고 생각해 보니 한가닥 미련이 남는다. 그것은 어차피 죽게 될 거 사고 한 번 쳐보자는 심정에 가까운 것이었다.

‘생각해 보면 신선이라고 하나 육신을 입고 있으니, 칼로 찌르면 까짓……’

두려움 속에서 서문다천은 애도를 들어올렸다.

“이런 개 같은! 그럼 죽어!”

서문다천은 필생의 기세로 애도를 휘둘렀다. 초식 하나 없는 절박한 몸놀림이었다.

챙―!

서문다천의 검은 그대로 막혔다, 허공에 뜬 검에 의해.

*   *   *

“그렇게 서문다천이라는 놈의 칼질이 막혔지 뭔가?”

매화자는 잔뜩 신이 났다. 오늘처럼 청중이 귀를 기울이는 날이면 흥분이 밀려 들어온다.

“그래서 어떻게 되었소?”

흥분한 매화자는 침을 튀기며 입을 놀렸다.

“그때 나는 보았네. 천하제일, 아니, 고금제일인을 본 게지. 신선의 무공이란 가히 짐작할 수 없는 경지였네.”

매화자의 이야기가 끊기자 모두들 침묵했다. 매화자는 자랑스러운 얼굴을 한 채로 청중을 돌아보았다.

이야기의 절정에 달하는 부분을 말하려는 듯, 매화자는 뜸을 잔뜩 들이더니 입을 떼었다.

"신선께서는 한 자루 검을 하늘 높이 들어올리시어 검선임을 천명하고는, 곧 검을 공중으로 떠워 올리셨네. 그게 무어겠는가? 바로 강호의 전설이라는 이기어검이지!"

"오오, 대단하구만!"

"그래, 그때 내가 본 것은 검이 허공을 춤추는 것이었네. 마치 살아 있는 검인 양, 제 스스로 움직이는 신묘한 검도였어."

"그래서, 그래서 어떻게 되었소?"

"그렇게 악도들을 모두 무릎 꿇린 세류소선께서는……."

그때였다. 신이 나서 이야기하던 매화자의 얼굴이 당혹으로 물들어 갔다. 술술 나오던 말도 뚝 끊겼다.

"세류소선께서는……."

"그래서? 그때 상황이 어찌 되었길래 그러는 게요?"

"그러게. 거 노인장 뜸을 너무 들이는구만."

매화자의 다음 이야기를 기다리던 청중 하나가 벌컥 화를 냈다. 이야기를 주의 깊게 듣던 주객들도 마찬가지였다. 독촉하는 목소리는 점점 더 커져갔다.

매화자는 당황했다.

"그러니까……."

*　　　*　　　*

청명은 주저함이 없었다. 한 자루 검으로 수백 마교도도 물리친 몸이다. 한낱 화적 떼들이야 무서울 리가 없다.

검, 운혜는 그런 청명의 뜻을 구현했다. 공중을 노닐어 내공을 빼앗고, 그리고 악기(惡氣)마저 빼앗아 버린 운혜는 장내를 크게 선회하고는 청명에게로 다가와 안겼다.

혈랑대는 공포에 질렸다.

"사, 살려만 주십시오! 살려만!"

"저, 저는 처자식이 일곱입니다! 먹고살다 못해 이런 짓을 한 것뿐입니다!"

"너한테 처자식이 어디 있어! 선인, 저를 살려주십시오, 저희 집에는 노모가……."

"너희 어머니는 칠 년 전에 돌아가셨잖아!"

혈랑대는 단숨에 난장판이 되었다. 서로를 밀쳐 내고, 제쳐 내며 청명에게 자신의 사정을 고변하기 시작한 것이다.

청명은 너무 많은 소리들이 들려오자 검선답게 단호히 외쳤다.

"너, 너무 시끄러워요! 모두들 조용히 해줘요."

좌중이 단숨에 고요로 물들었다. 신선의 한마디에 모두 얼어버린 것이다. 청명은 만족의 의미로 고개를 몇 번 끄덕인 다음, 상황을 정리해 보려 노력했다.

"그러니까, 저 도우한테는 노모가 있고, 저 도우한테는 처자식이 있는데 처자식은 칠 년 전에 죽었고… 아니다, 노모가 칠 년 전에 돌아가신 거니까 처자식이 없는 건가요?"

"……."

고요가 한층 더 짙어졌다.

자신이 뭔가 틀렸다고 생각한 청명은 그만 시무룩해졌다.

“…저는 아무것도 모르겠어요.”

“저…….”

침울해진 신선을 바라보며 어린 혈랑대원 하나가 조심스럽게 입을 떼었다.

“서, 선인께서 저희를 어여삐 여기셔서 살려달라는 말씀을 드리는 겁니다.”

청명은 고개를 끄덕였다. 그 말이라면 한번에 하면 될 것을, 왜 그리 돌려 말하는지 이해가 가지 않는다.

“네, 저는 아무도 죽이지 않아요.”

“아…….”

다행이라는 한숨이 터져 나왔다. 누구의 것인지도 모를 한숨이었다. 생명의 구함이라는 것이 이토록 소중하던가!

그간 자신은 생명을 빼앗기만 해왔는데, 빼앗길 위기에 처하니 그 두려움이 온전히 이해가 되었다.

청명은 두려움에 젖은 혈랑대의 사내들을 둘러보았다. 대머리 거한도 있고, 덥석부리 뚱보도 있었다.

청명은 그들 하나하나를 세세히 훑어보다 어느 노인을 발견했다.

“…아?”

신선의 입에서 기묘한 소리가 터져 나왔다. 어딘지 익숙한 얼굴에 무엇인가가 떠오른 것이다.

청명 주위에 있던 사내는 신선이 화노를 보고 고개를 갸웃하자, 얼른 입을 열어 설명했다.

“저 노인은 실성을 한 노친네인데, 차마 죽이기도 뭐하고 해서, 아니, 그러니까… 가련하여 끼니나 챙겨 먹이던 자입니다. 한데, 왜 그러시는지……?”

“…….”

청명의 미간이 살포시 좁혀졌다. 그 얼굴이 낯이 익었다. 하지만 생각을 떠올리려니 쉽지가 않았다.

마치 안개가 낀 듯한 기분, 누군가가 눈을 가리는 기분이었다.

“…….”

한동안 노인을 바라보던 청명은 고개를 저었다.

아무리 생각해도 기억을 떠올릴 수 없는 것이다. 청명은 이내 노인에게서 관심을 접고 다시 주위를 둘러보며 입을 떼었다.

“마음에 악을 품으면 다른 사람보다 자신이 먼저 상하는 법이랍니다. 적으면 얻게 되고[少則得], 많으면 미혹하게 되는 법이에요[多則惑]. 그러니까 욕심을 버리고 다른 사람을 상케 하지 말아요.”

“예? 예.”

청명의 눈에서 파사진기가 엿보였다. 그 눈에 어린 빛은 청명의 입에서 나오는 도담(道談)보다도 먼저 마음에 박혔다.

“굽으면 온전하고[曲則全], 구부러지면 곧게 되고[枉則直], 움푹 파이면 채워지고[窪則盈], 낡으면 새로워지는 법이에요[弊則新]. 마음에 도(道)를 품으면 새로워질 수 있으니, 그대들은 이제 새로워져야 해요.”

“예……..”

“새로워지지 않으면……..”

청명은 말을 하다 말고 멈추고서는 곰곰이 생각에 빠졌다. 예전 운혜 사손에게 배운 것이 기억난 것이다.

운혜 사손은 혼내준다는 말로는 부족하니까, 다른 표현을 써서 강하게 이야기해 줘야 한다고 했다.

기억을 떠올린 청명은 고개를 몇 번 끄덕이고는 아르룽, 이를 악물었다.

"모두 죽여 버릴 테다!"

"……."

좌중은 다시 고요에 빠졌다. 오히려 조금 전이 더 무서웠지, 지금은 별로 무섭지 않았다.

이렇게 생각하면 안 되는 것 같은데, 조금 귀엽기도 했다.

하지만 고요를 겁먹은 것으로 착각한 청명은 만족했다.

"그러니까 지금처럼 살면 안 돼요."

"예, 꼭 바르게 살겠습니다!"

우렁찬 외침이 터져 나왔다.

신선을 뵈었으니 얼마나 신비로운가! 게다가 신선께서 모두 새로워지라고 하셨다.

＊   ＊   ＊

"그러니까……."

신이 나서 이야기를 끌어가던 매화자의 이야기가 완전히 막혔다.

'뭐라고 하지? 뭐라고 해야 할까?

선인께서 모두 죽여 버릴 거라고 협박했다고 하면 뭐랄까, 멋이 없다.

그렇다고 선인께서 귀여워 보였다고 하면 선인의 권위가 박살난다.

"그러니까, 선인께서 그들을 훈계하시어……."

"거, 노인장 끝이 어물쩍 하구만! 그렇게 해서 이야기나 팔리겠어?"

주객 하나가 외쳤다.

이런 소리까지 듣고는 못 참는다. 매화자는 눈을 질끈 감고 이야기를 지어내기로 했다.

"선인께서 탈속적인 풍모로 말씀하시니, 도적들이 어찌할 도리가 있겠는가! 그들은 그저 고요히 뒤로 물러날 수밖에 없었네! 선인께서는 곧 한 자루 검을 타고 하늘로 오르시었는데, 그 검이 또 용이 되어 날아가지 뭔가!"

"……."

흥이 식은 주점이 더욱더 고요해졌다. 매화자의 이야기가 점점 더 허황되게 느껴지는 것이다.

"그뿐인가! 마치 구름이 신선을 영접하듯 길게 깔리었고, 땅마저 요동치며……."

"됐수, 됐수. 그 술이나 맛나게 잡숫고 가시구랴."

주객 하나가 대충 손사래를 치고는 몸을 일으켰다. 곧이어 다른 주객들도 하나둘 몸을 일으켰다.

열성을 토해 과장을 하던 매화자는 울상이 되어 결국 입을 다물었다.

한바탕 이야기가 끝난 뒤인지라, 장내는 한산해졌다. 하지만 그 자리에 곧 새로운 이야기가 들어오리라.

소문이란 본래 그런 법이다.

신선에 대한 소문은 이미 팽배해 있었다.

호북에서 마교의 주구를 물리치고, 마교에 직접 잠입하여 장로들을 박살 내고, 천하제일가에 침입한 마교도들을 물리쳤으며 마교주와도 한판 승부를 벌였다는 소문은 이제 저잣거리 아이들도 줄줄 꿰는 이야기가 되었다.

발 없는 말이 천 리를 간다던가!

장강에 홍수가 났는데 신선의 손질 한번에 물이 역류했다느니, 콧김 한방에 태산이 무너졌다느니 하는 이야기도 흘러나왔다.

그것들은 하나하나 희망이 되었다.

명의 황제의 지엄한 국법에서 사교로 지정한 마교가 득세하고 있지 않은가! 난세에 인물이 난다고, 이처럼 시국이 혼란할 때에 신선이 강림했다는 것은 신비로운 화젯거리였다.

＊　　　　＊　　　　＊

소문은 흘러 흘러 무림맹에까지 번졌다.

하남성 정주의 무림맹은 나날이 갱신되는 소문에 술렁이고 있었다. 하급무사들은 물론이거니와, 구파일방의 제자들까지 신선에 대한 이야기가 마를 날이 없었다.

들으려 하지 않아도 들리는 소문에 무림맹주 남궁세옥, 아니, 마선은 인자한 미소를 지었다.

"허허허……."

재미있는 소문이었다. 손질 한번에 장강 물이 역류했다는 소문이 가장 재미있었다.

'틀린 말은 아니지…….'

마선은 마치 흥겨운 농담이라도 들은 양 웃음을 짓고 있었다. 소문에 따르면 그가 불러일으킨 용권풍은 천선의 손질 한번에 날아가 버리고 만 셈이었다.

잠시 흥미로운 상념에 빠져들었던 마선은 곧 시선을 옮겨 집무실에 내리쬐는 햇빛을 바라보았다. 평화로운 풍경 속에서 이질감이 느껴졌다.

'그보다 천선. 재미있는 사람을 찾으셨더구려?'

갓 선계에 올라 인연의 줄기를 처음 보았을 때, 그는 자신의 미래에 대한 안배를 준비해 두었다.

마교주를 자신의 꼭두각시이자 제자로 만든 것이 첫 번째였다. 그리고 교주를 이용하여 마교를 키운 것이 두 번째, 정도 무림을 평화 속에 밀어 넣어 도태되게 한 것이 세 번째였다.

정도 무림의 저력을 조금이나마 줄여놓는 것. 바로 그것을 위해 무림맹주의 얼굴을 쓰게 되었다.

그리고 얼마 전, 무림맹주의 가면을 위해 준비해 두었던 안배가 천선의 눈에 띄었다.

'그대에게 이것은 화가 될까, 복이 될까? 허헛……'

마선의 눈이 형형하게 빛났다.

'아마도 그대에겐 화가 되겠지.'

*   *   *

이야기가 모두 끝난 객점은 한가했다. 손님들은 이제 얼추 빠져나간 셈이고, 남아 있는 사람이라고는 하룻밤 유숙하려는 여행객들뿐이었다.

추걸개는 이야기의 가장 중요한 부분인 마무리 부분에서 실패해 우울한 얼굴로 앉아 술잔을 들이키는 매화자를 흘끗 바라보았다.

청명의 일행은 이층에서도 잘 보이지 않는 구석에 앉아 있어 매화자는 추걸개를 볼 수가 없었다.

자신의 위치가 완벽하게 가려진 것을 확인한 추걸개가 입을 열어 중얼거렸다.

"거, 누구인지는 몰라도 말을 참 재밌게 하는 친구로구려."

청명은 발그레한 얼굴을 감추느라 정신이 없었다. 자신의 이야기를 남에게서 듣는 것은 어딘지 모르게 부끄럽게 만든다.

"그러니까 며칠 전, 객잔에서 잠시 자리를 비우시는가 싶더니 화적 떼 한 무리를 혼내주고 오긴 게로군요, 선인."

추걸개가 눈을 가늘게 뜨며 청명을 바라보았다.

"네. 저는 이제 인연을 따라가는 것이 아니라 덕을 쌓아야 해요."

청명은 넙죽 고개를 끄덕였다. 청명은 적덕선이 되고자 마음을 먹었다.

추걸개는 한숨을 내쉬고픈 기분이 되었다. 선인의 협행을 말리고픈 생각은 없다. 그러나 현재의 강호는 협행보다는 다른 것을 요구하고 있었다.

마선이라는 또 다른 신선이 천하를 풍파에 몰려고 하지 않던가! 심지어 용권풍까지 자유자재로 불러 모을 정도이니, 마교도의 천하대란이 오히려 가볍게 여겨질 지경이었다.

"하나 서둘러 사천으로 가야 합니다, 선인. 천하대란이 시시각각 다가오고 있는 판에 이토록 시간을 허비하시다니요."

"하지만 하나가 중요하다고 다른 하나가 중요하지 않은 것은 아니에요. 보려고 하는 것만 본다면 정작 봐야 할 것은 놓치게 되어 있는 법이랍니다."

청명은 대수롭지 않다는 듯 추걸개에게 중얼거렸다. 급한 기색이라고는 전혀 느껴지지 않는 어조에 추걸개는 한숨을 내쉬고픈 기분이 되었다.

느긋하게 말하는 것도 열통이 터질 지경인데, 심지어는 걱정스럽게 자신을 바라보며 조언을 하기도 한다.

"본래 천하의 도(道)는 어긋남이 없으니, 막 도우는 너무 걱정하지 말아요."

"…끄응."

추걸개는 앓는 소리를 내며 몸을 돌려 버렸다. 그동안 열심히 선인을 설득해 왔건만, 선인께서는 마음을 돌릴 생각을 전혀 하지 않고 있었다.

귀곡자 역시 마찬가지였다.

마선이 본격적으로 움직였다. 벌써 천선을 제거하고자 자연의 순리를 거슬러 용권풍을 불렀으며, 마교도들을 일으켜 생사의 위험을 건넜다.

마선과 마교의 관계를 생각해 보면 마교주 역시 마선의 꼭두각시임이 분명할 터.

"흐음."

선인께서는 뭔가 생각이 있으신 것일까? 귀곡자는 조심스럽게 청명을 살폈다.

물론 청명에게는 아무런 계획이 없었다. 그저 자신에게 닥친 일을 해야 한다는 것만 알고 있었다. 본래 하늘의 그물은 성긴 듯 보여도 놓치는 법이 없고, 잘못된 것은 반드시 바로잡히게 마련이다.

하지만 도를 깨닫지 못한 일행은 답답하게 느낄 뿐이다.

삐걱―

문이 열리는 소리에 초조한 일행과 너무 느긋한 신선, 한잔 술로 이야기의 마무리가 허술했다는 사실을 잊으려던 매화자가 객점의 문을 바라보았다.

객점의 문 밖에서는 매화가 수놓아진 도복을 입은 도인들이 서 있었다. 그들은 무거운 얼굴로 주위를 흘끗거리더니, 매화자에게로 뚜벅뚜벅 걸어갔다.

운풍자와 추걸개가 불안한 듯 시선을 교환했다. 일층에서는 자신들의 위치가 잘 보이지 않는다지만, 예전에 겪었던 화산의 추적이 떠올리면 안심할 수가 없었다.

"화산이로군. 불길한 생각이 드네만."

"…그렇군요."

무덤덤한 시선으로 화산파의 도사들을 흘끗 바라본 운풍자가 귀곡자를 바라보고는 고개를 슬쩍 끄덕였다.

조용히 자리를 피하자는 신호였다.

귀곡자는 신호를 용케 알아듣고는, 몸을 일으켰다.

매화검수들이 매화자에게 무엇인가를 묻는 소리들이 들려왔다.

"정말 세류소선을 뵌 것이 맞단 말씀이십니까?"

"그, 그렇고 말굽쇼, 도사님. 제가 분명히 세류소선에 구함을 받았다니까요."

"그렇다면, 혹 그분은 어디에 계시는지 아시오?"

"한 자루 검과 함께 하늘로 사라지셨으니, 어디 계신지는 알 수가 없습죠. 아마도 사천으로 가시는 듯하던데……."

"……."

매화검수들은 고민하는 얼굴로 서로를 마주보았다.

"혹여 그분께서 화산에 대한 이야기는 없으셨습니까?"

"예?"

"……."

어리둥절한 매화자의 눈초리에 매화검수들은 한숨을 내쉬었다.

"대답해 주어서 감사하오, 도우. 무량수불."

점잖은 인사와 함께 매화검수들이 몸을 돌려 객잔 밖으로 나섰다. 아무것도 알아내지 못한 그들은 몹시 실망한 듯 보였다.

매화검수들이 객잔 밖으로 빠져나갈 때까지 숨도 못 쉬던 추걸개가 한숨을 크게 내쉬었다.

"어떻게 냄새를 맡았는지 잘도 쫓아왔구먼."

"…으음."

신음을 내뱉는 운풍자의 표정은 조금 색달랐다. 추걸개는 운풍자의 표정에 고개를 갸웃거리더니 수염을 벅벅 긁었다.

"자네, 표정이 왜 그런가?"

무언가 떨떠름한 목소리─여전히 무덤덤한 목소리였지만, 추걸개는 그것이 떨떠름한 목소리라고 생각했다─로 운풍자가 말했다.

"장세협에서 화산파 장문인과 헤어질 때, 그는 순순히 우리를 보내주었지요?"

"그랬었지."

추걸개는 장세협에서 화산파 장문인과 헤어질 때를 떠올렸다. 화산파 장문인은 길게 읍하여 인사하고는 잘 가라고 배웅까지 해주었다.

"만약 화산에서 우리에게 용건이 있었다면 그때 왜 말씀하시지 않았을까요?"

"음?"

그러고 보니 그렇다. 아니, 너무나 당연한 일이다. 화산파에서는 그간 선인을 애타게 찾았으니, 드디어 만난 선인에게 어떤 이야기라도 했을 것이 분명하다.

자신들에게 말하지 않았다면, 어쩌면 사조님께 직접 무언가를 전했으리라.

운풍자가 청명을 바라보며 물었다.

"사조님, 혹 화산파 장문인께서 어떤 질문을 하지는 않던지요."

"네, 아무 질문도 하지 않았어요."

"그렇다면, 혹, 무엇인가를 캐묻지는 않았습니까."

무덤덤한 어조로 운풍자가 물었다. 청명은 곰곰이 생각하더니 이번에도 고개를 저었다.

"아무것도 물어보지 않았어요, 운풍 사손."

"그렇다면 어떤 부탁을 하지는 않았습니까."

"아……."

무엇인가를 떠올린 듯 희미하게 탄성을 내뱉는 청명을 본 운풍자의 입술이 한 일자로 굳게 다물어졌다. 화산파 장문인께서 사조님께 무언가 부탁을 했었나 보다.

"한 가지 부탁이 있었어요, 운풍 사손. 사천으로 가는 길에 잠시만 시간을 내어 진령표국이란 곳에 들러 달라는 부탁이요."

“…….”

장세협을 떠나기 전, 간곡한 어조로 부탁하던 권재후를 떠올린 청명이 고개를 갸웃했다.

“왜 그런가요?”

사조님께서는 그런 약속이 있었다는 것을 왜 말해주지 않았단 말인가! 아무것도 모른 채 사천으로 가는 줄로만 알았던 운풍자의 볼이 살짝 씰룩댔다.

청명은 그것이 중요하지 않다고 생각하는 듯, 대수롭지 않게 웃었다.

“인연이 닿아 있으니, 아마 가기 싫어도 만나게 되었을 거예요, 운풍 사손.”

“…….”

조용히 청명을 바라보던 운풍자가 입을 열었다.

“하면, 사조님. 화산파의 초청에 응할 생각이십니까.”

한참 동안 무엇인가를 생각하던 청명이 고개를 끄덕였다.

“네. 가야 해요.”

“…….”

운풍자는 반대를 외치고 싶었다. 하지만 청명 사조님께 다른 이유가 있는 듯 보여 입을 열지 못했다.

“가야 해요.”

청명은 고집스레 중얼거렸다. 그곳에서 인연이 느껴진다. 어딘지 아련한 추억 같은 인연이 기다리고 있었다.

선계에 오르기 전에 풀어야 할 인연일지도 모른다.

운풍자는 조용히 머리를 조아렸다.

"…그럼, 그리 준비하오리다."

"네."

청명은 고개를 끄덕였다.

*   *   *

청명과 일행이 진령표국으로 향하기로 결정했을 때였다.

사천의 선경루에 앉아 있던 경추추는 수염을 잘근잘근 씹어대고 있었다. 눈앞에 앉아 있는 객잔의 여주인과 한 사내 때문이었다.

물론 객잔의 여주인은 가연이었고, 사내는 당가의 소가주, 당유성이었다.

사장로에게서 천선에 대한 이야기를 들은 가연은 재빨리 객잔을 차지한 손님들을 내쫓았다. 그 다음으로 소연을 얼른 이층으로 올려 보냈다.

그동안 당유성은 노인의 맞은편에 앉아 질문 하나하나에 침착하게 응수하고 있었다.

가장 작고 쭈글쭈글한 노인이 입을 열었다.

"어찌 천선을 알았는가 말해주게."

"그쪽이 먼저 말하는 것이 도리가 아니겠습니까?"

"이보게. 강호의 도의가 아무리 땅에 떨어졌다지만, 그쪽이라니. 내 연배가 자네보다 훨씬 높아 보이네만?"

"당당하시다면 정체를 밝히시지요. 예를 모르는 것은 아니나 최근 들어 사천의 기색이 워낙에 좋지 않으니 무턱대고 믿을 수도 없습니다,

어르신."

"으음……."

대화는 잘 풀리지 않고 있었다. 마교의 사장로들은 땀을 흘리고 싶은 기분이 되었다. 정체를 말하려면 자신들이 마교인이라는 것을 알려야 한다. 그러나 정체를 밝히지 않으면 상대에게서 정보를 얻어내기가 힘들어 보인다.

"귀찮게 이럴 것까지야 있소? 제압해 버리면 될 일을."

성정이 급한 독제 양태승이 불만스레 중얼거렸다. 경추추는 고개를 절레절레 저었다. 마교에서 나왔으나 지금은 마교에 적대하는 입장. 적의 적은 친구인 법이니, 자칫하다가는 정도의 무리들과 안면을 트게 될지도 모른다.

물론, 선인을 무사히 뵌 후의 일이 되겠지만 말이다.

"아니되오. 일단은 고이 수습하는 것이 좋겠소이다. 변명거리라도 만들어보는 게 낫겠는데……."

입술을 달싹여 양태승에게 전음을 보낸 경추추가 수염을 슬쩍 쓸었다.

"아무리 그래도 우리 이름값은 해야 하지 않겠소? 천기신사나 나나 명예가 있는데……."

"끌끌, 마음에 안 드시오?"

제대로 말도 못하고 어물쩍거리던 양태승의 얼굴이 붉어졌다.

"아니, 뭐. 불만이라기보다……."

중얼중얼거리며 시선을 돌리는 것을 보니, 알게 모르게 불만스러워하는 듯하다. 양태승을 바라보던 경추추는 미소를 지으며 고개를 설레설레 저었다.

불만을 가지는 것도 무리가 아니리라. 마교의 사장로의 이름은 그렇게 가볍지 않다. 선인을 만나기 전이었다면, 제아무리 당가의 자제라 해도 자신들 앞에서 건방을 떨지는 못했으리라.

"끌끌, 본 노의 정체를 그다지 가르쳐 주고 싶지는 않구만. 그냥 무명노인이라고 부르게. 다만……."

"다만?"

정체를 밝힐 수 없다는 말에 얼굴을 굳혔던 당유성이 경추추의 얼굴을 훑었다.

"다만 천선에 대한 이야기는 해줄 수 있겠지."

"…좋소."

세류소선 청명 진인에 대한 이야기가 정확하다면 상대를 믿을 수 있을 것 같다. 혹 거짓말을 할 수도 있겠지만 자신에게는 이야기가 진실인지, 아닌지 확실하게 구분할 수 있다는 자신감이 있었다.

선인의 기벽은 실제로 경험한 사람이 아니면 상상할 수 없을 테니까.

"지금이야 촌로로 보이네만, 과거 우리 넷은 함께 강호를 노닐던 무부였다네. 조그맣긴 하지만 강호의 허명도 얻었지."

"별호가 무엇이신지……?"

"워낙에 허명이니 부끄러울 따름일세. 그러니 노부의 얼굴을 봐서 자세히 묻지는 말아주게."

"……."

중요한 질문을 잘도 넘어가는 경추추였다. 당유성은 무언가 수상쩍다고 생각했지만, 어쩔 수 없이 고개를 끄덕였다.

"벌써 은거에 든 지도 이십여 년이 지났구먼. 강호행도 젊을 때나

하는 거지, 나이를 먹고 보면 그 짓도 힘겨워. 우리 넷은 뼈마디가 골
골해질 때 즈음에 은거를 결심했다네. 그리고 심산유곡에 처박혀 무론
이나 나누며 살고 있었는데…….”

“살고 있었는데요?”

당유성 대신 관가연이 물었다. 대단히 관심있다는 듯한 어조였다.
강호의 일이긴 하지만 청명, 아니, 신선에 관련된 이야기라면 한 자락
이라도 더 듣고 싶다.

“어느 날인가 웬 소년이 하나 찾아오지 뭔가? 비록 기골이 장대한
편은 아니나, 겉모습은 그럭저럭 헌앙한 소년이었는데, 마치… 아이와
도… 같은… 사람이었네.”

무언가 하기 힘든 말을 하는 것처럼, 주저주저하며 경추추가 말했
다. 마치 자신이 느꼈던 감정을 부인하고 싶어하는 몸짓이었다. 하지
만 사실이 그러하니 부인하기도 쉽지 않다.

“풉.”

왜일까? 웃음이 치솟아 올랐다. 힘겹게 말을 꺼내는 어르신의 얼굴
때문인 것 같다.

가연은 무림의 어르신들 앞에서 웃음을 참기 위해 온갖 노력을 기울
여야 했다. 그것은 당유성 역시 마찬가지였다.

“크흡!”

“본래 이 나이 먹으면 어지간하면 애로 보이는 법이거든. 그래서 그
소년을 보자마자 ‘꼬마야’ 라고 했지. 그랬더니 어땠는지 아나? 건방지
게도 볼을 부풀리며 노려보더란 말일세. 게다가 그 얼굴이 얼마나 귀
여운지…….”

“푸흡.”

너무나 짐작이 간다. 짧은 시간이었지만 너무나 정이 들었던 얼굴이었고, 그리고 그리운 얼굴이기도 하다.

"게다가 말일세, 우리 넷도 자주 가지 않는 위험한 곳을 천방지축 놀러 나가려 하길래 말렸더니 중얼중얼 투덜대지 않나, 내자가 차려준 식사를 놓고 황제의 식탁을 본 것처럼 황홀한 미소를 짓지 않나… 세상 구경 못해본 철부지가 하나 내려왔나 했지. 그런데 기묘한 것은, 그 아이의 눈에 현기가 있었다는 점이야. 게다가 탈속한 성품이 보였지. 알고 보니 그는……."

"신선이었겠군요."

경추추가 고개를 끄덕였다. 그 얼굴에서는 미소가 떠올라 있었다. 미소는 경추추뿐만이 아니라 곽여휘, 양태승, 설수진 모두에게 드러나 있었다.

얼마 지나지도 않은 일을 먼일처럼 추억하던 그들의 머릿속에 선인의 얼굴이 똑똑히 되살아난 것이다.

행복한 미소가 절로 지어졌다. 어딘가, 청명의 그것을 닮은 미소이기도 했다.

당유성은 그 미소가 무슨 의미인지 잘 알고 있었다.

"믿겠습니다."

경추추의 말을 주의 깊게 들었지만, 결정을 하게 만든 것은 그 말 때문이 아니었다.

그 미소 때문이었다. 어쭙잖지만 당유성에게도 가려진 것과 드러난 것을 구분하는 안목이 생긴 것이다.

저 미소는 무엇인가를 숨기는 미소가 아니다.

"한데, 사천으로 오신 이유는……?"

"그건 저 친구와 관련이 있지."

"음?"

당유성은 수상쩍다는 얼굴로 네 노인과 함께 있던 청년을 바라보았다. 그 청년은 대단히 겁먹은 얼굴을 하고 있었는데, 누구라도 천지가 뒤바뀌고 생강 줄기로 볼따구를 후려 맞은 다음 독에 취해 콜록이게 된다면 당연히 느낄 만한 감정이었다.

"저 친구는 마교도일세."

"쿨럭!"

찻잔을 들어 입가로 가져가던 당유성의 입에서 찻물이 뿜어져 나왔다.

사천에 마교도가 모여들고 있다는 것은 잘 알고 있지만, 성도 한복판에 이렇듯 당당히 마교도가 들어와 있을 줄은 몰랐던 것이다, 그것도 누군가의 포로로.

6장

제3화 늙은 도인[老道]

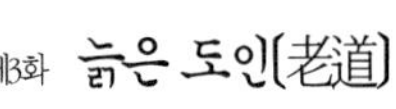

표국의 업무는 본래 강호의 일과는 거리가 멀다. 표국은 기본적으로 운송업에 가까운 성격을 띠고 있는데, 멀리 떨어져 오가지 못하는 온갖 문물을 대신 이송하는 것으로 상업에 속하는 일을 주로 한다.

하나 먼 거리를 오가다 보면 예상치 못한 위험에 마주칠 때가 많은 법. 작게는 야생의 맹수부터, 크게는 산적에 이르기까지 자칫하면 생명이 위태로울 만한 일이 많이 일어난다.

덕택에 표국의 위사들은 이름을 날릴 정도는 아니어도 칼질깨나 하는 사람들이 하게 되어 있는데, 때문에 표국은 상도의를 따르면서도 어느 정도는 강호의 거친 바닥에 한 발 묻어두게 마련이다.

위명이 있는 표국일수록 그렇다. 표물을 안전하게 지켜줄 능력이 있다는 것은, 제법 무명(武名)을 쌓은 무인들이 많다는 소리에 다름 아니니, 강호의 일에서 떠날래야 떠날 수가 없는 것이다.

섬서성에 위치한 진령표국이 바로 그러했다.

"이 일을 어찌 해야 하올는지요."

표중일검 임승준이 물었다. 여성을 밝히는 호색한 성격을 지니고 있
으나 나름 공명정대하고 무공이 대단하여 협객이라는 별칭을 지니고
있는 자였다.

그런 그이니만큼 눈앞에 놓인 서신 정도는 의당 무시해야 하련만,
발신인의 이름을 생각하면 도저히 그럴 수가 없다.

붉은 얼굴에 휘어진 눈썹을 한 중년인이 고개를 저었다.

"우리가 비록 표국을 운영한다 하나, 강호의 도의를 무시할 수는 없
는 법. 응당 무시해야 할 일이 아니겠느냐."

"하오나 아버님, 가업을 한순간에 망칠 수도 있음입니다."

"허어… 그야말로 난감한 일이로고."

중년인, 임가빈이 씁쓸한 얼굴로 중얼거렸다. 그의 시선이 서신으로
내려갔다. 눈이 닿는 곳에서는 보기에도 살벌한 서신이 화려한 필체를
자랑하고 있었다.

미륵께오서 진령표국을 어여삐 여겨 백련교도로 삼으시고자 하니, 진령
표국주 표중일검 임승준은 이달 진일의 오시까지 마음을 정결케 하고 미륵
을 배알하라. 뜻대로 따르지 아니하면 미륵께서 찬히 진령표국을 벌하시리
라.

진일까지는 고작 삼 일의 시간밖에 남지 않았다. 그리고 서신의 발

신인은 다름 아닌 마교.

중년인은 고개를 저었다.

"가업을 저버리는 것이 옳지 않겠는가, 국주. 가업을 다시 일으키는 것이야 언제든 할 수 있겠네만, 마교의 편에 섰다가는 화를 면치 못하리니."

"하오나 아버님, 기반을 모두 잃을 수도 있습니다."

생각해 보면 간단한 일이다. 터전을 마교에게 넘겨주고 몸을 피해 화를 면하기만 하면, 표국을 다시 세우는 것쯤이야 어려운 일이 아니리라.

그러나 그렇게 되면 마교를 피해 도주한 표국의 명예가 땅에 떨어진다. 그리고 자리를 비운 틈에 승냥이 같은 주변의 표국들에게 기반을 모두 잃게 되리라.

본시 상인이란 명분보다는 이익을 쫓는 법, 이는 쉬이 결정할 일이 아니었다.

"선택이야 국주가 하겠네만… 이 아비는 아무래도 마음에 걸리네. 하면, 일전을 불사하고 매화검수를 초빙함이 어떻겠는가?"

"사천에 마교의 무리가 모여드는 바, 매화검수의 대부분은 사천으로 출행했다 하옵니다, 아버님."

"으음……."

사천에 마교도들이 하나둘 모이고 있다는 것은 잘 알고 있다. 천하가 흔들리고 있으니, 매화검수들이 사천에 모이는 것도 당연한 일이리라. 그러나 그렇다고 손을 놓을 수도 없는 노릇 아닌가!

"허어… 하늘이 임가를 버리려는가……."

임가빈은 한숨을 내쉬었다. 도저히 답이 보이지 않는다.

진령표국의 두 부자는 끝을 알 수 없는 고민에 휩싸였다.

*   *   *

고민에 휩싸여 있는 것은 진령표국의 두 부자만이 아니었다. 청명도 그와 크게 다르지 않은 고민을 하고 있었다.

그러나 같은 고민이라고 해도 그 둘 사이에는 큰 차이가 있었다.

"이게 맛있을까요, 아니면 저게 맛있을까요?"

선택의 고민이란 건 가혹하다. 전병이 더 맛이 있을까, 아니면 오리의 내장과 파와 마늘로 만든 꼬치가 맛이 있을까?

청명은 선택의 기로에 서 있었다.

"둘 다 사 먹는 게 어떻소? 나도 둘 다 먹고 싶은데."

먹을 거라면 절대 빠지지 않는 추걸개가 희희낙락 웃으며 참견했다. 본래 선택하기 힘들 때는 두 가지 모두를 택하는 것이 옳다.

청명의 얼굴도 밝아졌다.

"아, 그러면 되겠……."

"아니 됩니다."

두 가지 모두를 사 먹을 만한 돈이 없다는 것을 잘 아는 운풍자가 말했다.

얼마 전, 장세협의 용권풍을 막아낸 이후로 일행은 몸을 추스를 새도 없이 사천으로 출발해야 했었다.

강호에 닥친 암운을 생각하면 쉴 틈이 없었으니까.

문제는 몸을 추스를 새도 없이 이동했다는 것. 그 말의 뜻은 돈이 모자라다는 뜻이다.

“두 가지 모두 추후에 드셔야 할 듯싶습니다.”

무표정한 얼굴로 감정을 숨긴 운풍자가 말했다. 청명의 볼이 단숨에 부풀어 올랐다. 아직 경제 개념이 없는 청명으로서는 당연한 일이리라.

운풍자는 민망한 기분을 느끼며 고개를 돌렸다.

“왜 안 되나요?”

“사조께서 그간 베푸신 자금이 적지 아니하지 않습니까. 비밀리에 가지고 있던 전표마저 모두 소용하였습니다.”

“……”

돈이 없는 두 번째 이유는 그간의 협객행 때문이었다. 적덕선으로서 인간사에 적극적으로 개입하기 시작한 청명은 가진 돈을 펑펑 쓰고 다녔다.

“시간 또한 촉박합니다. 한시 바삐 서둘러 진령표국으로 가야 하옵니다, 사조.”

운풍자는 무덤덤히 말을 이어나갔다. 좌판에 깔린 음식을 먹을 돈도 없거니와 시간도 없다.

“하지만… 하지만……”

아쉬운 얼굴로, 그것도 엄청나게 아쉬운 얼굴로 청명이 좌판을 돌아보았다. 맛있어 보이는 오리 꼬치가 먹어달라고 유혹하는 듯하다.

그러나 운풍 사손은 단호히 고개를 돌렸다.

‘앞날을 대비하자면 자금이 필요할 터. 진령표국에 무당의 이름으로 전표가 맡겨져 있을 것이니 여차하면 그것을 찾아야겠다.’

진령표국의 규모는 결코 작지 아니하다. 화산에서 무당으로 오는 표물은 진령표국이 주로 맡고 있으니, 무당의 이름으로 전표 몇 장쯤은 맡겨져 있으리라.

운풍자는 무덤덤한 얼굴로 걸음을 옮겼다.

"운풍 사손, 전병 한 개면 되는데……."

청명이 애처롭게 졸랐다. 운풍자는 무시했다.

"저기, 운풍자 자네, 엄청나게 쪼잔하구만. 본시 없으면 없는 대로 사는 법이라네! 고작 한생에 얼마나 많은 돈을 지니겠다고 그러는가!"

추걸개가 윽박지르듯이 졸랐다. 운풍자는 그마저도 무시했다.

"사형……."

마지막으로 운혜가 졸랐다. 운풍자의 걸음이 멈추어졌다.

"나, 나도 먹고 싶은… 데……."

시무룩한 얼굴로 운혜가 운풍자를 바라보았다. 운풍자는 무표정한 얼굴로 시선을 돌려 운혜를 바라보았다.

운혜는 운풍자와 시선을 마주치자마자 애교 섞인 웃음을 지었다.

"구리 부스러기밖에 없다는 건 잘 알지만, 조금만 먹고 가요. 사조님도 잡수고 싶어하시잖아요."

사조님이 잡수시고 싶어하신다는 것. 그것이 바로 주전부리를 조르는 이유였다. 사실 꼬치는 규율을 중시하는 운풍 사형이 허락할 리 없고, 전병은 별로 내키지도 않는다.

하지만 사조님이 잡숫고 싶어하니, 한번쯤은 애써보는 것도 좋으리라.

운혜는 청명을 위해 운풍자를 조르는 것이었다.

"……."

차가운 시선이 운혜를 향했다. 운혜의 얼굴을 세세히 훑어보던 운풍자가 한숨을 내쉬며 고개를 돌렸다.

“불가.”

“…쳇.”

귀여운 투정이 들려왔다. 운풍자는 차가운 태도로 고개를 저었다. 진령표국이 머지않으니 그곳에서 따듯한 식사를 할 수 있으리라.

그러나 마음속 깊숙한 곳에서는 다른 생각이 떠오르고 있었다.

운혜 사매는 자신을 위해 주전부리를 먹자고 조르는 것이 아니다. 그것은 사조님을 위해서다.

짧은 상념에 빠져 있던 운풍자는 눈을 질끈 감았다 떴다. 그리고는 평소와 다름없는 목소리로 출발을 알렸다.

“…그럼 가시지요.”

‘무량수불…….’

운풍자는 마음을 다스려 머릿속을 비웠다. 이런 생각은 불경한 생각이다. 행여 사조님께 허튼 마음을 먹게 될까 두려워 운풍자는 재빨리 걸음을 옮겼다.

무표정한 그의 얼굴 탓에 아무도 그의 감정을 추측하지 못했다. 단 한 명, 귀곡자만 제외하고.

일행의 곁에서 있는 듯, 없는 듯 서 있던 귀곡자는 희미한 웃음을 흘렸다.

“끌끌…….”

젊은이란 본래 풋내를 풍기는 법이다. 늙은이의 경륜으로 그것을 알아보는 것은 추걸개 같은 칠푼이가 아닌 이상 쉽다.

제아무리 도사라지만, 음양이 서로 끌리는 것뿐이니 무에 다를 게 있겠는고? 얼굴은 비록 무표정하지만, 그 속내는 지금 대단히 복잡하리라. 운풍자는 자신의 외손녀를 연모하고 있는 것이 분명하다.

귀곡자는 자랑스레 운혜를 돌아보았다.

'그래, 본래 네 어미도 미색이 출중했느니라. 끌끌, 피가 어디 가는 법은 없지.'

생각해 보면 자신도 예전에 풍류공자 소리깨나 듣고 살았다. 게다가 손녀까지 이리 이쁘니, 이 얼마나 좋은 일인가!

"재수없게 웃긴. 다 늙어서 그리 웃으면 구토를 유발하는 법이니라, 이 노망난 늙은이야."

"……."

젊은이의 풋내도 감지하지 못하는 칠푼이가 타박을 했다. 하지만 모처럼 기분이 흡족하니 유쾌하기만 하다.

"하긴, 그야 그렇지? 늙으면 본래 손주들이나 껴안고 살아야 하는 법이야. 암, 그렇고 말고. 손주가 이쁘면 이쁠수록 노년이 행복한 법이지."

"…거, 자랑은 더럽게도 하는구만."

귀곡자의 손녀가 누구인지 잘 아는 추걸개가 헛웃음을 흘렸다. 뒤늦게나마 피가 끌리는 것일까? 알게 모르게 귀곡자는 운혜 도고를 열심히 챙겨주고 있었다.

운혜 역시 귀곡자를 바라보는 시선이 남다르다.

"귀곡자 노선배, 그렇게 웃으시니 보기가 좋아요."

"응? 헛헛, 도고가 그리 말씀하시니 더 자주 웃어야겠구만."

"맞아요. 본래 웃으면 복이 온다는 소리도 있잖아요. 꼭 우리 할아버지 같기도 하고."

"……."

귀곡자의 얼굴이 굳어졌다. 당황한 귀곡자는 서둘러 추걸개를 바라보았다. 추걸개의 얼굴도 굳어졌다.

노선배들의 얼굴이 굳어진 것을 불쾌함으로 착각한 운혜가 얼른 말을 돌렸다.

"그러니까… 제게 할아버지가 없긴 하지만, 있다면 그런 미소를 지을 것 같다는 뜻이에요. 할아버지라고 불러서 죄송해요, 노선배."

귀곡자의 얼굴에 안도감이 깃들었다. 운혜 도고는 아무것도 모른 채, 그저 핏줄의 이끌림을 느낀 것뿐이었다.

그리 생각하니 안 그래도 흡족하던 기분이 더 더욱 흡족해진다.

"응? 할아버지가 없다니, 쓸쓸한 삶을 살았구만. 혹시 도고가 내키거든 나를 할비라 불러도 좋네."

"…아, 그럴 필요까지는 없어요, 노선배."

부끄러웠는지 얼굴이 발그레해진 운혜가 얼른 고개를 돌렸다. 추걸개는 피식 웃고는 대신 화제를 바꾸었다.

"그런데 화산에서 왜 그렇게 선인을 찾을꼬?"

실실 웃으며 운혜를 보던 귀곡자가 대꾸했다.

"글쎄. 나도 감이 쉬이 잡히지 않는구만. 자네들 이야기를 들어보니 예전부터 선인에 목을 맸던 모양인데."

"그러게 말일세. 한데 아무리 생각해도 이유를 모르겠어. 운풍자 자네는 어찌 생각하나?"

추걸개와 귀곡자의 대화를 주의 깊게 듣던 운풍자가 고개를 저었다.

"저 또한 짐작이 가지 않습니다. 다만 악의보다는 호의에 가까우니 믿어도 되지 않을까 싶을 뿐입니다."

운풍자는 조용히 시선을 돌려 청명을 바라보았다. 청명은 그 시선을 전병을 사주겠다는 시선으로 착각했다.

“저는 전병이 좋아요.”

“…….”

운풍자는 한숨을 내쉬고픈 기분이 되었다. 그것은 추걸개와 귀곡자 역시 마찬가지였다.

청명은 전병을 사주려는 시선이 아니라는 것을 깨닫고는 곧 시무룩해졌다. 운풍자의 무표정한 얼굴이 청명을 살폈다.

“무량수불.”

자그맣게 도호를 읊조린 운풍자가 시선을 떼었다. 사조님께서는 이제 많은 것을 스스로 결정하려 하신다. 사천으로 가는 와중에 진령표국에 들르기로 한 것도 자신들에게 상의없이 스스로 선택하신 길이었다.

“아마 내일쯤에 진령표국에 도착하게 될 것입니다.”

“흐음, 예상외로 빨리 도착하겠구만.”

“예. 하니 서두르시지요.”

추걸개는 고개를 끄덕였다. 얼른 도착해야 하루라도 편히 쉴 수 있으니, 바라던 바다.

일행은 속도를 높이기 시작했다.

＊　　　＊　　　＊

다음날.

진령표국의 문지기를 맡고 있는 무사는 근심 어린 얼굴로 주위를 돌아보고 있었다. 마교가 침범해 온다는 소문은 이미 흉흉하게 돌고 있었다. 무사는 근심 어린 얼굴로 동료를 바라보았다.

"저기 있잖아, 우리 이대로 도망칠까?"

"……."

동료는 한심한 얼굴로 무사를 돌아보았다. 그래도 강호의 칼밥을 먹는다는 자가 적이 무서워 도망치다니. 무인의 수치나 다름없는 생각을 자연스레 하는 것을 보니, 이 친구도 참 한심한 친구다.

"자네도 큰 사람이 되기는 틀렸구만. 어찌 겁부터 집어먹고 도망갈 생각부터 한단 말인가!"

"…그거야, 우리 마누라가 눈에 밟혀서 그렇지."

무사는 우울한 얼굴이 되었다. 혼인을 한 지 이 년도 채 되지 않았다. 알콩달콩하게 신혼을 즐기고 있는데 벌써 목숨이 간당간당한다 하니 두려움이 밀려왔다. 게다가, 얼마 전에는 아내가 회임까지 했다.

"뱃속에 아이가 들어 있으니 내 맘도 그렇지, 뭘. 자네야 처자식이 없으니 걱정할 거리도 없겠지만."

"하긴. 자네 맘도 이해가 안 가는 건 아닐세."

마교도가 온다면 그야말로 생사를 장담할 수 없다. 아마 가장 먼저 목숨을 잃는 것은 자신과 같은 하급무인이 될 것이었다.

"허어, 이럴 때 세류소선이라도 오면 얼마나 좋을꼬."

"세류소선? 무슨 말도 안 되는 소리를. 자네는 신선이 있다고 보나? 그거 알고 보면 터무니없는 소릴세."

"말도 안 되긴! 이미 강호에 신선이 내려왔다는 소문이 팽배하지 않은가!"

"차라리 영웅이 등장했다면 마음이 편할 걸세. 본래 난세에 영웅이 나는 법이니. 한데, 지금 나타난 것은 영웅도 아니고 아예 신선이라지 않은가? 이는 필시 정도무림맹에서 헛소문을 퍼뜨린 게야. 강호를 조금이나마 안정시키려는 게지.”

“…자네는 신선이 아예 존재하지 않는다고 믿는군.”

“검선을 믿기엔 나이를 너무 먹었다네.”

동료는 무덤덤한 얼굴로 앞을 바라보았다.

그때였다.

저 멀리서 화려한 마차가 천천히 다가오는 것이 보였다.

“응? 저게 무언가?”

내공이 낮아 먼 거리를 볼 수 없는 무사가 눈을 가늘게 뜨고는 다가오는 마차를 바라보았다. 마차에 무언가 문양이라도 그려진 듯한데, 거리가 머니 잘 보이지 않는다.

“서, 설마… 마교도가 아닐까?”

겁에 질린 목소리로 동료가 말했다.

“하나 마교도는 진일에 온다 했는데……?”

“이, 이, 일단 내부에 알리세!”

무사 하나가 황급히 동료를 바라보았다. 동료는 고개를 끄덕였다.

“자네가 들어가 보게! 그리고 국주께 알리자마자 서둘러 도망치게!”

조금 전만 해도 큰 인물이 되기는 글렀다고 타박했지만 이제는 정반대의 소리가 튀어나왔다. 무사는 울 것 같은 얼굴이 되었다.

“자네만 두고 갈 수는 없네!”

“아비 없는 자식을 기르고 싶은가! 빨리 안에 알리지 못해?!”

각오 어린 목소리였다. 그러나 채근을 들음에도 무사는 몇 번이나 주저했다. 동료는 생각을 바꿀 여지를 보이지 않고 있었다.

무사는 이를 악물었다.

“내, 내… 자네는 결코 잊지 않겠네.”

"빨리 가!"

동료는 단호히 무사를 보내고 검을 뽑아 들었다. 만약 마교도라면, 자신의 몸을 밟지 않고서는 표국에 들어설 수 없으리라.

무공이 하잘것없으니 자신을 쓰러뜨리기는 쉽겠지만, 자신의 의기는 결코 꺾을 수 없으리라. 이제 생사대적을 마주할 준비가 끝났다.

동료는 어깨너머로 배운 삼재검의 기수식을 취했다.

그래서 마차를 끌고 오던 매화검수들은 몹시 당황했다.

＊   ＊   ＊

"저거… 삼재검의 형인 듯하옵니다, 사형."

"으음……."

화려한 마차를 몰고 있던 매화검수의 얼굴이 불쾌해졌다. 화산의 속가제자 출신인 주제에 본산의 행차에 검을 들이대다니. 경을 칠 일이다.

"이런 무례한 경우가 있나."

"어, 어찌하오리까?"

"내가 장문인께 아뢰지."

대단히 가볍게 생긴 검수 하나가 희희낙락 웃으며 몸을 돌렸다. 장문인께 잘 보일 기회라고 생각한 것이다. 다른 매화검수들이 말릴 새도 없이, 검수는 얼른 마차로 다가가 목소리를 높였다.

"저기, 우리를 공격하려는 듯하옵니다!"

"……."

제자의 보고가 들려오자 화려한 마차에 타고 있던 화산파 장문인 권재후의 입술이 꿈틀댔다. 전전대 장문인이자 전대 검황, 태호 진인이 동석하고 있는데, 이런 망발이라니!

알리지 않고도 제 손으로 처리할 수 있을 텐데, 그러기는커녕 고스란히 고해바치는 제자의 목소리에 권재후의 얼굴이 민망하게 변해갔다.

그는 서둘러 일을 무마하려는 속셈으로 천천히 고개를 돌려 아주 자그맣게 속삭였다.

"제자가 먼저 가서 방문을 알리거라."

"존명!"

…작은 소리로 대꾸한 보람이 없다. 제자는 우렁차게 존명을 외치고는 말을 달려 일행의 앞으로 달려나갔다.

권재후는 한숨을 내쉬고픈 기분이 되었다. 그때, 권재후의 앞에 앉아 있던 작고 쪼글쪼글한 노인이 입을 열었다.

"진령… 표국에……."

가죽과 뼈뿐인 노인이 불쾌한 시선으로 권재후를 바라보았다. 목소리를 낼 힘도 없는지 설설 떨리는 어조였다.

"기별도 하지 않았… 느냐. 쿨럭, 쿨럭!"

"괘, 괜찮으신지요, 사조님?"

"그, 그래……."

가까스로 밭은기침을 내뱉은 노인은 고개를 저었다. 아무렇지도 않다는 뜻이었지만, 목을 움직이는 모습이 애처롭기만 하다.

"사천에 마교도가 몰리고 있다 하나, 암행조의 말에 따르면 사천뿐만이 아니라 천하 각지에 준동이 있으리라 하였사옵니다."

"하… 한데?"

"섬서성도 그다지 안전한 곳은 아니옵니다. 추후 만나게 될 선인과 나눌 대담은 강호를 뒤흔들 비밀이 될 터. 사조님과 선인의 회동을 함부로 알렸다가 마교도의 눈에 띈다면 정보가 새어나갈 우려가 있어……."

"모, 못난 놈… 쿨럭!"

다시 한 번 밭은기침을 내뱉은 노인, 태호 진인이 불만스러운 어조로 말을 이어나갔다.

"그래도 화산의 명예가 있음이야… 화… 산의 명예 말이다. 화산의 장문인이 이리 경망되다면 누가 화산을 우러러볼꼬?"

"명예… 따위가 무에 그리 중요하려고요."

하늘 같은 사조님께 하는 말치고는 불경한 말이었지만, 그렇게 말하는 권재후의 얼굴은 씁쓸했다.

명예와 명분. 그것을 쫓아 얼마나 애를 썼던가! 무당보다 높아지기 위해 사람 됨됨이를 파악하지 못하고 제자를 들였고, 무당보다 높아지기 위해 사사로운 이유로 무당을 깎아내고는 했었다.

그러다가 선인을 뵈었다.

가벼이 숙인 고개에도 깊게 절하는 선인의 겸손함과 짐을 져 나르면서도 불평 하나 없던 무당의 두 형제를 보았다.

그것이 바로 무당을 이끌어가는 원동력이리라.

"도(道)에 충실하면 명예는 절로 따라오는 법이 아니겠습니까……."

"그래도… 그러면 아니… 되는 법이야."

태호 진인의 훈계에 권재후는 씁쓸히 웃으며 생각에 빠져들었다.

장세협을 벗어난 직후, 선인 일행은 무림맹으로 되돌아가지 않았다.

오히려 그 상태 그대로 사천으로 떠나고자 했다.

선인의 하시는 일이니 불만이 있겠냐마는, 화산의 숙원이 걸려 있으니 선인을 그대로 돌려보낼 수도 없는 노릇이었다.

하여 사천으로 가는 길목에 선인을 초청하고 자신 역시 무림맹으로 향하지 않고 바로 화산으로 향했다. 그리고 비밀을 품고 있는 사조님을 모시고 약속 장소인 진령표국으로 달려가는 것이다.

다만 정체를 숨기고 가도 모자랄 판에, 화려한 마차를 타고 가겠다는 사조님의 명을 좇아야 한다는 것이 마음에 걸릴 뿐이다.

"선인께서도 머지않아 도착하실 겝니다."

"그래… 그분은 꼭 뵈어야지."

노인은 고개를 돌려 마차 밖을 바라보았다. 조용히 움직이는 풍경을 바라보던 노인의 귓가에 자그마한 목소리가 들려왔다.

"예? 마교도가 아닌 화산파의 분들이라굽쇼?"

"그렇다! 우리를 마교도로 보다니! 눈이 있어도 보지 못하는 놈이로구나!"

누군가가 다투는 목소리였다.

*　　　*　　　*

화산파에는 천덕꾸러기 한 명이 있다. 이놈은 도를 보고자 화산에 입문한 놈도 아니고, 그렇다고 무공을 배우고자 입문한 놈도 아니다.

돈을 처발라 입문한 이놈은 사천 석가장의 둘째 아들로 이름은 석연승이라 했다.

사실 그는 무당에 입문한 황우자의 동생으로, 그에게 화산파의 멍청

이라고 불리는 인물이기도 했다. 이 평가는 화산파에서도 다르지 않았
다.

"대화산을 무시하고 감히 마교도라니! 이런 어이없는 녀석을 보았
나!"

"죄, 죄송합니다."

민망한 얼굴로 고개를 숙이는 문지기를 보다 못한 석연승의 사형이
그를 말렸다.

"사제, 그만하게."

"아니, 사형. 사형은 가만 있으시오. 이놈이 우리를 마교도로 보지
않소?"

잔뜩 흥분한 얼굴로 따지는 석연승의 얼굴에는 은근슬쩍 미소가 섞
여 있었다. 사실, 천하가 흔들리는 판에 경계를 강화하는 것이 무에 그
리 큰 잘못일꼬? 석연승은 그저 장난삼아 따지는 것에 불과했다.

미리 앞서 화산의 방문을 알리러 온 석연승은 시시덕거리며 장난을
치고 있었다.

마교도의 침입이라는 소리에 놀라 버선발로 달려나오던 표중일검은
흘낏 '화산파' 라는 소리를 듣고 기겁을 했다.

"화산파?!"

우렁찬 목소리가 들려왔다. 한바탕 문지기를 타박하려던 석연승이
흘끗 고개를 돌렸다.

"어? 사형이시구려."

표중일검의 배분은 자신과 같다. 더군다나 화산과의 연을 더욱 다지
기 위해 본산을 자주 방문했던 그이기에, 얼굴도 익히 알고 있다.

석연승을 알아본 표중일검의 얼굴에서 환한 미소가 솟아나왔다.

"지, 진짜로구나! 진짜 사제야!"

"그, 그럼 가짜 사제일까 봐서요."

표중일검에게서 시선을 뗀 석연승이 떨떠름하게 중얼거렸다. 석연승은 불퉁한 얼굴로 문지기를 바라보았다.

"그러나저러나 사형, 문지기 관리를 좀……."

하지만 석연승은 말을 끝까지 잇지 못했다. 잔뜩 신이 난 표중일검이 화드득 달려와 석연승을 품에 안아버린 것이다. 그 얼굴에서는 환희가 빛나고 있었다.

"살았다! 우리는 살았어!"

석연승이 떨떠름한 얼굴로 표중일검을 바라보았다.

"갑갑해 죽겠습니다, 사형! 살긴 뭘 삽니까? 언제 죽을 뻔했었소?"

"너, 너희들뿐이냐? 혹시 다른 매화검수들은?"

"장문인께서 오시는데 다른 매화검수가 빠질 리야 있겠수. 장세협에 들렀던 매화검수들이 무림맹으로 돌아가는 바람에 자리가 많이 비긴 했지만, 장문인께서 급하게 명을 내리시기에 제법 많이들 모아 왔다우."

표중일검의 얼굴이 더 밝아졌다. 장문인이란다, 화산의 장문인.

"으하핫! 우리 정말 살았구나!"

아직도 살았다는 말을 이해하지 못한 석연승이 대꾸했다.

"그런데, 살다니 도대체 뭔 말이우?"

"그게 말이다, 사실은 며칠 전에 서신이 왔는데… 어이쿠, 마차가 왔구나. 저 마차에 장문인께서 타고 계시냐?"

무언가를 설명하려던 표중일검은 가까이 다가온 마차를 보고 얼른 자세를 갖추었다.

표중일검은 마차 속에 장문인뿐만이 아니라 장문인보다 훨씬 대단한 사람이 타고 있다는 것을 모르고 있었다.

하지만 그 사실을 잘 알고 있는 석연승은 다급해졌다.

"이, 일단 안으로 뫼셔야 할 것이 아닙니까, 사형! 서둘러 문을 여시오!"

"이런, 내 정신 좀 보게."

표중일검은 재빨리 문을 열고는 소란스러운 장원을 수습했다. 곧 진령표국에 활기가 어렸다.

연회를 연다, 동네 무관주들을 초청한다 말이 많던 진령표국이 가라앉은 것은 세 시진이 지났을 때였다.

마교도들이 쳐들어온다는 소문이 흉흉할 때에 대화산파의 장문인께서 오셨으니, 표중일검이 얼마나 기뻐했을지는 익히 짐작할 수 있으리라.

그러나 방문한 화산의 장문인은 연회도, 동네 무관주들의 초청도 받지 않았다. 오히려 화산의 검황이자 전전대 장문인이 진령표국을 방문했다는 사실은 비밀로 하고자 했다.

세 시진이 지나자, 진령표국은 가까스로 평소와 다름없는 모습으로 돌아올 수 있었다.

"저긴가요?"

청명은 호기심 어린 얼굴로 진령표국을 바라보았다. 오면서 시전거리만도 세 개나 지났다. 천하가 뒤집혀도 천성은 변하지 않는 법인지, 평상시 그대로의 모습으로 군침을 흘리던 청명은 진령표국을 보자마자 화색이 어렸다.

"그렇습니다."

운풍자가 고개를 끄덕였다. 지금부터는 특별히 몸을 사려야 할 것이다. 화산파가 혹시라도 음모라도 꾸민다면 큰일이다.

"너무 걱정하지 말게나."

귀곡자가 다가와 옆에 섰다. 그는 인자한 얼굴로 운풍자를 돌아보았다.

"하나, 사조님께서 저리 태평하시니……."

"허허헛… 태평?"

운풍자의 말에 귀곡자가 비웃듯 반문했다. 운풍자는 무거운 얼굴로 청명을 돌아보았다.

추걸개가 청명에게로 다가가 아마도 진령표국에서 대접받게 될 먹음직스러운 요리를 설명하고 있었다. 청명은 주의 깊게 그 말을 들으며 열성적으로 고개를 끄덕이고 있었다.

그 모습을 흘끗 바라본 귀곡자는 피식 웃음을 지었다.

"자네의 사조가 얼마나 변했는지 짐작이 가질 않나 보군."

"…예?"

"하긴, 그럴 법도 하네. 늘 함께 있었기 때문이겠지."

청명이 하계로 내려왔을 때부터 한시도 떨어져 본 적이 없던 운풍자이니만큼, 청명의 변화가 잘 느껴지지 않을 수 있다. 본래 늘 보는 모습이 변하는 것은 쉬이 느껴지지 않는 법이니.

그러나 귀곡자는 달랐다. 그 이전에 청명을 본 적이 없는 것은 아니나, 진짜 됨됨이를 안 것은 무림맹으로 가는 길에 포로로 동행했을 때였다.

그때는 마치 아이와 같았다. 무언인가를 궁리하는 모습이 있긴 했으나, 유유자적 세상을 노니는 것과 마찬가지 모습이었다.

그러나 장세협을 건너며 선인은 바뀌었다. 탈속한 성품이 전해짐은 물론이거니와, 앞날을 선택함에 있어 그는…….

귀곡자는 피식 웃으며 말을 돌렸다.

"자네도 저렇게 태평하게 있는 게 나을 게야. 음모를 하도 많이 꾸며봐서 그런가? 이제는 냄새만 맡아도 구린 속을 짐작할 수가 있다네. 화산파에서 냄새가 나지는 않으니, 이 늙은이를 믿어보게."

"……."

"아, 물론 나는 마교도였으니 쉬이 믿기는 힘들겠지. 그럼 신선을 믿어보게."

귀곡자를 바라보던 운풍자가 고개를 끄덕였다. 운풍자는 다시 청명을 바라보았다.

추걸개가 여전히 청명에게 요리에 대해 설명해 주고 있었다.

"그러니까 말이오, 섬서성은 역시 다른 것보다 고기가 유명하다오. 본래 섬서성의 풍광이 좋아 물이 맑고 잡풀이 생하는 법이니, 소부터 돼지까지 건강하게 자라나게 되는 거지요. 오죽하면 고기를 먹으려면 섬서로 가라는 소리가 있겠소?"

말도 안 되는 소리였다. 섬서성에서 목축업이 잘 된다는 것은 그다지 틀린 소리는 아니지만, 목축업이 대표는 아니다.

하지만 고기라는 말은 몹시 유혹적이다.

"그, 그렇군요……."

청명은 조심스레 운혜를 돌아보았다. 그리고 헤벌쭉 웃으며 고개를 끄덕였다.

"맛있는 고기가 있대요, 운혜 사손."

운혜도 마주 고개를 끄덕여 주었다. 청명 사조님은 저런 분이다. 저런 분이라는 걸 인정하고 나니 이제는 어떤 별스러운 행동을 봐도 마음이 편하다.

"운풍 사손, 이제 들어가 봐야 해요. 권 도우는 벌써 들어와 있는걸요."

청명은 추걸개에게서 시선을 돌려 운풍자를 바라보았다. 운풍자의 얼굴이 조금 달라졌다. 청명은 그런 운풍자를 걱정스러운 얼굴로 바라보았다.

"……."

"걱정하지 말아요, 운풍 사손. 도(道)는 없는 듯하나 어디에나 있답니다. 마선이 순리를 역행하려 하나, 그 또한 천리를 어긋나지 못할 거예요."

"…예."

사조님은 확실히 바뀌었다.

운풍자는 알 수 없다는 얼굴로 청명을 바라보며 고개를 끄덕였다. 그리고 곧 출발을 알리려 했다. 그러나 그보다 먼저, 청명이 말했다.

"그……."

"그럼 가요."

"…예."

운풍자의 대답을 들은 청명은 희희낙락 웃으며 걸음을 옮겼다. 운풍자의 마음을 편히 해주었지만, 청명은 여전히 진령표국에서 먹게 될 맛있는 음식들에 혼이 팔려 있었다.

　　　　　*　　　　　　*　　　　　　*

　하늘의 도우심일까? 대화산파에 검을 들이댔는데도 진령표국의 문
지기는 변하지 않았다. 석연승의 짓궂은 놀림에도 불구하고, 진령표국
주 임승준은 문지기를 꾸짖지 않았다.

　화산을 생각해 겉으로 화를 내는 척했지만, 그의 의기를 눈으로 직
접 확인한 탓이었다. 화산파를 마교도로 착각한 어처구니없는 실수에
서 비롯되었으나 그는 목숨을 바쳐 진령표국을 지키려 했다.

　화산의 인사들이 안으로 사라지자, 그는 자랑스러운 얼굴로 문지기
를 바라보며 '자네와 같은 이가 있어 진령표국이 있는 걸세'라고 몇
번이나 되뇌었다.

　그러나 창피한 것은 어쩔 수 없다. 진령표국에 들어가 '마교도가 쳐
들어왔습니다!'라고 외쳤던 문지기의 친구도 마찬가지였다.

　둘은 서로를 보며 어색하게 서 있었다.

　"이게 모두 자네 탓일세. 경망스럽게 마교도라고 지레짐작하긴."

　"그게 무슨 소린가? 처자식이 있으니 얼른 도망치라고 할 때는 언제
고."

　"그러는 자네는 그 말에 감동해 울려고 했잖은가?"

　"뭐……."

　동료가 먼저 웃음을 터뜨렸다. 무사는 뻘쭘하게 그를 바라보았다.
믿음직한 친구다. 강호에 나와 경천동지할 무공을 익히지는 못했으나,
이런 친구를 얻었으니 부끄러울 것도 없다.

　"허헛, 그래도 자네, 참 멋있었네."

　"뭘……."

민망한 듯 동료가 고개를 돌렸다.

고개를 돌리자, 웬 소년이 다가와 서 있는 것이 보인다.

"응?"

"안녕하세요, 도우."

해맑은 웃음을 짓는 소년의 뒤에 두 노인과 선남선녀도 보였다. 그러고 보니 조금 전 멀찍이서 누군가가 다가오는 것을 본 것도 같다. 진령표국이야 서안의 관도 가까이에 있으니, 지나는 여행객이 많은 거야 당연하다. 그래서 보고도 대충 무시했는데, 지금 보니 표국을 찾은 손님인가 보다.

"도우?"

"아, 저는 청명이에요."

"아, 도사신가 보구려."

때에 절어 있긴 하지만, 복장을 보니 푸른색 도복 같기도 하다. 뒤를 돌아보니, 선남선녀들도 푸른색 도복을 입고 있다.

"무, 무, 무당파?"

그제야 상대를 알아본 문지기의 얼굴이 파리하게 질렸다. 화산파의 방문에 이어 무당파의 도사님들의 방문이라니.

"무량수불… 본도의 도호는 운풍이라 하오. 진령표국주께 기별을 좀 넣어주시겠소?"

"우, 운풍?"

문지기의 얼굴이 멍해졌다. 운풍자. 어디서 많이 들어본 이름이다. 강호인이 모여 있는 곳이라면 반드시 들리는 이름이기도 하다.

무당파의 운풍 도장은 세류소선을 봉행하고 있다고 알려져 있으니까.

“하, 하, 하면… 저, 저, 소년이…….”

“본도의 사조님 되시는 분이오.”

“신선…….”

세류소선에 대한 이야기를 믿지 않는다 했던 동료가 사시나무 떨 듯
떨었다. 그리고 돌아가지 않는 고개를 억지로 돌렸다.

“자, 자네가… 들어가 알리게…….”

“그, 그러지…….”

너무나 차분한 반응이었다, 사실 차분한 것이 아니라 놀란 것이었지
만.

곧 문지기는 천천히 몸을 돌려 장원 안으로 깊숙이 들어갔다. 천천
히 걷는 듯하나 문과 멀어질수록 속도가 빨라지더니 급기야는 마구 뛰
어간다.

“국주님! 국주님! 빨리요! 국주님!”

문지기가 그토록 애타게 찾는 국주는 그를 때려죽이고 싶은 심정이
었다. 화산파의 장문인과 검황이 예 계시는데 이 무슨 망발이란 말인
가!

얼굴이 홍당무가 된 국주가 고개를 천천히 돌렸다.

“송구합니다, 장문인. 제자가 얼른 수습…….”

“허헛, 내버려 두시게. 아니, 같이 나가볼까?”

반가운 얼굴로 권재후가 몸을 일으켰다. 그로서는 이 소동의 원인이
무언지 똑똑히 짐작할 수 있었던 것이다.

아마도 신선이 도착하신 것일 게다.

“콜록, 장문… 인은… 그대로 계시게.”

"예?"

검황의 말에 권재후의 얼굴이 당황스러워졌다.

"하나, 세류소선께오서 오신 듯합니다만……."

"그가 찾아오게 하게."

"하나……."

권재후는 고개를 절레절레 저었다. 눈앞에 있는 노인은 꼬장꼬장한 얼굴로 그를 노려보고 있었다.

"그가 찾아오게 하게."

"하나 제자의 배분이 그보다 낮으며, 그는 진실로 존경할 만한……."

"내 배분은… 그보다 높… 아. 내 세수가 얼마… 인지 세기도 귀찮을 지경이잖나, 콜록!"

"…세수 백팔십을 바라보고 계십니다."

노인은 고개를 끄덕였다. 아무리 무공이 극의에 달해도 백이십대를 지나기 전에 세상을 뜬다. 그러나 눈앞의 사조께서는 삼 갑자를 살아오고 있었다.

"게다가… 그는……."

노인은 무언가를 더 말하려는 듯 입술을 오물거리다가 힘이 드는지 고개를 숙였다.

"여하튼 앉아 있게."

권재후는 고개를 끄덕였다. 그리고는 임승준을 바라보며 눈썹을 부라렸다. 얼른 나가보라는 채근이었다.

"속히 나가보겠습니다, 장문인."

안 그래도 빨리 나갈 참이었다. 세류소선이란 말을 들었을 때부터

속이 뒤집힐 것 같았으니까.

임승준은 천천히 내실의 문을 열었다. 문밖에는 엄청나게 당황한 얼굴을 한 문지기가 서 있었다.

"국주! 국주!"

"……."

한심스럽다는 듯 문지기를 바라본 임승준은 조그맣게 화를 냈다.

"안에 어떤 분들이 계시는지 모르는 게냐?! 어찌 이리 경망 되이 구는 게야!"

"바, 바, 밖에……."

"그런데, 정말 세류소선이시더냐?"

"구, 구, 국주가 그걸 어떻게……."

"……."

임승준은 저도 모르게 침을 꿀꺽 삼켰다. 마음속 깊숙한 곳에서 긴장감이 치밀어 오른 것이다.

"가자."

정리가 되지 않는 마음속을 정리하며 임승준이 재빨리 걸음을 옮겼다. 밖에 전 무림을 경동시키고 있는 신선이 와 계신다.

청명은 장원을 둘러보며 부드럽게 미소를 짓고 있었다. 장원은 지나치게 깔끔해 인위적인 느낌을 주었지만, 그 인위적인 틈을 깨뜨리고 생명이 자라고 있었다.

신비로운 느낌을 주는 것은 잘 조경된 정원이 아니라 대리석 위로 자란 조그마한 잡초였다.

청명은 그 앞에 쪼그려 앉았다.

“헤헷.”

헤죽헤죽 웃으며 잡초를 바라보던 청명은 고개를 돌려 운혜를 올려다보았다.

“운혜 사손, 여기 잡초가 자라요.”

“…네.”

운혜는 대충 고개를 끄덕여 대꾸했다. 청명은 그 모습을 서운한 듯 바라봐 주고는 다시 잡초를 바라보았다.

“가끔은요, 무당산의 취란봉이 그리워요.”

“……?”

어리둥절한 시선이 청명을 바라보았다. 하지만 청명은 때때로 그리움을 느끼고 있었다. 그곳에서는 가진 것보다 더 가지기 위해 남을 해하는 자도 없었고, 명예를 위해 남을 깔아뭉개려는 자도 없었다.

물론 세상에 나와 운혜 사손을 만나고, 맛있는 것도 많이 먹고 했지만 그래도 아쉬운 것은 아쉬운 것이다.

“사부도 가끔 보고 싶구요.”

청명은 조그맣게 중얼거리고는 몸을 돌렸다. 운혜는 아무런 말도 하지 못했다. 그렇게 말하는 사조님의 눈가에서 느껴지는 말 못할 처연한 감정 때문이었다.

선계에 오르면 인연이 끊긴다. 그리고 세속과 떨어져 인간이 아닌, 신선이 된다.

그러나 사조님은 때때로 인간, 그것도 어린 아이와 같이 보이면서도 가끔은 신선과 같으니 알 수 없는 노릇이었다.

그것은 인간지도를 깨달으라는 원시천존의 명 때문일까?

운혜가 혼란스러운 눈으로 청명을 바라볼 때였다.

저 멀리서 추걸개의 껄껄 웃는 목소리가 들려왔다.

"으하하핫, 선인이라면 저기 계시오, 국주. 저곳에 계신 분이 바로 세류소선이라오."

청명은 헤죽 웃으며 고개를 돌렸다. 조금 전에 느끼던 처연한 감정은 어디로 사라져 버렸는지 느껴지지 않는 듯한 얼굴이었다.

밝은 얼굴의 청명은 국주에게 머리를 숙였다.

"안녕하세요."

"아… 표중일검 임 모가 신선을 배알하옵니다."

신선이 머리를 숙였으니 방도가 없다. 임승준은 그 자리에서 아예 무릎을 꿇고 큰절을 해버렸다.

청명의 얼굴이 당황스러움으로 변했다.

"이, 일어나세요, 도우."

"세, 세류소선께서 본 표국을 찾아주시니 이 임 모는 감히 뭐라 인사를 드려야 할지 모르겠습니다."

"아……?"

청명이 눈을 데굴데굴 굴렸다. 국주는 천천히 몸을 일으켜 반례한 다음 정중히 본관을 가리켰다.

"화산의 검황과 장문인께서 기다리고 계십니다. 드시지요."

"…네."

청명은 고개를 끄덕였다.

그때였다. 문득 다시 취란봉이 떠올랐다. 인자하게 자신을 품어주던 사부의 얼굴이 다시 떠오른 것이다.

'왜 그럴까?'

알 수 없는 그리움을 느낀 청명은 고개를 절레절레 저어 상념을 지웠다. 덕분에 청명은 장원 안에서 권재후와 함께 서 있는 노인을 볼 때까지 상념에 빠지지 않을 수 있었다.

하지만 노인을 보자마자 겨우 추슬렀던 마음은 단번에 흔들리고 말았다.

그 얼굴은 누군가를 떠올리게 하는 얼굴, 아니, 누군가와 판박이처럼 닮은 얼굴이었다.

"어… 어?"

청명의 입에서 기묘한 소리가 튀어나왔다.

"…자… 네로군. 쿨럭, 쿨럭. 한눈에… 알아볼 수 있겠어."

노인은 쿨럭쿨럭 잔기침을 내뱉으며 청명을 노려보았다. 청명은 부지불식간에 한마디를 내뱉었다.

"사, 사부님?"

청명의 눈이 동그랗게 뜨여졌다. 운혜는 헛바람을 들이켰고, 운풍자의 눈썹이 높이 솟구쳤다. 추걸개는 입을 쩍하니 벌렸고, 오직 귀곡자만이 평소와 다름없는 표정을 유지할 수 있었다.

일행은 자신의 귀를 의심했다. 선인이 사부라고 말할 사람이 있던가? 아니, 선인의 사부께서는 벌써 선계에 오르셨다고 하질 않았던가!

"…쿨럭, 일… 단 앉거라."

"사… 사부는 아닌데……."

청명이 멍하니 서서 노인을 바라보았다.

"일단 앉으래도… 쿨럭, 쿨럭!"

노인의 눈이 부릅떠졌다. 한바탕 역정을 내려던 것이다. 그러나 기력이 쇠해 화를 낼래야 낼 수도 없다.

쪼글쪼글한 노인은 기침을 내뱉으며 괴로워했다.

"사, 사조님, 괜찮으신지요?"

권재후가 얼른 노인에게 다가가 몸을 추슬렀다. 노인은 천천히 손을 저어 괜찮다는 표시를 했다.

"쿨럭, 그동안 이 아이를 꼭 만나보고 싶었지."

노인은 중얼거리며 주위를 한번 둘러보았다. 그리고 눈에 힘을 실어 한 명, 한 명을 노려보았다.

자리를 비켜달라는 무언의 부탁이었다.

하지만 그것도 눈에 힘이 들어갈 때의 이야기. 노인이 왜 저리 노려보나 싶을 뿐, 아무도 몸을 일으키지 않았다.

"……."

노인은 다시 찬찬히 주위를 둘러보았다. 그리고 눈에 조금 더 강력히 힘을 주어 주위를 노려보았다. 안 그래도 늙은 눈에 핏발이 떠올랐다. 조금의 시간이 지나자 눈가가 부들부들 떨리기까지 했다. 하지만 이번에도 누구 하나 몸을 일으키지 않았다.

늙은 도인은 대단히 낙심했다. 자신이 활동하던 시기의 강호는 이렇지 않았다. 그때의 강호는 강자에 대한 예의와 약자에 대한 우의가 살아 있었다.

그리고 무엇보다 눈치가 살아 있었다.

한때나마 강호에 이름을 날렸던 그로서는 과거를 추억하는 것이 당연한 것일지도 몰랐다.

예전 장강마두를 베었을 때 강호가 어떠했던가! 찾아오는 비무객은 무에 대한 순수한 열의로 타오르고 있었고, 자신 또한 그에게 가르침을 내려주며 서로 우의를 다졌다.

그리고 자리를 비켜달라면 비켜주었다.

결코 지금과 같지 않았던 것이다.

청명은 노인이 노려보는 이유가 인사를 하지 않아서라고 판단했다. 자리에서 주춤주춤 일어난 청명은 눈치를 살피며 머리를 숙였다.

"안녕하세요."

"콜록, 콜록……."

늙은 도인은 기침을 내뱉을 뿐 아무런 말 없이 청명을 노려보았다. 얼굴 가득히 불쾌한 기운이 감돌았다. 어색한 시선에 청명의 시선이 점점 아래로 내려갔다.

"아……."

"…자네가 정말 신선인가?"

늙은 도인이 조그맣게 속삭였다. 청명은 고개를 끄덕였다.

"네."

도인은 청명에게서 시선을 떼어 주위를 흘끗 둘러보고는 불쾌한 표정을 지었다.

자신이 강호를 횡행할 때 태어나지도 않았던 거지 하나에, 어디서 굴러먹다 온 건지 모를 늙은이 하나, 그리고 도인으로서의 체통이라고는 조금도 보이지 않는 소녀 하나가 눈에 보였다.

하나도 마음에 들지 않는다.

오직 무표정해 보이는 젊은이만이 영준한 것이 마음에 든다.

저 녀석은 눈치가 있어서 노려볼 때 엉덩이라도 움찔거려 주었다.

"쿨럭, 쿨럭……."

장내를 살피던 도인의 입에서 밭은기침이 튀어나왔다. 노인은 씁쓸한 얼굴로 기침을 마무리했다.

예로부터 생명을 목숨이라 부르는 이유는 따로 있다. 어릴 적에는 단전으로, 자라면서 폐로, 늙게 되면 목으로 숨을 쉰다.

마침내 죽기 직전에는 숨이 목에 걸려 컥컥거리다가 세상을 뜨는데, 자신이 지금 그 꼴이다.

"늙어서 그런 거니 괘념치 말게."

"…예."

"잠시 자리를 물러주겠나."

일행 중에 노인이 둘이나 있건만, 늙은 도인이 허락을 구한 것은 무표정한 젊은이에게서였다. 젊은이는 고개를 끄덕이고는 깊게 시립한 다음, 소녀에게 눈짓을 하고는 몸을 돌려 방을 빠져나갔다.

"…자네들도."

"예? 노선배, 저희는……."

"자네들도 비켜주게."

늙은 도인이 고개를 저었다. 추걸개는 뭐라고 항의를 해보려 했으나 배분으로 봐도, 나이로 봐도, 그리고 무공으로 봐도 자신들이 한참 꿀린다.

추걸개는 마치 아이처럼 입술을 비죽거리고는 자리를 빠져나갔다. 귀곡자가 그 뒤를 따랐다.

"쿨럭, 쿨럭……."

고요해진 방안을 둘러보며 노인이 밭은기침을 내었다. 그래서 청명은 걱정스러운 얼굴이 되어버렸다. 노인의 생명은 어느새 사그라지고 있었다. 곧 죽음을 맞게 되리라는 것이 눈에 보였다. 아니, 어쩌면 이미 죽은 목숨을 억지로 붙여놓고 있는 듯도 했다. 노인에게서 느껴지는 기이한 기운이 생명을 붙들어놓고 있었다.

청명은 모르고 있었지만, 그것이야말로 한때 그를 검황의 지위에 올려놓았던 자하신기(紫霞神氣)였다.

"헐헐, 늙은이 보기가 민망쩍지?"

"…네? 아니, 아니에요."

청명은 강호행을 하면서 자기보다 나이가 많은 사람을 처음 보았다. 아무리 나이가 많아도 자신보다는 나이가 어렸는데, 오늘은 자신보다 무려 서른 살은 더 많은 사람을 만났다.

어려워지는 것은 어쩌면 당연한 것이리라.

"……"

노인은 무언가 하기 힘든 결심을 하는 것처럼 이를 앙다물었다. 그리고는 불타는 눈으로 청명을 노려보았다.

"저, 왜 그러시……."

"개 같은 자식."

평생 도를 갈구했던 도인의 입에서 걸쭉한 한마디가 튀어나왔다.

청명은 그게 무슨 소리인지 이해하지 못해 눈을 몇 번 끔뻑였다.

"…네?"

"개 같은 자식이라고 했다."

청명의 얼굴은 곧 다채로운 변화를 선보였다. 일단은 당혹스러움이 첫 번째였다.

뭐가 어떻게 돼가는지 아무것도 모르는 얼굴이 슬쩍 흔들리나 싶더니, 곧 욕이란 것을 알아채고 울먹울먹거린다.

마지막으로는 무슨 이유인지 알아보기 위해 억울한 궁금증을 가득 품고 노인을 바라보았다.

"왜… 왜……."

노인이 결정적인 한마디를 내뱉었다.

"돼지 같은 놈."

"헛!"

청명의 입에서 신음이 튀어나왔다. 돼지가 되지 않기 위해 어릴 적부터 노력해 왔는데! 청명은 울먹울먹거리며 노인을 돌아보았다.

"나는 돼지가 아닌데……."

"말대꾸하지 마! 넌 돼지가 맞… 쿨럭, 쿨럭……."

노인은 눈을 부릅떴다. 하지만 곧 기력이 다해 기침을 내뱉는다. 청명은 이번에는 걱정스러운 시선을 보내주지 않았다.

뾰로통한 얼굴로 투덜거릴 뿐이었다.

"…아닌데……."

"……."

노인은 더 이상 대꾸하지 않았다. 잠시 고요가 흘렀다. 청명을 바라보던 시선에서 서서히 분기가 가시고 온기가 깃들었다.

그는 고개를 돌려 한숨을 푸욱 내쉬었다.

"그래, 자네를 만나면 꼭 이렇게 해주고 싶었지. 지금보다 기력이 있었다면 몽둥이로 때렸을걸."

무엇인가를 회상하는 듯, 노인이 피식피식 웃어댔다. 아마 그를 아는 권재후가 보았다면 그의 정신 건강을 심히 걱정했을 만한 미소였다.

"소원하던 일을 풀었으니 적어도 속은 시원하네."

청명의 속은 하나도 안 시원했다. 사부를 닮은 얼굴을 만나서 모처럼 기뻤는데, 알고 보니 못된 영감이다.

불퉁한 얼굴로 청명이 고개를 돌렸다.

"흥!"

"…헐헐."

노인은 쓸쓸한 얼굴로 미소를 짓고는 입을 열었다.

"극천무제는 어떻게 세상을 떴나."

청명은 그 말이 무슨 소리인지 몰라 고개를 갸웃했다.

"극천무제요?"

"그래, 극천무제말일세. 말년에 무공을 스스로 폐하고 무당에 든 기인 말일세."

"…누, 누군지 모르는데……."

"아마도 그의 도명이 일현이었을걸세."

"사부님?"

노인은 고개를 끄덕였다. 청명은 어리둥절한 얼굴이 되어버렸다. 사부님의 도호가 또다시 불려지는 날이 있으리라고는 짐작도 하지 못했던 것이다.

노인은 피식 웃음을 지었다.

"아무것도 몰랐나 보군? 전인에게 아무것도 안 알려주다니, 그분답게 냉정하구만. 그분은 내게도 아무런 말도 하지 않았지."

"사부는 냉정하지 않아요."

볼을 부풀리며 청명이 항의했다. 그러나 노인은 고개를 몇 번 젓고는 자신의 말을 계속 이어나갔다.

"아니, 냉정해. 지나치게 냉정하지. 그는 손에 쥔 것을 모두 버리고서 뒤 한번 돌아보지 않을 정도로 냉정해."

"아닌데……."

사부는 언제나 웃는 모습만 보여주었다. 언제나 행복한 듯 웃고, 언제나 자신을 안아주었다. 사부의 얼굴만 생각하면 백오십여 년이 지난 지금도 행복한데…….

"그분께 아들이 있었다는 것도 몰랐겠지?"

"아……."

청명은 노인의 얼굴을 세세히 훑어보았다. 노인의 얼굴에서는 익히 아는 얼굴이 보였다. 그에게서 느껴지는 기운 역시 사부와 다르지 않았다. 얼굴에는 깊은 회한과 그리움, 그리고 원망이 숨어 있었다.

"호, 혹시……."

"그분이 어떻게 세상을 떠났는지 이야기해 주게."

"도우께서 사부의 아들이……."

"이야기하지 못하겠는가!"

다시 노인이 눈을 부릅뜨며 호통쳤다. 이번에는 기침 한번 내뱉지 않았다.

당금 강호에 신선에게 호통을 칠 사람은 아무도 없으리라. 그런데 노인은 거리낌이 없었다. 비록 도에 이르러 신선이 되었으나, 그는 자신보다 아래에 있다. 아니, 아래에 있어야만 한다.

청명은 주저주저 입을 열었다.

"사부는……."

*　　　*　　　*

이제 갓 열 살이나 되었을까?

아직 아이의 몸은 조그마했다.

또래의 아이들보다도 훨씬 작아 보이는 몸이 꼬물꼬물 움직이는 것을 보면 가끔 신비로운 기분이 들곤 했다.

늙은 도사는 조그마한 아이의 움직임을 관찰하며 인자한 웃음을 지었다.

"허허헛……."

"킁— 훌쩍."

절로 흘러내리는 코를 훌쩍거리며 들이마신 조그마한 꼬마는 도복 자락을 아무렇게나 들어 코를 닦았다.

그리고 주위를 두리번거리는 모습을 보아하니, 한동안 땅을 헤집으며 놀던 게 흥미가 떨어졌나 보다.

"사부님, 사부님!"

두리번거리다 늙은 도사를 발견하고 도도도 달려오는 귀여운 아이의 모습에, 인자한 얼굴의 늙은 도사는 다시금 웃음을 지었다.

"오냐, 허허헛……."

바람이 늙은 도사의 흰 수염과 흰머리를 부드럽게 희롱하며 지나갔다.

바람은 웃음소리를 품에 안고 험준한 산세를 지나 취란봉 아래로 내려갔다.

백사십여 년 전, 무당산의 취란봉.

취란봉에는 연단의 법통을 잇기로 예정된 무당의 동량이었으나, 어느 순간부터 서예에 심취해 글이나 끄적거리며 소일하던 일현 진인과 태어날 때부터 그의 품에서 자라왔던 어린 제자 청명이 은거하여 살고 있는 곳이었다.

도가에서 엄격히 금지한 파를 보란듯이 기르는 자그마한 텃밭과 그리고 자연스레 자라는 싱아와 나물, 산딸기 등 먹을 것이 지천에 널려 있는 풍요로운 봉우리가 바로 취란봉이었다.

돌과 암벽, 쓸잘데기 없는 나무들만이 가득한 무당산의 봉우리로 보기엔 이해할 수 없는 곳이리라.

'심어두길 잘했느니.'

취란봉을 가꾸어 둔 일현 진인이 자랑스럽게 웃었다. 이제 언제가 될지 모르는 긴 시간 동안, 제자는 특별히 농사 기술을 배우지 않아도 저절로 자라는 먹거리들을 먹고 자라리라.

"명아."

"네, 사부님!"

청명은 싱글벙글 웃었다.

제자는 거리낌없이 웃는다. 슬플 때는 거리낌없이 울고, 심심할 때는 어찌 노는지는 몰라도 꼼지락거리면서 잘 논다.

태어날 때부터 가져왔던 정기는 하나도 상하지 않았고, 그 마음 역시 인위에 물들지 않았다.

"가서 산딸기를 좀 가져오너라, 사부가 배가 고프느니."

"네!"

청명은 도도도 달려가 눈에 익은 과일들이 널려 있는 자그마한 나무들 사이로 사라졌다.

청명이 떠나는 모습을 바라보며 일현 진인은 하늘을 올려다보았다.

'떠날 때가 되었구나……'

일현 진인은 머나먼 선계를 바라보며 한숨 지었다. 이제 곧 등선의 때가 온다.

"……."

문득 생각하다 보니 땅에 무엇인가가 느껴진다.

근엄하게 머나먼 산길을 바라보던 일현 진인은 마치 당연한 일인 양 부드럽게 땅을 바라보았다.

"산신이 예 계시구려?"

울렁—

땅이 비틀렸다. 아니, 마치 파도가 치듯 땅에 물결이 일었다.

곧 땅이 하늘 위로 솟구치더니, 점점 더 사람의 형상을 갖춰간다.

"음충스럽게 숨어 뭘 하고 계셨소?"

"…허음."

마침내 노인의 모습을 갖춘 무당산의 산신이 능글맞게 웃었다.

"하급 지신 다루듯 하지 말게, 이래 봬도 선계에서 이 품까지 오른 몸이니."

"물론, 품계야 저보다 높지요. 저야 이제 갓 선계 구경을 하는 게 니."

일현 진인은 부드럽게 웃었다. 이제 선계로 올라가면 자잘한 일들부터 맡게 되리라.

원시천존부터 시작해서 적송자니, 검선 여동빈이니, 인중선 종리권이니 하는 쟁쟁한 선배들이 있는 곳이니, 별수야 있으랴!

하나 도를 이루었으니, 그러한 세속적인 경계는 세속적인 것에 불과할 뿐이다.

"허음, 그래, 등선할 때가 다 되었지?"

"예, 삼칠일 안에 좋은 날을 골라 몸을 좀 벗어볼까 합니다."

"시해선으로 오르게?"

무당산의 신령이 의아한 듯 물었다.

"도력 한 올 없는 몸은 구름을 타기도 힘든 법 아니외까. 구십여 년 동안 끌고 다닌 몸, 선계까지 끌고 가기엔 거추장스러울 뿐이지요."

"허헛, 그러한가."

신령이 웃었다.

일현 진인은 걱정스러운 듯 청명이 사라진 취란봉의 기슭을 돌아보았다.

"나야 이제 곧 올라가면 된다지만… 내 제자가 걱정이오."

"호오, 자네 제자님이면 청명 선인 말씀이로군. 그분이야 품계로 따지면 자네보다 높아질걸?"

신령의 말에 일현 진인은 눈을 내리깔았다.

"그 길[道]까지 어찌 가리오. 그 길[道]에 어찌 오르리오. 그간의 고생이 아이의 몸을 피폐하게 할까 걱정이오."

"청명 선인께서는 인중선이요, 적덕선이야. 원시천존께서 도울걸세."

일현 진인은 물끄러미 신령을 바라보았다.

"…돕기는요. 되려 무공을 가르치지 말라 하시더이다."

"뭣?"

신령의 수염이 파르르 떨렸다.

"인세에서 세상을 떠돌려면 어지간히는 호신해야 하거늘, 원시천존님이 청명 선인께 무공을 익히지 않고 세상을 떠돌라 했단 말인가?"

"예."

일현 진인의 대수롭지 않은 대답에, 신령이 눈을 부릅떴다.

"그럼, 마선은? 그의 등선도 머지 않을 터인데?"

"그도 곤륜이 아니면 금오도에 오르겠지요. 선계는 인세에 관여할 수 없으니 등선까지야 막겠습니까만……."

"허엄……."

일현 진인은 문득 신령을 바라보았다.

"…허헛, 그보다 말이오, 아직 정해지지 않은 일인데 잘도 청명 선인이라 부르십니다?"

신령은 너털웃음을 터뜨렸다. 청명 선인이라면 자신의 가장 큰 자랑거리 중에 하나다.

"뭐, 그분이야 이제 뵙기도 힘들어질 터인데 이때라도 많이 불러두어야 하지 않겠는가! 적덕선이 내 품에서 자랄 테니, 화산산신이나 청성산신에게 자랑할 거리도 되고 말일세. 사실 그 산들은 벌써 나를 샘내고 있지."

"허허헛……."

일현 진인이 웃었다. 웃음소리 뒤로 부시럭거리는 소리가 들려왔다.

산딸기를 따러 취란봉을 뒤지던 청명이 산딸기를 찾아 올라온 것이다.

"어이쿠, 청명 선인께서 오시네! 나는 이만 가봄세!"

신령이 호들갑을 떨었다.

그리고는 이내, 땅거미 속으로 사라져 들어갔다.

"……."

일현 진인은 무뚝뚝하게 그 모습을 바라보았다.

"제자를 잘 부탁하오, 산신."

"아, 알았네! 걱정하지 말게나! 적어도 도를 닦는 동안 먹을 것 걱정은 없게 해줌세!"

"…허헛."

청명이 오고 있었다.

"사부님! 여기 산딸기를 따 왔어요!"

청명이 품에 한아름 산딸기를 지니고 달려왔다.

얼른 오고 싶어 도도도 달려오는데 산딸기 몇 개를 떨어뜨리기 일쑤요, 걸음도 뒤뚱거린다.

"조, 조심하거라!"

"으앗!"

콰당—

적덕선으로 원시천존 바로 아래 서게 될 아이가 콩, 넘어지는 것을 보며 일현 진인이 한숨을 내쉬었다.

"…아, 아파요… 사부."

"그래, 아파 보이는구나. 이리 오너라."

일현 진인의 손짓에 절룩거리며 청명이 다가왔다.

일현 진인은 손을 들어 청명의 까진 무릎을 어루만졌다.

아무렇지도 않게 지나가는 손길 위로, 청명의 까진 무릎이 나았다.

보통 사람이 보았다면 까무라칠 광경을 아무렇지도 않게 선보인 일현 진인은 씁쓸히 웃었다.

'제자는 이것이 당연한 줄 알 테지.'

마음이 이르는 길을 따르는 것이 당연한 줄 아는 아이니, 아직 자신이 그것을 할 수 없다는 것을 알 뿐, 그것이 인간이 할 수 없는 일이라는 것은 모른다.

아마 평생 불가능과 가능의 경계를 모른 채 그렇게 자라리라.

청명은 무릎을 수습했다.

"아야야……."

"이제 넘어지지 않도록 조심해야 할 게야. 그래, 산딸기가 있는 곳은 잘 봐두었누?"

"네, 사부님. 이제 저는 산딸기가 어디 있는지 알아요."

청명이 고개를 끄덕이며 말했다.

"그래, 잘 기억해 두어야 하느니. 사부가 없어도 그 자리로 가면 먹을 게 있을 게야."

"사, 사부님… 어디 가세요?"

미래를 감지한 듯, 불안한 눈동자가 자신을 올려다본다.

"허허헛……."

어리고 어리기만 한 아이다. 자랄 수 없는 아이다. 선계에 오르기까지 이대로만 살아야 할 아이다.

'백오십 살이 되는 것이 아니라, 여덟 살인 채로 백오십 년을 살게 되겠지…….'

자신이 그리 키웠으니 뭐라 말할 거리도 없다. 일현 진인은 부드럽게 웃었다.

"자, 이제 딸기를 먹자꾸나."

"네에!"

일수유도 지나지 않아 걱정도 잊은 듯, 신이 나서 흥얼거리며 딸기를 향해 덤벼드는 청명을 보던 일현 진인은 시선을 돌려 하늘을 바라보았다.

'원시천존이여… 아이의 앞날을 보우하소서.'

해가 져가고 있었다.

삼 일 뒤.

청명은 늘어져라 자고 있었다. 뒤척뒤척거리는 몸을 보니 전날 이리저리 움직였던 것이 피곤했나 보다.

하지만 별수없었다. 앞으로 홀로 도를 닦아야 할 테니, 먹을거리가 어디에 있는지는 알아둬야 할 일이다.

취란봉은 자그마한 모옥도 한 채 없이 허허로웠다.

일현 진인의 가르침은, 비가 내리면 비를 맞고, 해가 더우면 햇살을 쬐는, 좋게 말하면 자연을 배우는 것이고 나쁘게 말하면 아이를 방치해 두는 것이었다.

하지만 그런데도 청명은 잘 잔다.

도롱— 도롱—

어지간한 추위도, 어지간한 더위도 이겨낼 수 있는 것은 일현 진인의 작은 안배 때문이었다.

명의 몸에 자그마한 기운을 심어두었다.

"…명아, 일어나거라."

일현 진인은 청명을 불러 깨웠다.

청명은 몸을 뒤척였다.

"으음… 나는 더 잘래요."

노숙과도 같이 작은 천 한 장 깔아두었을 뿐인 잠자리에서 청명이 뒤척거렸다.

"음식을 먹고 그렇게 오래 자면 돼지가 되느니."

일현 진인이 말했다. 이거야말로 청명이 가장 무서워하는 것 중 하나다.

아니나 다를까, 억지로 몸을 일으켜 잠에서 깨어난다. 무섭긴 무서운가 보다.

"저, 저는 돼지가 아니에요……."

청명이 졸린 눈을 비비며 억지로 깨어났다. 그 모습이 우스워 일현 진인은 웃었다.

"허허헛… 자, 얼른 일어나거라. 잠은 일찍 깨면 깰수록 좋은 법이니라. 너무 늦게 자면 소가 되는 법이야."

"네."

청명은 눈을 비비며 잠에서 깨어났다.

"일어났으니 태극권으로 몸을 풀자꾸나."

일현 진인이 말했다.

태극권은 엉망이라고 말해도 좋았다. 그저 몸을 깨우기 위해 이리저리 팔을 휘두르는 것에 불과했다.

"어이구, 우리 제자가 천하제일인이 되겠구나."

일현 진인이 자랑스럽게 말했다. 물론, 청명을 칭찬하기 위한 거짓말이었다. 거짓은 도가 아니지만 일현 진인은 거짓도, 참도 없다는 것을 잘 안다.

"그래, 거기서 건곤위의 투로로 발을 뻗어야 하느니."

청명이 어설프게 발을 앞으로 뻗었다. 원을 그리듯 움직여야 하는 몸놀림인데, 그저 직선으로 뻗을 뿐이다.

어느 정도 시연이 끝나자, 일현 진인은 부드럽게 웃으며 말했다.

"태천도경은 잘 가지고 있느냐?"

"네."

청명의 대답에, 일현 진인의 얼굴이 씁쓸하게 변해갔다.

"항시 품에 지니고 있거라. 도를 얻을 때쯤 되면 그 책도 남아 있지 않겠지만, 그동안은 그 책을 보며 공부해야 할 거야."

"…네."

청명은 점점 더 불안해짐을 느꼈다. 사부는 꼭 어딘가로 떠날 것처럼 말하고 있다.

"먹을거리들이 어디에 널려 있는지는 잘 알고 있으렷다?"

"네, 사부."

일현 진인은 고개를 끄덕였다. 더 할 말이 있는가, 없는가 생각하는 듯한 기색이었다.

잠시 생각하던 일현 진인은 몸을 뒤로 돌리며 아주 자그맣게 중얼거렸다.

"자, 이제 밥을 먹어야지… 사부가 가서 산더덕이라도 좀 챙겨오마……."

"제, 제가 가야 되는데……."

청명의 말에 일현 진인은 손사래를 쳤다.

"아니야, 오늘은 내가 해야지……."

일현 진인은 그렇게 말하고는 더덕을 캐러 걸어갔다. 홀로 남겨진 청명을 보지도 않은 채였다.

홀로 남은 청명은 고개를 갸웃했다.

"왜 그러시지?"

하지만 이미 떠난 사람이 대답할 리가 없다.

청명은 왠지 모를 우울한 기분이 들어 고개를 푹 숙였다.

두 시진 후.

"사부, 사부! 내 차례예요!"

"…허헛."

일현 진인의 가슴이 무거워져갔다. 아이의 천진난만한 모습 때문이었다. 아이는 아무것도 모르고 사부와 노는 것이 즐거워 웃고 있다.

"헤헷."

청명은 신이 나서 웃으며 양껏 검지를 구부려 돌을 겨누고 있었다. 땅따먹기의 기초 중에 기초가 바로 그것이다.

취란봉의 자그마한 텃밭 아래 쪼그려 앉아 있던 늙은 사부와 어린 제자는 땅따먹기를 하고 있었다.

"음—"

청명은 한쪽 눈을 감고 돌을 겨누었다.

일현 진인은 흙 묻은 손을 툭툭 털었다.

"…명아."

툭—

청명이 돌을 치려는 찰나에 일현 진인이 말을 걸었다. 다급히 시선을 돌리느라 돌이 조금도 날아가질 않는다.

"앗!"

헛손질이라니!

"치, 치사해요!"

"명아."

청명의 강력한 항의에도 일현 진인의 얼굴은 변하지 않았다.

텃밭 아래 쪼그려 앉은 늙은 몸은 이제 움직일 여력이 없었다. 지치고 지쳐, 쉬고 싶을 뿐이다.

일현 진인의 머릿속에 청명이 갓난아기였을 때가 떠올랐다.

'어미젖이 없어 고생했었지…….'

그래도 어디서 젖 공양할 여인을 데려와 준 사제, 일충의 덕택에 청명의 굶주림을 조금이나마 해결할 수 있었다.

"자, 아이를 받아요."

여인의 말에, 주름진 손이 앞으로 내밀어진다.

일현 진인에게 안긴 아이는, 일현 진인의 수염과 붉은 얼굴을 보고 겁을 먹은 듯 몸을 뒤틀어댔다.

"응애! 응애! 응애!"

"어, 어이쿠, 울지 말려므나!"

일현 진인은 당황했다.

그 모습을 바라보던 여인네가 부드럽게 웃었다.

"변을 보거나, 배가 고프면 운답니다. 젖을 물린 지 얼마 안 됐으니, 아마 변을 보았을 거예요, 도사님."

"허헛, 그렇소이까?"

울어 제끼는 아기를 보며 일현 진인이 멋쩍게 웃었다.

도에 입문한 지 서른 해가 넘어가는데, 자신은 갓난아기 돌보는 법도 모른다.

"…치사해요."

청명은 볼을 부풀렸다. 고개를 휙 돌리며 콧바람을 홍홍대는 것을 보니, 이래저래 화가 났나 보다.

"예전에 네가 얼마나 작았는지 아느냐?"

뜬금없는 말에 청명의 시선이 살짝 일현 진인에게로 돌아갔다.

일현 진인은 손을 펴 작은 나무토막 크기의 공간을 만들었다.

"요만했지. 참 작은데 뭘 그리 많이 먹는지… 움직이지도 않으면서 말이다."

"…아."

청명의 얼굴이 발그레해졌다. 많이 먹고 움직이지 않으면 돼지라고 했다.

"나, 나는 돼지가 아닌데……."

"그래… 너는 돼지가 아니지."

일현 진인의 눈이 이번엔 조금 더 가까운 과거를 향해 빛났다.

아장아장.

'아장아장' 이라는 말이 딱 어울리지 않을까?

뭘 먹여놨는지는 몰라도 포동포동한 아기가 뒤뚱뒤뚱 걷고 있었다.

걸음마를 처음 뗀 지도 벌써 한 달이 지났다.

콰당—

아이는 걸음을 걷다가 자리에 넘어졌다.

넘어져도 울지 않고 주위를 두리번거리는 모습을 보아하니, 아픔을 달래줄 누군가를 찾는가 보다.

아니나다를까, 자신을 보자마자 울먹이기 시작한다.

"허어, 꾀가 많은 놈이로고. 혼자 있을 때는 울지도 않더니, 웬일인지 나를 보니 우는구나."

일현 진인이 흐뭇하게 웃으며 말했다.

청명은 되도 않는 발음으로 '사부' 를 부르며 울었다.

"으아아앙! 짜뿌, 아파! 짜뿌!"

"어이쿠, 명아! 일어나거라."

일현 진인은 얼른 아이에게 달려갔다.

보통의 무인으로 클 아이라면, 지금 이렇듯 부드럽게 안아주지 않았을 것이다.

홀로 일어나도록 매섭게 키웠으리라.

그러나 아이가 무(武)와는 인연이 닿질 않았으니, 내키는 대로 보듬어줘도 될 것이다.

일현 진인은 그렇게 생각하며 청명을 품에 안았다.

그렇게 생각한 것이 오산이었다.

"으, 으아앙!"

일곱 살 난 청명은 목이 터져라 울어 제끼고 있었다.

일현 진인은 멋쩍게 주위를 돌아보았다. 자신이 마흔 해 되던 날 입문했으니, 배분 자체는 높지 않지만, 나이로 따지자면 전대 장로쯤 된다.

그 탓에 주위에서는 아무 말도 못하고 당황한 얼굴로 자신을 바라보고만 있었다.

"거, 넘어졌다고 그리 우니 그것도 문제외다."

일충 진인이 말했다. 일충 진인의 옆에는 네 살 난 아이가 붙어 있었는데, 이 아이야말로 일충 진인의 모든 것을 이을 아이였다.

장문지위까지도.

때문에 오라지게 매섭게 키웠다. 아이는 우는 법보다 참는 법을 먼저 배워야 했었다.

"청허야, 너는 절대 저리 울면 아니 되느니라. 사부가 용서치 않을 게야."

"…네."

어린 나이인데도 대답이 바르다.

청허자를 보며, 일현 진인은 부드럽게 웃었다.

"그 아이도 도기로고. 차라리 울게 놔둠이 옳거늘……."

"제가 가르칠 일이지요, 사형. 그리고 암만 봐도 사형보다는 제 제자 팔자가 더 좋지 않겠소이까?"

일충 진인이 말했다.

바로 오늘, 사형은 고작 일곱 살 난 아이를 데리고 취란봉으로 은거하러 들어간다.

"이 아이는 큰일을 해야 할 아이니… 엄히 키워야지."

"으아아앙!"

청명의 울음소리가 들려왔다. 일현 진인은 청명을 품에 안고 등을 두드려 주었다.

큰일을 할 아이를 저렇게 키우나?

일충 진인의 미심쩍은 시선에 일현 진인은 웃음을 터뜨렸다.

"허허헛, 괜찮느니, 괜찮느니… 사부가 옆에 있으니 괜찮느니……."

일현 진인은 청명을 품에 안고 얼렀다.

"그래, 네가 울기도 참 많이 울었지."

일현 진인이 손에 묻은 흙을 털며 구부정한 허리를 억지로 폈다.

청명은 돌을 겨누던 그대로 굳어 일현 진인을 의아하게 바라보고 있었다.

"사, 사부……."

불안한 미래가 현실로 다가온다.

"네가 알아들을지는 모르겠다만, 내게는 아이가 있었단다……."

천하제일인에 근접했던 그 시기, 아이와 아내가 있었다.

"……."

그 아이, 이름도 기억나지 않는 그 아이…….

일현 진인의 눈이, 선계에 오르기 직전인 그의 눈이 축축하게 변해 갔다.

그 눈물은 이제는 보지 못할 아이와 그 아이만큼, 아니, 그 아이보다도 소중한 제자, 그리고 이제 당분간 보지 못하게 될 제자를 위한 눈물이었다.

명이는 자신의 제자이자, 아들이었다.

"명아."

"네."

"사부가 없어도 잘 할 수 있겠지?"

울면 어르고 웃으면 같이 웃어주었지만, 자신은 아이의 마음을 키워 두었다.

아이는 언젠가부터 아파도 울지 않으며, 상대가 자신을 바라봐 주길 기다리며 먼저 조르지 않았다.

참는 법은 이렇게도 익히는 법이다.

청명은 울먹이며 말했다.

"흑, 사부… 흑……."

"잘… 할 수 있겠지?"

"네……."

끼룩─

청명의 대답을 뚫고 어디선가 학이 우는 소리가 들려왔다. 부드러운 날갯짓 소리 역시 마찬가지였다.

"네가 도를 이루면 만나게 될 게다."

일현 진인이 말했다. 그의 속마음도 다르지 않았다.

갓난아이였을 때, 자신에게 처음 보여주었던 미소를 기억하고 있었다.

처음으로 '짜부' 하고 말했을 때를 기억하고 있었다.

처음으로 걸음마를 떼어, 스스로의 힘으로 자신에게 다가오던 때를 기억하고 있었다.

자신을 위해 산딸기를 따온답시고 취란봉 아래로 내려가다가 넘어져 크게 다친 몸을 추스른 아이가 울먹이며 산딸기를 건네던 때를 기억하고 있었다.

정(情)이라, 정이라.

"네가 다시 도를 이루거든……."

이제 아이는 처음으로 홀로 서게 되리라.

그리고 세상을 떠돌며 인세를 구하게 되리라.

그간의 고생이 얼마나 심할꼬!

"다시 보게 될 게다."

일현 진인의 몸이 뒤로 젖혀졌다. 현기증이 인다. 육신을 벗을 때가 되었기 때문이었다.

"며……."

일현 진인은 더 이상 말을 잇지 못했다.

'명아, 내 아들아…….'

털썩—

"…흑, 흑……. 사부……."

청명이 훌쩍거렸다. 바닥에 편하게 누워 버린 사부는 움직이지 않는다.

훌쩍거리면서도 혹시나 싶어 자세히 봐두었지만, 사부는 이제 움직이지 않는다.

"사부……."

사부는 가버렸다. 이제부터는 아무도 없이, 홀로 살아야 된다.

누워 버린 사부의 몸을 조금이라도 편하게 만들며, 청명은 훌쩍거렸다.

벌써부터 사부가 보고 싶다.

끼룩―

학이 날아올랐다.

청명의 시선이 날아오르는 학에게 가 박혔다.

그 뒤에 앉아, 떠나면서도 이쪽을 바라보는 사람이 바로 사부일 것이다. 아스라이 어른거리는 사부를 바라보며 청명은 소매를 들어 눈을 닦았다.

사부는 정말로 신선이 되어버렸다.

＊　　　　＊　　　　＊

"그렇게 사부는 등선했어요."

청명이 말했다.

노인은 조용히 청명의 얼굴을 바라보았다. 늙은 도인의 노안은 축축해져 있었다. 담을 수 없는 그리움을 간직한 눈은 슬픔에 못 이겨 흔들렸다.

"편안히… 가신 게로군."

"예. 편안히 가셨어요."

노인은 더 이상 아무런 말도 하지 않았다. 그저 조용히 청명을 바라볼 뿐이었다. 그리고 청명의 모습 속에서 그 속에 숨겨져 있을 그를, 아버지를 찾기 시작했다.

벌써 모두 끊은 줄 알았는데. 모두 끝나 버린 이야기인 줄 알았는데. 당사자를 만났을 때보다 지금이 더 슬퍼졌다.

노인은 주름진 쪼글쪼글한 손을 들어 눈가를 어루만졌다.

"그래… 편안히 가신 게로군……."

청명도 아무런 말도 하지 못했다. 그저 노인을 바라볼 뿐이었다.

그렇게, 제법 오랜 시간이 흘렀다. 무릎을 꿇은 자세가 불편해진 청명이 이리저리 몸을 꼴 때 즈음이었다.

"자네도 이미 짐작하겠지만……."

"……."

"그분은 내 아버지일세."

청명의 눈이 동그래졌다. 노인은 피식 웃었다.

"본시 도가의 예의로 보자면 내가 자네를 찾아갔어야 옳겠지. 나야 선계에 오르지도 못할뿐더러, 만약 오른다고 해도 자네의 품계보다 한참은 낮을 테니. 하지만 그렇지 못한 이유가 있었네. 항렬으로 본다면 나는 자네의……."

노인은 힘겹게 중얼거렸다. 이것이 얼마나 꺼내기 어려운 말인지 잘 알고 있었다. 백팔십 년의 긴 생애 동안, 지금은 신선이 된 이 아이를 원망해 보지 않은 적이 없었다.

아버지를 빼앗아간, 마치 아이와도 같은 질투 때문이었다.

"형이지."

"……."

노인은 고개를 돌렸다. 말을 뱉고 보니 속이 시원하다. 아버지는 자신을 버린 것이 아니었다.

어쩌면 자신에 대한 그리움을 이 아이에게 투영했던 것일 수도 있었다.

아버지는 그런 분이었다. 천하제일인에 올라 천하를 오시할 때에 가정을 떠났다. 무엇인가 소중한 것을 잃으셨고, 스스로를 잃으셨다. 그러나 아무것도 버리지 못하던 그런 사람이었다.

아버님이 다시 오셨을 때까지, 자신은 짐작하지 못했다.

"아버지의 전언이 있네. 옷가짐을 바로하게."

청명은 재빨리 자리에서 일어났다. 그리고 옷을 툭툭 털고는 깃을 여몄다.

"그럼, 전하지."

본래 열 길 물속은 알아도 한 길 사람 속은 모르는 법이라 했느니라. 천하에서 가장 오묘한 것이 인간일진대, 그런 인간이 한 명도 아니고 수백, 수천 명이 모여 인간계를 이루니 인간사가 그토록 복잡하니라. 아마 제자도 세상을 떠돌면서 복잡한 것이 얼마나 많은지 짐작은 했겠지?

청명은 반가움에 웃고 싶은 심정이 되었다. 자신을 품에 안고 어르던 사부가 떠오른 것이다. 동시에 울고 싶은 기분이 들기도 했다.

그런데 말이다, 선계에 올라보면 인간사는 물론이요, 무극이 무엇인지도 어렴풋이 보이는 법이거든. 그때가 되면 인간사에서 자유로워질 수 있단다. 그런데 제자는 무극은 알았으나 인간사는 모르더구나. 그래서 원시천존께오서 네게 명을 내린 것일 테다. 이 사부가 해주고 싶은 말은 이것이었다. 본래 인간계에는 괴상한 깨달음을 얻은 자도 있다는 사실을 말해주고 싶었던 게지. 검선 여동빈도 그렇고, 이철괴도 그렇고… 그리고 마선도 그렇지. 그는 현음(玄陰)에 물들어 마도(魔道)를 지닌 자로, 흔히 말하는 극마지기…….

"극마지기가 뭔가요?"

청명이 동그랗게 눈을 굴리며 물었다. 감회에 젖어 아버지의 말을 전하던 노인이 분노한 채로 눈을 부릅떴다.

"말을 끊지 마라! 쿨럭, 쿨럭!"

"으앗, 괜찮으세요?"

"쿨럭, 괜찮지 않아! 쿨럭… 어쨌든 말을 끊지 말란 말이다!"

"네? 네!"

청명은 얼른 고개를 주억거렸다. 노인이 골골하는 것을 보니 마음이 다 아프다.

…극마지기에 올랐을 게다. 그리고 현음에 물든 마선은 인가사에 큰 피해를 입히려 할 것이다. 하나 선계는 인간사에 개입하지 못하는 법이니, 아마도 그를 막을 자는 너밖에 없겠지. 그도 그것을 알고 있을 터이니, 아마도 그는 너를 죽이려 할 터. 내 그것이 걱정되어 선계에서도 한숨을 지으니, 너에게 작은 인연을 베풀고자 한다.

일현 진인이 전언을 직접 전달하지 못하고 아들을 통하여 전한 이유가 그것이었다. 자신이 직접 전하면 선계의 개입이 된다. 그러나 아들이 전하면 그것은 인간사의 인연이 된다.

그리고, 아들에게 자신의 심정을 한 번쯤은 보여주고 싶었다.

그는 다른 얼굴에 숨어 있으니, 그가 숨은 얼굴을 찾아보거라.

"전언은 이게 끝이니라."

"…이게 무슨 뜻인가요?"

노도는 빙긋 웃었다. 청명을 보는 눈이 색달라졌다. 인정을 하고 보니, 예전에 없었던 동생이 새로 생긴 느낌이다. 늙고 쭈글쭈글했다면 보기도 싫을 텐데, 동글동글 살도 붙은 것이 제법 귀엽다. 자칫 보면 손주 같기도 하다.

"허헛, 그건 네가 알아봐야 할 게다. 다만 아버지께서 말씀하시길 이 것이 네 앞길에 가장 중요한 단초가 되리라 하셨단다."

"그렇군요."

청명은 입술을 오물거리면 생각하는 눈이 되었다.

노인은 그 모습을 흐뭇하게 바라보았다. 도통한 동생이니, 아마 아버지의 전언을 단번에 이해했으리라.

청명은 무엇인가를 곰곰이 생각하는 듯하더니, 이내 마음을 정한 듯 고개를 들었다.

'나는 모르겠으니, 똑똑한 운풍 사손에게 물어봐야지.'

노인이 알았다면 기혈이 역류할 만한 것이었다. 그러나 노인은 신선이니 벌써 추측해 내었구나, 하고 마음을 편히 먹어버렸다.

청명은 노인을 바라보며 질문했다.

"사부님… 이야기를 해줘요."

"해주고 싶지 않네. 쿨럭, 쿨럭."

노인은 고개를 저었다. 그것은 그다지 좋은 추억이 아니었다. 가장 중요한 어린 시절을 홀로 내버려 두고 떠나 평생 그리움에 살다가, 자신이 그때의 아버지보다도 더 늙었을 때에 이전 그대로의 아버지를 본다는 것은 그리움의 충족이기도 했지만 괴로움이기도 했다.

"……"

시무룩한 얼굴이 된 청명이 고개를 푹 숙였다. 늙은 도인은 그것이 못내 안쓰러웠는지, 조그맣게 몇 마디를 붙여놓았다.

"선계에서 그분이 다시 내려오셨을 때에, 아버지는 내 한을 풀어주셨어. 그것은 자네가 모르는 내 비밀로 하고 싶네. 내가 모르는 자네만의 사부님이 있듯."

누가 늙으면 애가 된다 했던가! 늙은 도인은 마치 아이와도 같은 중얼거림을 남기고는 눈을 감아버렸다. 그는 남아 있는 조금의 심통을 청명에게 풀어내고 있었다.

"그럼, 이만 자리를 비켜주겠나? 나는……."

몹시, 아주 몹시 피곤해 보이는 얼굴로 노인이 손사래를 쳤다.

"조금만 잤으면 좋겠구먼."

"…예."

청명은 고개를 갸웃했다. 노인이 어딘가 이상해 보였다. 꼭 해야만 했을 일을 마침내 마무리한 느낌이었다. 그것은 생을 정리하는 듯한 몸짓이기도 했다.

"…뭐 하나? 얼른 나가지 않고."

"예… 형님."

"……."

청명의 입에서 나온 목소리에 노인의 몸이 살풋 정지했다. 노인은 경직된 몸을 풀고는 쓸쓸한 웃음을 지었다.

"그래. 나가보게."

"……."

한동안 노인을 바라보던 청명은 몸을 돌려 밖으로 나섰다.

6장

제4화 숨은 얼굴

청명을 남겨두고 방 밖으로 쫓겨 나왔던 추걸개는 한숨을 내쉬었다. 시비가 추걸개와 운혜, 귀곡자와 운풍자를 제법 정갈한 다실(茶室)로 안내했다.

최고급 용정차를 국물 마시듯 후루룩 마셔 버린 추걸개가 향기로운 입가를 쩍쩍 다시며 입을 열었다.

"뭐가 뭔지 알 수가 없구만."

"저도 그래요. 저분이 화산의 검황이시라던데, 전대 고수답지 않게 뭐 저리 까칠하신지……."

운혜가 샐쭉하니 입을 열었다. 화산의 검황인지 뭔지는 모르겠지만, 청명 사조님을 무시하니 기분이 나빴다.

"그래, 까칠해 보이더군. 검황이라면 두 세대 전에 일세를 풍미했던 인물이지. 연세가 있으니 괴벽 한두 개쯤은 있을 법도 해. 사실 나도 실제로 보는 것은 처음일세."

귀곡자가 대꾸할 때 즈음이었다. 누군가가 다실로 천천히 걸어 들어왔다. 다실에 들어온 인물은 자리에 앉아 있는 일행을 바라보며 반갑게 웃음을 지었다. 그는 바로 권재후였다.

"허허헛, 얼마 지나지 않아 다시 뵙는구려. 비록 헤어진 시간은 짧았으나 반가운 마음은 더욱 깊어지기만 하오."

검황의 흉을 보려던 운혜는 얼른 입을 다물었다. 화산파의 장문인께서 계신데 화산파의 전전대 장문인인 검황의 욕을 할 수는 없는 노릇이다.

그러나 권재후는 껄껄 웃을 뿐, 운혜의 기척에는 신경도 쓰지 않았다.

"그리고, 두 번째로 함께 싸우게 될지도 모르겠구려."

"두 번째?"

추걸개가 의아한 듯 반문했다. 운혜는 아예 몸서리를 쳤다. 또 칼부림을 해야 한단 말인가! 도대체 왜!

권재후의 얼굴에서 웃음기가 가셨다. 그는 무거운 얼굴로 국주를 불러들였다.

"이리 나오시게."

"…예, 장문인."

무거운 얼굴의 임승준이 작은 두루마리를 들고 나타났다. 임승준은 포권을 취하여 선배와 동배의 무인들에게 예를 갖추고는 천천히 자리에 앉았다.

운풍자가 무덤덤한 어조로 중얼거렸다.

"진령표국이 위험에 처했나 보군요. 화산 장문인까지 가세하신다니,

제법 큰 위험인가 봅니다."

"…그렇다네, 운풍 도장."

권재후가 고개를 끄덕였다. 권재후는 표중일검 임승준에게 슬쩍 눈짓을 했다. 눈짓 속에는 서둘러 그 두루마리를 펼쳐 보라는 의미가 숨어 있었다.

임승준은 조용히 두루마리를 펼쳐 탁자 위에 크게 펼쳤다.

미륵께오서 진령표국을 어여삐 여겨 백련교도로 삼으시고자 하니, 진령표국주 표중일검 임승준은 이달 진일의 오시까지 마음을 정결케 하고 미륵을 배알하라. 뜻대로 따르지 아니하면 미륵께서 찬히 진령표국을 벌하시리라.

그의 얼굴은 무거워졌다. 얼마 전에 하던 고민처럼 자신의 가업이 망할까 두려운 것이 아니었다. 권재후를 만나 서신에 숨겨진 의미를 파악할 수 있었기 때문에 두려운 것이었다.

운혜가 서신을 모두 읽고는 눈살을 찌푸렸다.

"흐음, 마교도들이 쳐들어와 봤자, 상대도 되지 않잖아요? 여기에는 화산의 검황에, 장문인이 있고, 매화검수도 많고요. 게다가 무당의 신선과 무당일검과 천음… 선녀도 있다고요."

발그레한 얼굴로 결국 제 별호까지 자랑한 운혜가 부끄럽게 웃었다.

운풍자는 그 미소가 왠지 가슴을 따뜻하게 해준다고 생각했다. 하지만 상황이 무거우니 그 미소를 보고만 있을 수가 없다.

"사매 말이 맞다. 아마도 필시 이쪽이 승리하겠지. 하나, 이들의 목적을 모르면 막아도 막아낸 것이 아닐 것이다."

"목적?"

"······."

운혜를 제외하고는 모두 알아들었는지 심각한 눈으로 서신을 노려다보았다. 운혜는 자신만 못 알아봤다는 것이 부끄러워 볼을 붉혔다.

"나, 나도 가르쳐 줘요."

"···사매도 알 것이다. 마교의 기습전략은 적의 것이지만 훌륭했다. 같은 날, 같은 시각에 구주의 중소문파가 동시에 기습당했으니, 그 과감한 속도는 칭찬할 수밖에 없을 것이다. 그리고 파괴된 문파의 대부분이 구파일방의 속가거나, 구파일방에 자금을 대주는 문파들이었지. 즉, 구파일방은 수족을 끊겼다."

운풍자가 무덤덤한, 그래서 더욱 차갑게 느껴지는 목소리로 입을 열었다. 그것은 너무나 정확하게 상황을 파악한 말이기에 도리어 차갑게 들리는 말이었다.

"그런데, 지금 보니 진령표국은 피해를 입지 않았군. 엄연히 화산의 속가이고 상업에 속한다 하나, 강호에서 발을 뺄 수는 없을 표국이 아무런 피해 없이 살아남은 것이다. 임 국주께는 죄송하오만······."

운혜를 보고 말하던 운풍자가 시선을 돌려 표중일검 임승준에게 포권을 취했다.

임승준은 씁쓸히 웃으며 고개를 끄덕였다. 무슨 말이 나올지 짐작을 한 탓이었다.

"이것은 마교와 손을 잡았거나, 잡게 될 단체. 즉, 마교에서 필요하기에 남겨둔 단체라고 해석할 수 있다."

"······."

추걸개가 고개를 끄덕였다. 훌륭한 설명이었다. 그리고 그에 걸맞게, 백련교를 영접하라는 건방진 서신이 날아들어 왔잖은가.

"문제는 바로 그것일세. 표국이 왜 마교에게 필요한가……."

장내의 모든 무인들은 침묵했다. 그들은 나름의 답을 찾아내기 위해 머리를 굴렸다.

"표국은 국가로부터 인정된 상인 단체니 마두들을 숨기기에 적당하지 않겠소? 마두들을 표사로 둔갑시키기만 하면 일이 편하지."

"으음, 일리가 있구려."

"또한, 지방으로의 이동이 자유로워 마두들을 이동시키기에도 쉽습니다."

무인들은 단순한 것에서 착각을 범하고 있었다. 그들은 무인들을 중점적으로 생각하다 보니 마두들의 이동, 혹은 잠입을 우려하고 있을 뿐이었다.

운혜는 입술을 삐죽거렸다.

"급히 옮길 물건이라도 있나 보죠, 뭘."

추걸개는 껄껄 웃었다.

"으하핫, 설마 옮길 물건이 있다고 표국을 협박하겠나, 마교씩이나 되어서… 말일세……."

그러나 기운차게 말하던 것과 달리 말끝은 천천히 늘어졌다. 무엇인가 생각이 떠오른 것이다.

"…음."

귀곡자 역시 살풋, 움직임을 멈추었다. 귀곡자는 무엇인가를 떠올린 듯 눈을 크게 떴다.

"그래, 여도고의 말이 맞지. 표국을 통해서 물건을 옮기지, 무엇을 옮기겠나. 가장 간단한 것을 잊고 있었군. 마교에는… 벽력탄이 있네."

"……."

장내가 침묵에 빠졌다. 예전 선봉대가 장세협으로 나아갈 때에 마주쳤던 마교의 척후조직은 분명히 벽력탄을 날렸었다.

그것이 마교가 가진 벽력탄의 전부일 리는 없다. 고작 척후부대에 벽력탄을 세 개나 줄 정도라면, 마교에는 더 많은 벽력탄이 있을 것임이 분명했다.

'표국을 이용해 벽력탄을 대규모로 무림맹에 이송한다. 그리고 쾅……?'

추걸개는 그것이 단순하면서도 멋진 계획이라고 생각했다. 그리고 실현 가능성도 작지 않다.

"그러니까 그건 표물 검사에 걸리지만 않으면 무조건 성공할 만한 계책이군?"

"그렇구려……."

화산파 장문인이 무겁게 동의할 무렵이었다.

드르륵—

다실의 문이 열리고 낭랑한 목소리가 들려왔다.

" '마선은 다른 얼굴에 숨어 있으니, 그를 숨긴 얼굴을 찾아보거라'. 이게 무슨 뜻일까요, 운풍 사손?"

순진한 눈망울로 질문을 하는 사람은 청명이었다.

*　　　*　　　*

운남성 염마산.

마교의 본당의 태사의에 앉아 있던 마교주는 천천히 자리에서 일어났다. 눈에서 화기가 치솟아 오르는 듯했다.

얼마 전, 순음지체로부터 음기를 흡수하여 음양의 균형이 맞는 신체를 가지게 되었지만, 옛 버릇 탓인지 때때로 화기가 들끓어 오르곤 했다.

“큭큭…….”

파천화련공으로 마선을 상대할 수 있을 줄 알았던 때가 도리어 행복했었다. 마교주는 차가운 눈으로 주위를 훑어보고는 걸음을 옮겼다.

그가 걸을 때마다 전각의 시비들이 바닥에 오체투지했다. 백련교 내에서 그보다 높은 사람은 없다. 그가 곧 미륵이고, 그가 곧 신이다.

서중희가 당도한 곳은 조그마한 방이었다. 미륵의 본불이 있는 곳이지만, 백련교 내에 미륵불이 놓인 곳이 얼마나 많은가! 그저, 교주의 개인실 정도로 치부되는 곳이었다.

서중희가 문을 열자 조그마한 미륵불이 보였다. 그리고 그 앞에, 너비 두 장이나 될 만한 공간이 있었다.

서중희는 그 공간에 서서 미륵불을 똑똑히 바라보았다. 미륵불의 반쯤 감긴 듯한 눈을 바라보던 서중희는 피식 웃으며 미륵의 이마를 가리켰다.

휘익—

이것이 바로 지풍(指風)인가!

서중희의 손에서 뻗어나간 지풍은 고요히 미륵불의 이마 정중앙에 꽂혔다.

그리고 그와 동시에 바닥이 푹 꺼졌다.

놀랍게도 서중희는 추락하지 않았다. 그는 차가운 얼굴로 시선을 내려 아래를 보았다.

일마지(一魔指)에 이어 허공답보! 가히 신기에 가까운 무공이 연이어 펼쳐졌다.

공중에 떠 있던 마교주의 신형은 천천히 아래로 가라앉았다. 반 장이나 내려왔을까? 끝없이 펼쳐진 암흑 속에 발이 닿았다.

서중희는 뚜벅뚜벅 걸어 암흑 속으로 사라졌다.

흔히 말하듯, 어둠에 눈이 적응되면 안 보이던 사물도 보이는 법이다. 그러나 그것도 빛이 아예 없다면 불가능한 일. 일점의 빛도 파고들지 않는 암흑이라면 보이는 것은 아무것도 없다.

서중희가 느끼기도 그러했다. 차라리 그는 눈을 감고 앞을 향해 걸어갔다. 어둠에 현혹되느니 그저 한점 평화로운 마음을 유지하는 것이 낫다.

웃음소리가 들릴 때까지 그 걸음은 멈추어지지 않았다.

"클클, 오셨구려."

"…마노(魔老)."

누군가의 웃음소리에 눈을 뜬 교주가 차가운 얼굴로 노인을 바라보았다.

마노(魔老) 고필호!

기관진식의 달인이자, 시체를 제련하는 법에 달통한 인물이다.

시귀천문(屍鬼天門)의 장문인으로 알려진 그가 언제부터 마교에 투신했단 말인가!

교주는 차분한 얼굴로 고개를 돌렸다.

"적령시귀(赤靈屍鬼)는?"

"완성되었습죠. 클클, 금강불괴에, 숨을 쉬지 않고 오로지 자멸명공(自滅冥功)만 익힌 녀석이외다."

마노는 자랑스러운 얼굴로 뒤를 돌아보았다. 핏기 하나 없는 얼굴 서른 개가 보였다.

"헐헐, 저 녀석들에게 무공만 익힐 수 있게 해주었다면 마교 평천하에 가장 큰 도움이 될 만한 놈들인데. 정말 무공은 필요없으시오?"

"없다."

"…그럼, 도대체 어디 쓰시려고? 게다가, 자멸명공이라니? 금강불괴에게 익히게 하기엔 너무 같잖은 것이 아니오? 고작 자폭이라니……."

"화탄은?"

교주는 대꾸 한마디 없었다. 그저 자신이 묻고 싶은 것만 질문할 뿐이었다.

그는 차가운 얼굴로 시선을 훑어 시체들을 둘러보고 있었다.

"설치했소. 진천벽력뇌탄에, 자멸명공이니… 반경 십 장, 아니, 삼십 장은 쑥대밭이 되겠지. 이 녀석들, 만든 보람도 없이 고수 전용 폭탄이 되겠군."

마노가 투덜거렸다. 사실 그가 만든 강시 중에 가장 잘 만들어진 놈들이 바로 이것이다. 그리고 그가 만든 강시 중에 가장 허무하게 사라질 놈도 바로 이것이다.

"모자라. 화각련탄을 준비해."

"…음?"

마노의 얼굴이 멍해졌다. 진천벽력뇌탄, 자멸명공, 화각련탄…….

교주는 무림맹을 단번에 날려 버릴 참인가?

"마, 말도 안 되오. 그럼… 반경 오십 장은, 아니, 자칫하면 백 장은 거뜬히 날아갈 만한 화탄이오!"

"만족스럽군."

너무나 차가운, 음성의 고저가 느껴지지 않은 목소리였다. 교주는 그렇게 말하고 피식 웃었다.

"진천벽력뇌탄, 화각련탄은 한 벌 더 준비하도록."

"…교주!"

답답하다는 듯 마노가 외쳤다. 하지만 성과를 보고받는 교주의 얼굴에는 희열의 빛이 가득했다.

'단 한 번. 한 번이면 된다.'

교주는 휑하니 몸을 돌려 다시 암흑으로 사라져 갔다. 마노가 뒤에서 분노의 항의를 했지만, 교주는 아무것도 듣지 못한 듯 거침없이 걸어갈 뿐이었다.

마선이라고 하나, 그는 양신이 아니라 육신을 지니고 있다. 그리고 육신이 없다면 인간사에 개입할 수는 없는 노릇이다.

그것으로 만족하겠다. 그 가증스러운 육신을 산산조각으로 만드는 것만으로.

그가 준비할 시간만 주지 않는다면 필승이다.

'단 한 번. 한 번만 성공할 수 있으면 돼. 그럼 마선은 끝난다.'

교주는 이를 악문 채로 웃음 지으며 암흑 속을 헤쳐 나갔다.

*　　　*　　　*

표중일검 임승준이 의아한 듯 되물었다.

"마… 선?"

"으랏차차! 우리는 우리의 일을 해야겠소이다!"

청명의 목소리를 듣자마자 당황한 추걸개가 재빨리 말을 끊었다.

임승준이나, 권재후나 마선에 대해서는 아무것도 모르잖은가! 그런데 선인께서 함부로 마선에 대하여 발설했으니, 자칫하면 곤란한 일을 겪게 되었다.

당황한 귀곡자도 서둘러 몸을 일으켰다.

"선인께서 무언가 질문을 하셨으니, 우리는 그것을 풀어보아야겠소이다! 진령표국의 위기 때 내 손이 필요하다면 내 꼭 한손 거들지요!"

"……?"

청명은 눈을 동그랗게 굴리며 주위를 둘러보았다. 운풍자는 차분히 몸을 일으켰고 운혜는 빨개진 얼굴로 자신의 팔을 끌고 다실 밖으로 달려나가고 있었다.

"저, 왜에 그러시나요오―"

끌려가며 청명이 항의해 보았지만, 걸음 속에 경공의 묘리까지 섞은 운혜 덕택에 제대로 말해보지도 못하고 끌려가고 말았다.

그리고 마침내 조용한 곳에 이르렀다.

청명은 볼을 부풀린 채로 눈을 가늘게 뜨고는 운혜를 노려보았다.

"끌려오는 거 힘든데 내 생각은 하나도 안 해주고!"

"…사조님께서 너무 눈치가 없으셨어요."

운혜는 고개를 저으며 중얼거렸다. 추걸개나 귀곡자나 운풍자나 그것에는 적극 동감하고 싶은 심정이었다.

"그보다, 그것이 무슨 소리이십니까? 혹, 검황께서……."

"예. 선계에 오르신 제 사부님에게서 자그마한 전언이 있었어요. 하나 직접 전하는 것은 선계의 규율에 어긋나니 검황 형님의 입을 빌려……."

"검황 형님? 두 분이 의형제를 맺으셨소?"

추걸개의 기이한 반문에 청명의 얼굴이 발그레해졌다. 부끄러워진 청명은 얼굴을 숙이며 고개를 끄덕였다.

"…네."

검황과 신선이라니. 그것도 신선이 한 수 접고 동생이 되었다니. 귀곡자와 추걸개는 기가 막힌 듯 어버버거렸다.

그 혼란스러운 와중에도 운풍자는 눈 한 번 깜빡하지 않았다.

그는 차분히 청명에게 다시 물었다.

"그럼, 일현 태사조께서 남긴 전언은……."

"'마선은 다른 얼굴에 숨어 있으니, 그를 숨긴 얼굴을 찾아보거라'고 하셨어요."

"으음……."

일행은 다시 생각에 젖어들었다.

운혜는 운혜 나름대로 얼굴이라는 단어를 가지고 갖가지 망상을 전개했고, 운풍자는 차가운 머릿속에서 생각을 이어나갔다.

추걸개는 수염을 긁적거렸다. 머리를 쓰는 데는 자신도 일가견이 있다.

"뭐, 쉽지. 그가 숨어 있는 얼굴은 역시 무림맹을 말하는 것이 아니겠는가? 그러니까 무림맹을 뒤지면 무엇인가 단초가 나온다는 뜻일 게야."

"멍청한 만두 같으니."

"뭣이라!"

추걸개가 수염을 파르르 떨었다. 귀곡자는 그 뒤로 아무런 말이 없었다.

멍청한 만두라는 욕을 들은 데다가 무시까지 당해 흥분한 추걸개가 귀곡자를 향해 삿대질을 시작했다.

"그럼 네놈 생각은 무엇이냐! 도대체 무엇이길래 이리 비웃는 게야!"

"그 의견은 저도 틀린 것 같은데요, 막 노선배? 무림맹을 뒤지면 단초가 나올 거라니, 그건 너무 애매모호하잖아요. 마선이 맹주니까 무림맹을 뒤진다… 그건 우리 사조님을 없애 버리려고 애꿎은 무당파를 뒤지는 것과 다를 바가 없어 보여요."

"네? 저를 없애다니요?"

청명이 깜짝 놀라 운혜를 바라보았다.

운혜는 부드럽게 웃으며 청명의 옆구리를 찔렀다. 살포시 고개를 모로 돌린 것이, 하늘 같은 사조님께 장난을 치는 것이 분명했다.

"그냥 해본 말이에요, 사조님."

생각지 못한 운혜 사손의 예쁜 모습에 청명의 입이 헤 벌어졌다.

"헤헷."

대신 운풍자의 얼굴이 딱딱하게 굳어졌다. 그 얼굴에서 예전에 없던 서릿발 같은 기운이 뿜어져 나왔다.

"사조님께 불경한 태도를 취하지 마라, 사매. 규율에 어긋난다."

"……."

운혜는 부끄럽다는 듯 고개를 숙였다.

반면 청명은 눈을 가늘게 뜨고 운풍자를 노려보며 볼을 부풀렸다.

"흥!"

추걸개는 소란에도 관계하지 않고 혼잣말을 중얼거렸다.

"으음, 그건 그래. 운혜 도고의 말이 맞군."

"그래, 그러니까 네놈을 멍청한 만두라고 부른 게다."

귀곡자는 흡족한 얼굴이 되었다. 외손녀는 얼굴만 예쁜 것이 아니라 머리까지 좋다. 희희낙락 웃던 귀곡자는 고개를 돌려 운풍자를 바라보았다. 운풍자의 얼굴이 딱딱해 보인다.

'운혜와 청명 선인께서 장난을 치는 것이 못마땅했나 보군.'

운풍자의 얼굴이 차가워지면 질수록 기분이 좋다. 귀곡자는 내심 흡족한 미소를 짓고는 짐짓 모른 체 입을 열었다.

"역시, 그것 같지?"

운풍자는 고개를 끄덕였다.

"그렇겠지요. 얼굴이라는 말이 직접적으로 드러나 있으니."

"그래, 얼굴. 그의 지금 얼굴은……."

운풍자는 조용히 청명을 돌아보았다. 청명은 아직 뭔가를 이해하지 못한 얼굴이었다.

하지만 그 한마디로 모든 것을 이해한 추걸개와 운혜의 얼굴에서는 빛이 났다.

"그래, 그 생각을 왜 못했지? 그러니까, 그 사람이 숨어 있는 얼굴! 얼굴이잖아."

운혜의 말에 추걸개가 맞장구를 쳤다.

"맞네, 맞아. 여도고의 말이 맞네. 이토록이나 투미했다니!"

운풍자는 장내를 돌아보고는 고개를 돌렸다.

"아시다시피 그가 숨은 얼굴은 맹주 남궁세옥입니다. 그렇다면 그가 숨은 얼굴을 찾아보라는 말은……."

"맹주가 살아 있군!"

추걸개가 단정 짓듯 말했다. 마선이 맹주의 얼굴을 뒤집어썼다는 것을 깨닫자마자, 자신은 그가 죽었을 것이라는 확신을 가졌었다. 그게 얼마나 무의미한 확신이었는지 이제는 알 수 있었다.

"그가 살아 있어!"

*　　　　*　　　　*

오랜 친우이자 존경스러운 무인의 생존 소식에 추걸개가 기뻐할 무렵이었다.

호북성 균현의 무당산은 대단히 혼란스러운 와중이었다. 곧 있을 입도례(入道禮) 때문이었다.

도가의 제례(祭禮)는 대체적으로 굉장히 복잡하다. 도관을 씌워 새로이 출가를 알리는 입도례는 더 더욱 복잡한데, 삼칠년, 즉 이십일 년에 한 번 있는 대행사로 알려져 있다.

물론 대례가 치러지기 전이라고 제자를 받지 않는 것은 아니다. 그 동안에도 수행도인은 끊임없이 들어오고 도사가 되어 도호를 얻는 일은 수도 없이 자주 행해진다.

하지만 원시천존께 정식으로 입도한다는 것을 알리는 행사는 자주 있지 않았다. 그것은 장문인으로서도 세 번을 보기가 힘든 큰 행사였다.

당연히 준비할 것도 많았다.

건례(乾禮)를 취할 장소는 물론이거니와, 삼천존상(三天尊像)에 삼궤구고—세 번 절하기를 세 번 하는 것—를 치를 장소도 미리 준비해 두어야 한다.

납례(納禮)를 올리는 것은 물론이거니와, 송문고검과 거울, 도장의 삼보(三寶)들도 미리 준비하여야 한다.

하지만 당금 무림은 마교의 난이 일어난 흉흉한 시기. 평소라면 남 부럽지 않게 크게 치렀을 것이지만 지금은 그럴 시기가 아니다.

도호를 원시천존께 고하고 삼보를 얻음으로써 도적을 꾸미는 간소한 절차로 행사를 마무리하게 될 것이다.

그러나 아무리 작다 해도 무당의 일.

금제를 친다, 어쩐다 부산을 떠는 것은 어쩌면 당연한 일일지도 모른다.

무당파의 장문인 현평 진인은 부드러운 미소를 짓고 있었다. 자신들과 사제가 입도례를 받던 때가 떠오른 것이다. 그것이 벌써 사십여 년 전이다.

현무 사제는 당시 열 살밖에 되지 않았으면서 제법 컸다고 으쓱대고 있었고, 코흘리개 주제에 어른인 양 차분했던 현성 사제는 조심스럽게 주위를 둘러보고 있었다.

장문직전의 제자로 입도례를 받았던 자신이 장문인께 직접 송문고검을 받는 것으로 행사를 마무리했었다.

"허허허……."

"무슨 좋은 일이라도 있으시오, 사형?"

현성 진인이 행사의 준비로 피곤한 노구를 이끌고 현평 진인의 앞에 섰다. 무당산의 운현궁을 바라보던 현평 진인이 고개를 저었다.

"아니, 옛 생각이 나서 말일세."

"옛 생각이라니요?"

“자네와 내가 입도례를 치를 때 말일세.”

현성 진인은 아무런 말 없이 고개를 돌려 현평 진인을 바라보았다. 난데없이 옛이야기를 꺼내는 이유를 짐작하지 못한 것이다.

별다른 이유는 없었다. 현평 진인은 그저 추억에 잠겨 있을 뿐이었다.

“그리고 보니, 운풍 녀석은 입도례를 치렀으나 운혜는 아직이지?”

“예. 저번 입도례가 끝난 뒤에 무당에 온 아이니…….”

“그 아이도 얼른 치러야 할 텐데. 허헛, 잘 지내려나 모르겠구먼.”

“현무 사형의 팔과 진원지기를 가져간 아이인데, 잘 지내야지요.”

“…….”

현평 진인은 조용히 현성 진인을 바라보았다. 사형의 시선에 현성 진인은 쓸쓸히 고개를 저었다.

“원망스러운가?”

“글쎄올시다.”

“무량수불…….”

사제의 마음이 짐작가지 않는 것은 아니다. 하지만 어쩌랴! 그것이 바로 정(情)인 것을. 게다가 그렇게 말한 놈이 키워놓은 녀석들을 보면 그 밥에 그 나물이다.

현평 진인은 쓸쓸히 웃고는 화제를 돌렸다.

“이번에 입도례에 맞춰 입산한 네 사손들이 있지 않더냐? 운향 사질이 그 아이 중 하나에게 천월을 열게 하려 한다는 소문을 들었느니라.”

“예. 못난 운향 놈이 돌아왔지요.”

현성 진인은 고개를 설레설레 저었다. 그리고 고개를 내려 사형이 바라보던 운현궁을 훑어보았다.

제자들은 모두 바쁘게 돌아다니고 있었다. 하나같이 건실하게 움직이는 제자들 사이로 뺀질뺀질거리며 노니는 놈이 보였다. 한눈에 봐도 자신의 제자 운형자와 사손 황우자다.

그리고 그 옆으로 다가가는 놈은 자신의 첫째 제자 운향자 같다.

*　　　　*　　　　*

"어이, 사제!"

"…사형이군요."

황우자와 시시덕거리던 운형자의 얼굴이 곧 바뀌었다. 자신도 짓궂은 편이지만 사형 운향자 허진무는 더 심하다.

"어째 나를 본 얼굴이 개 핥은 죽사발 같다?"

"…그럴 리가 있겠습니까."

개 핥은 죽사발 같은 거 맞다.

근 십여 년 만에 만난 사형이 처음 보자마자 한 짓이 무엇이던가! 도사의 체면에 어울리지 않게 보자마자 달려들어선 볼에 입술을 부비지 않던가!

자신이 꼬마일 때부터 사형이 돌봐주었다지만, 이제 다 컸는데도 마냥 아이 취급을 하는 것이 못마땅했었다.

조반을 들 때는 어떠했던가!

쌀 한 톨 흘렸다고 식사 중에 온갖 민망한 짓을 다 하지 않았던가! 본래 식사 중에 말을 할 수 없으니 행동으로 모든 의사 표현을 해야 했는데, 사형은 일단 꿀밤을 때리고는 친히 소매를 들어 입술을 닦아주고

수저를 들어 자신에게 죽을 떠 먹여주려 들었다.

그게 자신을 아이로 취급한다는 뜻이 아니면 무엇인가!

그런 운형자의 속도 모르고 운향자 허진무가 투덜투덜거렸다.

"자식, 옛날과 달리 귀여운 맛이 하나도 살아 있지 않아. 역시 우리 제자가 최고……!"

운향자가 시선을 돌려보니 최고라고 칭찬하려던 제자가 뾰로통한 표정을 지으며 고개를 돌리는 것이 보였다.

"사부시로군요."

"…왜 너도 표정이 개 핥은 죽사발이냐?"

황우자나 운형자나 그 표정이 다르지 않았다. 황우자는 뾰로통한 시선을 슬쩍 돌렸다. 사부님의 사제인 운형 사숙과 같은 이유는 아니었다.

오히려, 집 떠난 아버지를 오랜만에 만나 그동안 왜 안 왔냐며 원망하는 마음을 품고 있는 어린아이 같은 모습이었다. 그는 그의 사제가 아니라 제자였으니까.

"자식. 오랜만에 봤으면 반갑다고 안기지 않고."

"제가 무슨 어린앱니까? 그보다, 사부님께서 혼자 오시다니요? 사제들은?"

그래도 사부님이 데려오신 사제들은 귀엽다. 한 놈은 눈이 멀어 비철거리며 다가와 마음이 쓰렸지만, 또 한 놈은 순진해 보이는 게 귀엽기 짝이 없었다.

"아, 천천히 올라올 것이니라. 조금만 기다려 보면 어디까지 왔나, 하고 노니는 소리가 들려올 것이야."

운향자 허진무가 헤죽헤죽 웃으며 말했다. 제자 놈이 오랜만에 봤다고 뾰로통하게 굴길래 걱정했는데, 걱정과는 달리 사제들에게 잘 해주는 것을 보니 미안하기도 하고 마음이 편하기도 했다.

아니나 다를까, 곧 두 형제의 소리가 들려왔다.

"어디까지 왔나—"

"궁까지 왔지!"

본래 이 놀이를 할 때는 자세한 지명을 말해주는 것이 예의다. 그렇지 않으면 위치에 대한 개념이 사라져 몹시 혼란스럽게 마련이다.

호은이 느끼는 것도 그러했다.

"어, 어느 궁까지 왔나?"

당황으로 떨리는 목소리였다. 그는 주위가 소란스러워지는 것을 느끼며 청력을 돋웠다.

"운, 운, 운… 무슨 궁이더라? 아, 저기 사부 있다! 사부, 이거 무슨 궁이야?"

"호진아! 사부께 무슨 망발을……!"

"으하핫, 여기는 운현궁이지."

따듯한 사부의 목소리가 들려왔다. 하지만 지금과 같은 상황에서는 따듯하게만 들리지 않았다.

당황한 호은은 얼른 동생의 손을 놓고 머리를 숙였다.

"제자 호은, 아니, 황묵자가 사부를 뵈옵니다."

"제자 황칼[끼]자도 사부를 뵈어!"

황우자는 키득키득 웃음을 터뜨렸다. 귀여운 사제는 그만 자신의 도호를 틀리고 말았다. 황검자라는 멋진 도호를 받아놓고는, 황칼자라고 말해 버리고 만 것이다.

운향자 허진무가 고개를 설레설레 저었다.

“…호진아, 익숙하지 않은 것은 알겠다만, 너는 황칼자가 아니라 황 검자야.”

“아, 황검자가 사부를……”

“뵈어요. 라고 해야지.”

허진무가 차분히 인사말을 가르쳐 주었다. 모처럼 푸른 도복을 입고 수염을 단정히 한 그는 제법 도사다운 모습을 보여주고 있었다.

호은과 호진도 제법 도복이 어울리는 것이 이제 어디 가서 무당의 도사라 불러도 괜찮겠다.

“사부를 뵈어요!”

무사히 호진이 인사를 마쳤다. 그 모습을 보며 운형자와 황우자가 키득키득 웃어댔다. 흥겨운 웃음소리였다.

“괜찮아, 예의라는 것이 워낙에 어려운 법이니 틀리는 것도 무리가 아니지. 게다가 너는 입산한 지 얼마 되지도 않았잖느냐.”

황우자가 인자하게 말했다.

하지만 동생의 실수가 가벼이 넘어갈 일이 아니라고 생각한 호은은 차분히 머리를 조아렸다.

“사제 황목자가 사형을 뵙습니다. 사제 황검의 무례는 제가 대신 죄 를 청하겠습니다.”

장난스레 사제를 맞이하려던 황우자의 얼굴이 덜컥 굳었다.

황우자는 자신의 둘째 사제가 누군가를 떠올리게 한다고 생각했다. 그 생각을 운형자가 대신 말해주었다.

“저거, 꼭 운풍 사형 같지?”

“그러게요. 운풍 사숙 같군요.”

“…예? 무슨 말씀이신… 지?”

운풍 사숙과 자신이 무슨 관계라는 말인가! 호은이 멍청하게 반문했다. 그리고 그 모습만큼은 운풍자와 닮지 않았다.

그것이 운형자와 황우자를 안심시켰다.

"낄낄, 아무것도 아니니라. 푹 쉬고 내일 무사히 입도례를 치르자꾸나. 그 다음에는 강호에도 나가봐야겠지?"

"…예."

이 일이 끝나면, 자신은 다시 강호로 나가게 될 것이었다. 본래 무당에서 떠나고 싶지 않았지만, 악연을 만들었으니 어떻게든 해소해야 한다는 사부의 엄명에 다시 강호로 떠나게 되었던 것이다.

하지만 허진무가 천월을 열어 훑어보니 호은은 두고두고 강호행을 할 팔자였다. 동생이 다음 대 태극혜검이 되고, 자신이 협객행을 할 팔자다.

큰 녀석은 무검몽도(無劍夢道)라 불리게 될 것이고, 작은 녀석은 태극광도(太極狂道)라 불리게 될 것이다.

둘이 합쳐 무당이괴(武當二怪)라 불리리라.

그 자리에 황우자가 없다는 것을 괴이쩍게 여긴 허진무가 시선을 돌려 황우자를 바라보았다.

황우자는 드디어 자기 밑에 동생들이 생겼다는 기쁨에 실실 웃고 있었다.

'뭐, 별거 아니겠지.'

허진무는 피식 웃으며 하늘을 바라보았다. 저 멀찍이 있는 운비궁에서 누군가가 바라보는 시선이 느껴진다.

'사부인가?'

운향자 허진무가 자신들을 알아보았다는 사실에 놀란 현평 진인이 순수한 감탄사를 내뱉었다.

"자네 제자의 무공이 범상치 않구먼. 훌륭하네."

"무공이 늘어봤자 거기서 거기지요. 제 제자 눈 하나 못 지킨 놈이 대단해 봤자 얼마나 대단하겠습니까."

현성 진인이 고개를 저었다. 현평 진인은 피식 웃고는 사제를 바라보았다. 사제는 오랜만에 돌아온 제자가 이래저래 맘에 안 드나 보다. 하지만 자신에게는 그가 곱게 보이기만 한다.

그가 가져온 정보는 강호에서 구할 수 있는 정보가 아니다.

"마선, 마선이라……."

현성 진인이 흘끗 장문인을 돌아보았다. 하긴, 탐탁지 않은 제자긴 하지만 최소한 천월을 보는 제자의 눈은 믿을 수 있다.

게다가, 청명 사숙과 만나 천월로 본 사실을 인정받기까지 했으니, 안 믿을래야 안 믿을 수가 없다.

"제게는 그가 맹주라는 것이 더 충격적이었습니다. 이를 어찌해야 할는지……."

"나는 사숙을 믿네."

"저도 그렇습니다."

현평 진인이 지나가는 듯 덤덤히 말하자 사제도 맞다는 듯 고개를 끄덕였다. 자신들이 사숙을 믿지 못하면 누구를 믿겠는가!

"그렇다면 무림맹과 노선을 달리 하실 계책입니까?"

"입도식이 끝나는 대로 강호에 나서게 될 걸세. 하지만 무림맹으로 가지는 않아. 우리는 사숙께로 갈 걸세."

"사숙께서 어디 계신지 알고요?"

"사천."

현평 진인은 짧게 말하고는 더 이상 듣지 않겠다는 듯 몸을 돌렸다. 현성 진인은 그런 그를 의아한 얼굴로 바라보았다.

장문인에게 사천에 사숙이 있을 것이라고 알려준 인물은 바로 사부, 청허 진인.

그는 그 인연을 알려준 이후로 크게 앓고 있었다.

*   *   *

"살아 있으면 뭐 해!"

방금 전까지만 해도, 그는 맹주의 생존을 온전한 마음으로 기뻐하고 있었다. 그러나 기뻐하는 마음은 곧 좌절하는 마음으로 변해갔다.

추걸개는 악몽에서 방금 깨어난 사람처럼 수염을 쥐어뜯었다.

"이 광할한 구주(九州)에서 어찌 맹주를 찾는단 말이야!"

"…으음, 문제로구만."

귀곡자 역시 고통스러운 신음을 내뱉고 있었다. 귀곡자는 운풍자를 바라보며 입을 열었다.

"그를 찾을 수만 있다면, 현 맹주가 맹주가 아님을 만천하에 알릴 수 있을 걸세. 그렇게만 된다면 마선은 정도에서의 영향력을 완전히 잃어버리게 되지. 그렇다면 그는 마교만으로 강호를 경영할 수밖에 없어. 맹주는 반드시 찾아야 하네, 운풍자."

"…어디에서 말입니까."

차가운 목소리로 운풍자가 되뇌었다. 그 역시 방법이 보이지 않기는 마찬가지였다.

과연 세상일은 때때로 쉽게 흐르지 않는다. 추걸개와 귀곡자, 운풍자는 잠시나마 마선의 정체를 만천하에 드러낼 수 있다는 희망에 사로잡혔으나, 곧 제풀에 지치고 말았다.

선계의 전언을 들어보면 맹주가 어딘가에 살아 있다는 것이 앞으로의 단초인 것 같은데, 그가 도대체 어디에 있단 말인가!

"일현 선인이라 하셨나? 기왕이면 위치도 알려주시지……."

"……."

원망스러운 어조로 추걸개가 운풍자를 바라보았다. 그는 마치 당과를 찾는 어린아이 같은 얼굴을 하고 있었다.

운풍자는 조용히 그 시선을 피했다.

"도대체 그는 어디에 있을까……. 역시 무림맹일까?"

귀곡자는 수염을 긁적거렸다. 운혜가 재빨리 끼어들었다.

"무림맹! 그거 일리가 있어요, 일리가. 보통 마두들은 이런 식이라고요. 누군가로 변장할 때, 변장의 대상을 데려다가 지하실 같은데 가둬두고 잔인하게 고문을 하지요!"

"이야기책에 흔하게 나오는 것 같긴 하네만, 틀린 것 같지는 않구먼. 그렇다면 군이 무림맹일 필요가 없지. 잊으면 아니 되는 건 마선은 마교와도 연관이 있다는 것일세."

귀곡자가 고개를 저었다. 운혜는 그 말이 맞다는 듯 고개를 끄덕이고는 다시 머리를 싸매기 시작했다.

그리고 곧 또 다른 생각이 떠올랐는지 반짝, 고개를 들었다.

"저 멀리 포달랍궁은 어때요? 거기에 맹주를 숨겨두면 찾으러 갔다가 돌아오는 시간이 오래 걸리게 되잖아요? 만에 하나 누가 맹주를 구출하는 사태가 벌어져도 그곳까지 다녀오는 만큼의 시간을 벌 수 있으니 일석이조지요! 아니면 저 멀리 조선이라던지요.”

“…세외로 빼돌렸을 것 같지는 않네. 마선이 맹주를 살려둔 데는 이유가 있을 것이 분명해. 그렇다면 가까이에 놓고 그를 감시하지, 멀리 돌리지는 않을 거야.”

이번엔 추걸개가 반박했다. 그 말을 들은 운풍자는 슬쩍 고개를 젓고 무거운 목소리로 입을 열었다.

“사조님께서는 육신에서 벗어나 양신만으로도 자유로이 떠도실 수 있습니다. 마선도 마찬가지겠지요.”

“……”

추걸개나 귀곡자의 입이 동시에 막혔다. 만약 그가 감시하고자 마음을 먹었다면, 천하 어디에 있어도 마선의 감시를 피할 수 없다. 그 양신이 육신을 벗어나 감시한다면, 막을 방법이 없다.

“그렇다면… 정말 구주를 다 뒤져야 한다는 말이 아닌가?”

“…으음.”

다시 절망이 일행을 휘어 감았다. 추걸개는 다시 수염을 쥐어뜯기 시작했고, 귀곡자는 관자놀이를 지그시 눌렀다.

운혜는 눈을 감고 이맛살을 찌푸렸다.

대화에 끼어들지 않고 무엇인가를 골똘히 생각하던 청명은 고개를 갸웃갸웃거리다가 마침내 운혜를 붙잡았다.

“운혜 사손, 운혜 사손. 그러니까, 진짜 무림맹주님이 살아 있다는 뜻이지요?”

“그럼요. 일현 태사조님의 말뜻이 바로 그것일 거예요.”

“아, 그럼 마선이랑 똑같이 생겼겠네요?”

청명은 수줍은 얼굴로 확인을 했다. 조심스러운 눈초리였다. 운혜는 조용히 고개를 끄덕여 주었다.

"나 그런 사람 본 적 있는데!"

"…음?"

운풍자, 추걸개, 운혜의 얼굴이 동시에 청명에게로 돌아갔다.

"보, 보, 보다니! 어디에서?!"

득달같이 달려드는 추걸개에게 놀란 청명은 손가락을 들어 하남성을 가리켰다. 자신들이 떠나온 곳이었다.

청명은 얼마 전, 혈랑채에서 보았던 백치 노인의 얼굴이 마선과 닮아 있다는 것을 이제야 깨달은 것이다.

그리고 그것을 이처럼 뒤늦게 깨닫는다는 것이 말도 안 되는 일이라는 것 역시 알아챘다. 본래대로라면, 백치 노인의 얼굴을 볼 때에 바로 알아챘어야 했다.

'왜지……?'

청명은 이마를 찌푸렸다. 하지만 또다시 뿌연 안개 같은 것이 느껴질 뿐, 무엇인가를 짐작할 수가 없었다.

"그럼… 얼른 출발하세!"

청명의 얼굴에서 그 사실이 진실이라는 것을 확신한 추걸개가 희희낙락 몸을 일으켰다. 맹주가 이렇듯 가까운 곳에 있다니, 다행이 아닌가!

하지만 흥이 난 추걸개와 달리, 운풍자와 귀곡자는 청명의 얼굴을 보며 불안한 기운을 느끼고 있었다.

보통 똑같은 얼굴을 가진 다른 사람을 보면 신기함 때문에라도 기억하게 되는 법이다. 선인과 인간의 차이점이 있을지도 모르지만, 사람을 알아보는 눈까지 차이가 나겠는가!

하지만 청명 선인은 그런 사람을 보고도 이처럼 뒤늦게 자신들에게 알려주었다.

“…….”

귀곡자는 청명의 얼굴을 지켜보며 상념에 빠져들었다.

6장

제5화 하늘이 대신 눈물 흘릴 때

"서둘러 출발해야 하네!"

추걸개는 몹시 흥분된 기색이었다. 맹주가 살아 있다는 것을 깨달았으니 이제는 행동만이 남아 있을 뿐이었다.

령보로 가서, 맹주를 구출한다. 그리고 맹주와 함께 사천으로 가서 마선의 거짓됨을 만천하에 알린다. 정말 간단한 일이었다.

일행을 재촉하기 위해 그는 벌써 수십 번도 넘게 출발하자고 외쳐대고 있었다.

"그래, 서둘러 출발해야겠지. 지금 당장이라도 출발하고 싶네만."

일행의 앞길은 청명 선인께서 결정하신다. 하지만 일행의 구체적인 여정은 운풍자가 결정했다. 때문에 귀곡자는 운풍자를 바라보며 물어보았다.

운풍자는 조용히 고개를 끄덕였다.

“저도 그래야 할 듯싶습니다. 하여, 지금 표국주를 뵙고 출행을 알리려 합니다.”

“……그러시게.”

귀곡자가 천천히 고개를 끄덕였다. 청명은 똘망똘망한 눈동자로 운풍자를 바라보며 말했다.

“지금 출발하려는 건가요?”

“그렇습니다, 사조님.”

청명의 얼굴이 우울하게 굳어졌다.

“그렇군요…….”

운풍자의 눈에 이채가 떠올랐다. 사조님께서 무엇인가 아쉬운 것이 있나 보다.

“무슨 문제라도 있으십니까.”

바로 출발하는 것으로 착각한 청명이 우울한 얼굴로 물었다.

“……나는 검황 형님을 뵙지도 못하고 떠나야 하는 건가요?”

“그런 것은 아닙니다. 떠나기 전에 잠시의 시간이 있으니, 검황 노선배를 뵈실 수 있으실 겁니다.”

“아, 그렇군요!”

우울했던 청명의 얼굴이 살짝 펴졌다. 사부를 떠올리게 하는 얼굴을 한 번 더 보고 싶었다. 이번에 헤어지면 더 이상의 인연이 없을 것이기에 그러했다.

검황 형님은 화산으로 돌아가 앞으로 다시는 나오지 않으실 것이었다. 그는 그곳에서 영면을 맞으리라.

“그렇다면, 잠시 뵙고 올게요, 운풍 사손.”

“그러십시요.”

“헤헷.”

청명은 헤죽 웃으며 몸을 돌려 희희낙락 자리를 빠져나갔다.

귀곡자는 천천히 소매에서 고죽과 담배쌈지를 꺼내어 쌈지를 풀었다.

그리고 담배 가루를 고죽에 채워 넣고 부싯돌을 찾아 두리번거렸다.

운풍자야 표국주를 만나 출행을 알려야 한다고 치고, 추걸개와 자신은 특별히 할 일도 없잖은가?

여유롭게 담배나 태우다 나서면 될 일이다.

추걸개는 조금 다른 생각을 했다.

“그래! 앞으로 고달픈 여행길을 겪을 테니, 미리 배부터 채워놓는 게 옳네! 마침 표국에 왔으니 맛있는 것이나 실컷 먹어야겠지.”

추걸개는 과연 거지다웠다. 그는 구걸을 할 수 있는 상황이 왔으니 최대한 많이 구걸해야 한다고 생각한 것이다.

운풍자는 조용히 몸을 일으켰다.

“저는 이만 나가보겠습니다.”

“아, 사형! 나도 같이 가요.”

운혜는 싱글벙글 웃으며 몸을 일으켰다.

귀곡자 노선배는 담배를 태운다고 하고, 추걸개 막 노선배는 식사를 하러 가신단다. 운풍 사형은 국주를 뵈어야 하고, 청명 사조님은 검황 노선배를 뵈러 간다 했으니 자신만 할 일이 없다.

강호에 나왔으니, 표국 구경을 한번 해보는 것도 좋지 않겠는가? 운혜는 국주실까지 따라가면서 이곳저곳을 둘러볼 생각이었다.

“…그러지.”

운풍자의 마음이 흔들렸다. 꼭 운혜 사매가 자신을 위해 함께 가주는 듯한 기분이었다.

운풍자는 조용히 별관을 빠져나와 걸음을 옮겼다. 무표정하고 무덤덤한 눈이 살짝 흔들렸다.

정갈하게 꾸며진 정원을 바라보며 운혜가 입술을 헤 벌렸다.

"우와, 예쁘다. 무당산보다는 아니지만, 여기도 참 아름답네요?"

"그렇군."

운풍자는 억지로 시선을 외면해 다른 곳을 보았다. 운혜는 그 시선을 발견하고는 눈을 가늘게 떴다.

"사형, 거짓말도 하는군요? 시선이 다른 데 가 있어요."

"……."

운풍자는 대꾸없이 걸음을 옮겼다. 얼음덩이를 놓아둔 양 차가운 그의 모습에 운혜는 괜히 입술을 비죽였다.

"쳇."

짧게 투덜거린 운혜는 앞서 걸어가는 운풍자를 빠르게 뒤쫓아갔다.

운풍자 옆에 서자 보조를 맞춰 걸으며 장원을 둘러보았다.

황제께오서 하사하신 도관들과 무당산의 광대한 자연을 보고 자란 운혜에게는 검소하고 소박해 보이는 장원이었다. 하지만 아기자기한 맛이 있어 운혜는 재미있게 구경을 할 수 있었다.

운풍자는 그런 운혜를 흘끔흘끔 바라보았다. 그리고 시선을 돌려 다시 앞을 바라보았다.

'내가 무슨… 생각을 하고 있는 건가.'

슬며시 눈을 감은 운풍자는 머릿속을 파고드는 생각을 지웠다.

그때였다. 운혜가 입을 열어 뜬금없이 질문을 던졌다.

"사형, 뭐 하나 물어봐도 돼요?"

"그러도록."

운혜는 무엇인가를 상상하는 듯한 얼굴이 되더니 조심스럽게 입을 열었다.

"있잖아요, 만약 제가 도호를 받지 않았다면 어떻게 됐을까요?"

운풍자의 걸음이 멈추어졌다. 운풍자는 무표정한 얼굴로—사실 몹시 당황한 얼굴이었다— 운혜를 바라보았다.

운혜가 던진 질문은 큰 파도가 되어 운풍자의 마음을 쓸어내렸다.

운풍자의 시선을 탓하는 시선으로 받아들인 운혜가 얼굴을 발갛게 붉히며 고개를 저었다.

"아, 무당이 싫은 게 아니라, 만약 제가 속가제자였다면요."

운풍자는 억지로 운혜에게서 시선을 떼고는 다시 걸음을 옮겼다.

일단 도적에 이름을 올리게 되면 환속은 불가능한 일이 된다. 물론 몇 가지 예외가 있긴 하지만 그 예외가 극히 적으니 방법이 없다고 해도 무방하리라.

첫 번째 예외는 문파에 죄를 지어 파문당하는 경우다. 이 경우에는 대체적으로 사지 근맥이 끊기고 단전을 폐하게 된다. 안 당하는 편이 낫다.

두 번째는 특별한 경우에 한하여 장문인이 환속을 결정하는 경우였다.

물론 운혜는 어디에도 해당 사항이 없다.

"그랬다면 누군가를 좋아하게 된다면 아무런 걱정 없이 좋아할 수 있겠지요?"

운혜의 눈동자에는 누군가가 담겨 있었다. 운풍자는 거기까지는 파악하지 못했다. 그는 그저 고개를 끄덕여 줄 뿐이었다.

"…그럴 수 있었겠지."

운풍자의 마음 한구석에서 슬며시 떨림이 솟아올랐다. 그 떨림은 조금씩 더 커져만 갔다.

운혜는 무엇인가를 곰곰이 생각하는 얼굴이 되었다.

만약 자신이 속가제자여서 누군가를 마음껏 사랑할 수 있다면 어땠을까를 상상하는 것이었다. 하지만 도인으로서의 자신을 버릴 자신이 없다.

운혜는 미소를 지으며 고개를 들고 대수롭지 않다는 듯 말했다.

“…에이, 이젠 어쩔 수 없잖아요. 벌써 도사가 되어버렸는걸.”

사매는 저 가슴속에 무슨 마음을 품고 살까? 왜 갑자기 이런 소리를 하는 걸까?

운풍자는 걸음을 멈추고 조용히 운혜를 바라보았다. 차갑지만 곧은 시선이 운혜의 눈과 마주쳤다.

“환속을 하고 싶으냐.”

운혜가 모르는 사실이 있었다.

약식으로 도호를 받거나, 기명제자가 되는 경우는 있지만 정식으로 도호를 받는 입도례는 이십일 년에 한 번 열린다.

그때에 정식으로 도적에 이름이 기록되고, 그 이전에는 약식으로 기록될 뿐이다.

만약 입도례 때 거부한다면 환속이 가능하다.

“모르겠어요.”

운혜는 혀를 날름거렸다.

예전엔 몰랐는데, 운풍 사형 앞에서는 어떤 말이든지 다할 수 있었다. 현무 사부에게 하지 못한 말도 운풍 사형에게는 할 수 있었던 것이다.

언제나 듬직한 친오라비가 있었다면 이렇지 않았을까? 언제나 앞장

서서 무슨 일이든지 다해주는 자상한 성격이지만, 말수가 적고 과묵해 차가워 보이는 그런 오라비 말이다. 그런 오라비가 있었으면 했었다.

사부에게 꾸중을 들어 목검이 부러졌을 때, 자신의 목검을 대신 건네어 주는 그런 자상한 오라비.

운혜는 운풍자의 앞에 똑바로 섰다.

"호홋, 이왕 도사가 되었으니 저도 청명 사조님 뒤를 따라 도를 배울 거예요. 어쩌면 제가 사형보다 빨리 우화등선할지도 모르지요."

운혜는 그렇게 말하고 뒤돌아서 한 걸음, 한 걸음 큰 보폭으로 걸어 나갔다. 귀여운 모습에 운풍자가 슬며시 미소를 지었다.

"…설마 네가 나보다 빠르기야 하겠느냐."

운풍자가 근엄한 어조로 농담을 했다. 하지만 그 무덤덤한 목소리를 들으니, 농담이 농담 같지 않다.

"흥!"

운혜는 입술을 비죽여 주고는 앞으로 달려나갔다.

운풍자는 그런 운혜의 뒷모습을 바라보며 상념에 잠겼다.

'언제였더라?'

기억을 더듬어 과거로 향하던 운풍자가 마침내 찾아 헤매던 기억을 떠올렸다.

'그래, 십칠 년 전 봄이었다.'

처음엔 별다른 감정이 없었다. 장문 사부를 따라 갓난아이를 보았을 때는, 갓난아이란 저렇게 생겼구나 하는 느낌이 전부였다.

그저 갓난아이가 까르르 웃는 모습이 귀여워 보였다. 그래서였을까? 운풍자는 운혜라는 이름을 오래 기억해 두었다.

그리고 그 이후로 오랫동안 운혜를 보지 못했다.

나중에 알았지만, 운혜 사매는 순음지체로 음기가 치솟아 죽음의 위기를 겪고 있었다. 그래서 운혜 사매는 금제를 친 동굴에 숨어 대법을 받아야 했었다고 한다.

"……."

상념에 빠져 있던 운풍자가 걸음을 옮겼다. 시간이 촉박하니 서둘러 국주실에 가야 한다. 하지만 걸으면서도 추억은 조금씩 샘솟아 운풍자의 얼어버린 가슴을 녹였다.

운풍자가 열세 살이 되었을 때였다.

장문인의 제자라는 것은 때때로 굉장히 피곤한 일이었다. 무공이 경지에 이르기까지 혹독히 훈련받아야 하는 것은 물론이고, 제자들의 도호는 물론이요, 현자배 이상의 진인들의 도호와 외모도 익혀야 했었다.

수많은 도인들의 비슷한 도호는 냉철한 이성의 소유자인 운풍자를 괴롭히는 중요한 요소가 되었다. 현자 배분의 도호가 특히 그러했다. 현으로 시작하는 것은 똑같은데 어찌 그렇게 헷갈리는지.

운풍자는 현중 진인을 보고는 머리를 숙였다.

"무당의 운풍이 현중 사숙을 뵙습니다."

"오, 너로구나. 재수없게 생긴 놈."

무당 내에서도 괴인으로 유명한 현중 사숙이 딴죽을 걸었다. 무표정한 운풍자는 멋쩍게 웃음을 흘렸지만, 현중 진인의 눈에는 딱딱하게 굳은 얼굴로만 보였다.

"거 얼굴 참 살벌하네. 나중에 얼굴로 천하제일고수가 되겠다."

"…감사합니다."

"감사 인사하지 마!"

현중 진인은 고개를 흔들며 운풍자의 볼을 꼬집으려 들었다. 하지만 그 시도는 현평 진인이 나타났기 때문에 좌절되었다.

"무당의 운풍이 장문 사부를 뵙습니다."

"그래. 오행검의 수련은 어떻게 되어가고 있느냐."

"검로를 거둘 수 있게 되었습니다."

뻗어나가던 검로를 자유자재로 거둘 경지는 아직 아니었다. 하지만 뻗어나가던 검을 처음으로 거두어들일 수 있었다. 초식에 익숙해져 가는 것이다.

현평 진인의 얼굴이 흡족하게 변했다.

"그래. 그쯤이면 되었느니……. 제자야."

은근한 목소리로 현평 진인이 운풍자를 불렀다.

"제자 운풍이 장문 사부의 명을 받습니다."

"……."

흡족했던 얼굴이 슬쩍 구겨졌다. 너무 바른 예의가 오히려 부담이 되었던 것이다. 게다가 너무 강직해 꺾일까 두렵다.

"오늘은 수련을 하지 않겠다. 제자는 무당산을 슬쩍 둘러보고 상청궁으로 오너라."

'놀아라' 하면 절대 놀지 않을 것이라는 것을 알기에 현평 진인은 무당산을 슬쩍 둘러보라는 명을 내렸다.

"뜻을 받드옵니다."

그는 조용히 걸음을 옮겨 무당산의 행로로 향했다.

그때에, 운풍자는 운혜를 다시 만났다.

추억을 걷다 보니 어느새 국주실에 다다랐다. 표국의 국주실을 바라보던 운풍자는 잠시 주저했다. 마치 들어갈까, 말까 고민하는 듯했다.

"……."

그는 들어가지 않았다. 그 상태 그대로 굳어버린 듯 선 운풍자는 조용히 시선을 돌려 국주실 옆으로 난 정원을 바라보았다.

'그래, 그때도 이렇듯 꽃이 피어 있었지.'

열세 살의 운풍자는 사부의 명을 따라 무당산을 빙빙 돌다가 자그마한 소녀가 울고 있는 것을 발견했다.

자그마한 소녀는 커다란 눈을 데굴 굴리며 경계심 어린 눈으로 자신을 바라보았다.

'누구… 지?'

도호를 모르는 도사가 있다는 것에 운풍자는 의아함을 느꼈다. 도호는 예전에 모두 외워두었는데.

소녀는 제 것인 듯 보이는 부러진 목검을 보며 서럽게 울고 있었다. 배분을 밝히고 존장에 대한 인사를 해야 하건만 소녀는 그저 서럽게 눈물 흘릴 뿐이었다.

운풍자는 무표정한 얼굴로 자신의 손에 쥐어진 목검을 바라보았다. 그 목검은 예전에 장문 사부께서 만들어주신 것이었다. 시선을 돌린 운풍자는 소녀를 바라보았다.

"……."

"흑, 흑……."

운풍자는 목검을 내려놓았다. 그리고 최대한 아무렇지도 않게 몇 마디를 읊조렸다.

"검을 부러뜨리다니, 그동안 연습을 많이 했구나. 이건 상이다."

그리고는 바로 몸을 돌렸다. 무당산을 한 번 더 돌려면 서둘러야 할 것이었다.

운풍자는 왠지 얼굴이 화끈거린다고 생각하며 걸음을 옮겼다.

그때부터였다.

운풍자가 무공을 수련하고 있으면, 조그맣고 수줍은 시선이 나타나 자신을 지켜보고는 했다. 그 시선은 그가 돌아보면 사라졌다.

쏙 하고 담 뒤로 사라져 버리는 눈을 볼 때에는 운풍자의 얼굴이 붉어졌다.

그리고 그 시선이 보이지 않을 때면 서운했다.

운풍자는 무공을 수련하는 시간을 매번 설레는 마음으로 기다렸다.

이 이상 시간을 지체할 수가 없다. 서둘러 령보로 떠나야 하건만 너무 많은 시간을 지체했다.

반 각 이상을 멍하니 서서 정원만 바라본 것 같다.

'언제였더라? 그 눈이 보이지 않았던 때가.'

운풍자는 몸을 돌려 국주실을 바라보았다. 그리고 차분한 목소리로 입을 열었다.

"무당의 운풍 도장이 진령표국의 국주를 뵙기를 청하오."

"오! 잠시만 기다리시오!"

안에서 탄성이 들리고 우당탕탕 소리가 들려왔다. 황급히 문으로 달리느라 나는 소리인가 싶다.

'언제였더라……'

귀로는 소리를 들으면서도 운풍자는 기억을 더듬었다. 하지만 도저히 기억이 나질 않는다. 운풍자는 눈을 깊게 감았다 떴다.

그때부터 운풍자의 눈이 조금씩 조금씩 가라앉았다. 마음을 깨끗이 정리하는 것이다. 시간이 지나자 조금 전, 추억에 잠겨 있던 사람이라고는 믿겨지지 않을 정도로 차분한 눈이 되었다.

"무당일검 운풍 도장께서 여기는 어쩐 일로……?"

"무량수불. 귀 표국의 환대에 감사드리오. 급한 일로 강호행을 속행해야 할 것 같아 출행을 알리려 잠시 들렀습니다."

"예? 떠나신다 하셨습니까?"

진령표국주의 실망한 듯한 눈초리가 운풍자를 향했다.

"예. 떠나야 합니다."

"이… 일단 안으로 드시지요."

운풍자는 차분히 목례하고 불안해하는 진령표국주의 뒤를 따라 들어갔다.

일 다경 뒤.

"귀표국의 환대에 감사드리오만, 세류소선께서 뜻하신 바가 있어 더 이상 머무를 수가 없소. 국주께서 양해하시기를 바라오."

임승준과 독대한 운풍자는 무거운 얼굴로 말했다. 바늘로 찔러도 피 한 방울 안 나올 것 같은 얼굴에 임승준은 울 것 같은 얼굴이 되어버렸다.

세류소선께서 급하신 일이 있어 진령표국을 떠나야 한단다. 마교도들이 올 때까지 막아주리라 믿었는데…….

"정말 떠나시려는 겁니까, 도장!"

"그렇습니다. 서둘러 하남성으로 가보아야 합니다."

표중일검은 울컥거리는 심사를 가누었다. 세류소선께서 오시기 전만 해도 자신감이 있었다. 화산의 장문인과 검황께서 계시니 마교도쯤은 문제가 아니라고 생각한 것이다.

세류소선께서 오셨을 때에는 자신감이 흐르다 못해 넘쳐 아예 마교도들이 얼른 오기만을 기다리는 심정이 됐었다.

그러나 막상 세류소선께서 떠날 때 즈음이 되니, 괜히 마음이 초조해진다.

생각해 보니 검황은 너무 늙은 것 같다. 그리고 장문인과 매화검수만으로 마두들의 공격을 막는 것은 불가능하지는 않을지 몰라도 많은 피해가 있을 것 같다.

"이곳에 마교의 침입이 있을 예정입니다. 세류소선께서 아니 계시면 많은 피를 흘리게 될지도 모릅니다."

"……."

그럴지도 모른다. 하지만 맹주를 구하지 못한다면 진령표국 뿐만이 아니라 천하가 피를 흘리게 될 것이다.

"죄송합니다."

"……."

임승준은 한숨을 내쉬었다. 자신에게는 신선을 붙잡을 능력이 없다. 그저 신선의 마음에 달린 것뿐인데 이미 떠나기로 결정한 듯하니 별다른 수가 없다.

"…알겠습니다."

"무량수불."

운풍지는 짧게 도호를 읊조렸다.

분위기는 차갑게 가라앉았다.

*   *   *

같은 시각, 진령표국 별관.

검황은 앞에 선 청명을 바라보며 인자한 미소를 짓고 있었다. 이번에는 권재후까지 함께 자리에 앉아 있었다.

허원 진인 권재후는 긴장한 듯한 얼굴이었다.

"그래, 쿨럭, 쿨럭! 떠난다고?"

"네, 저는요, 다시 하남성에 가야 돼요."

청명은 고개를 끄덕였다. 만남이 있으면 헤어짐이 있는 법. 사부님을 꼭 닮은 얼굴을 본 것은 좋으나, 그렇다고 이곳에 머무를 수도 없는 일이다.

시급한 일이 쌓여 있으니 별수가 없으리라.

"그래. 쿨럭! 떠나야 한다면… 어쩔 수 없는 일이겠지."

"네."

"하면, 나도 더 늦출 순 없겠군. 쿨럭!"

화산의 노도인이 슬쩍 시선을 돌렸다. 노도인이 바라본 곳에는 작은 탁자가 있었는데, 그 위에는 검 한 자루가 놓여 있었다. 매화 문양이 슬쩍 새겨진 검갑 안에는 날카로운 검이 곧게 서 있으리라.

검황은 시선을 돌려 권재후를 바라보았다. 그리고 하얀 수염을 슬쩍 쓰다듬으며 천천히 눈을 감았다.

그리고 그 상태 그대로 잠시 무엇인가를 생각하는 얼굴이 되더니, 고개를 끄덕였다.

"밖으로 나가볼까."

"……예."

권재후가 조용히 시립하여 말했다.

청명은 무슨 소리인지 몰라 고개를 갸웃했다. 나가긴 어디로 나간다는 것일까?

"저, 어디를 가는 건가요?"

"잔말말고, 쿨럭, 따라오너라."

검황은 차가운 한마디를 내뱉고는 권재후의 부축을 받아 노구를 움직였다.

정갈하게 가꿔진 정원으로 나오기까지는 많은 시간이 필요하지 않았다. 검황은 아무런 말 없이 걸음을 옮길 뿐이었고, 권재후 역시 아무 말도 하지 않았다.

마침내 정원의 한가운데 섰을 때였다.

"쿨럭!"

검황은 기침 한 번을 크게 내뱉었다. 그리고 권재후의 부축에서 스스로 몸을 일으켰다.

갑자기 변화가 일었다. 늙어 굽어진 허리가 곧게 펴졌다. 주름진 피부에 붉게 생기가 돌았고, 기운 한 점 없는 눈에서 현기가 뿜어져 나왔다.

청명은 걱정스러운 얼굴로 검황을 바라보았다. 검황이 하는 행동은 내기를 끌어올리는 일이었다. 생기를 거진 소모해 죽음을 눈앞에 둔 노인이 할 만한 일은 아니었다.

"저, 그러시면 나중에 많이 피곤해지실……."

"검을 들어라."

"네?"

청명의 눈이 동그랗게 떠졌다. 검황은 도대체 무슨 소리를 하는 것일까? 왜 검을 뽑으라는지, 청명은 짐작도 하지 못했다.

"검을 들으라고 했다."

일단 검을 들으라니 들어야겠다. 청명은 허리춤에 대롱대롱 매달려 있던 애검, 운혜를 꺼내어 들었다. 그리고 검황을 바라보았다.

"들었는데요."

"무공은 할 줄 알렸다?"

"네. 저는 삼재검을 할 줄 알아요."

청명은 고개를 주억거리며 대답했다.

"……."

검황은 피식 웃음을 지었다. 그리고 한 손을 뻗어 권재후가 들고 있던 청강검을 가리켰다.

청강검은 검갑에서 뽑혀 나와 공중으로 떠올랐다. 검갑은 여전히 권재후의 손에 들려진 상태였다.

"나도 그거 할 줄 아는데."

청명이 중얼거렸지만, 검황은 그 소리를 무시한 채 조용히 검을 바라보았다. 손에 들고 만져 볼 만하련만 그냥 그 상태 그대로 바라 볼 뿐이었다.

그리고 들려진 손이 청명에게 향했다. 검은 곧게 날아와 청명에게 쏟아져 나갔다.

"으헷?!"

청명은 황급히 고개를 숙였다. 검황의 차가운 눈이 청명을 향했다. 다행히 검황의 검은 심혈을 기울인 것이 아니라, 그저 한번 휘둘러 본 것에 불과했다. 아니었다면 청명은 검을 피할 수 없었으리라.

“흐아, 다칠 뻔했잖아요!”

청명은 볼을 부풀리며 항의했다. 검황은 다시 일수를 흔들었다.

검이 크게 원을 그렸다. 허공을 춤추는 검은 스스로도 빙글빙글 돌아가며 크게 원을 그리니, 별다른 초식 없이도 흉흉한 기세를 뿜어냈다.

“천(天)!”

청명은 재빨리 검을 하늘로 세워 들었다. 자신의 목을 노리고 횡으로 다가오는 검황의 검을 쳐내려 했다.

하지만 청명의 정직한 검로는 검황에게는 통하지 않았다. 청명은 무공을 모르는 인물이니 검을 움직이는 것이 아니라 마음을 움직이는 것에 불과한 것이었다.

때문에 현란하게 움직이는 검을 쫓기도 힘들었다. 하지만 예쁜 문양을 그리며 날아가는 검로를 알아볼 수는 있었다. 청명은 순수한 마음에서 감탄성을 터뜨렸다.

“우와…….”

청명의 검을 부드럽게 피한 검은 빠르게 휘돌아 방향을 바꾸어 청명의 허리를 노렸다.

“와아… 웅? 어이쿠!”

“화산에는 매화검이 있다네. 무당의 태극권이 무당 무공의 기본이 되듯, 화산의 매화검은 화산 모든 무공의 기초가 되지.”

피하기도 바쁜데 뭐라고 자꾸 말한다. 청명은 재빨리 검을 흔들었다.

“지(地)!”

순진하게 초식명을 알려주다니. 지의 초식이라.

그 속에 담긴 힘이 얼마나 강력할지는 모르나 초식의 행로를 아니 피하면 된다. 검황은 손을 반대로 떨궜다.

"아앗, 잠깐! 지의 초식을 펼치지 못했단 말이에요!"

지의 초식을 펼치려 자세를 잡던 청명은 지라는 소리를 듣자마자 얄밉게도 방향을 바꾸는 검을 보며 볼멘소리를 터뜨렸다.

"매화검은 그 자체로 선검이야. 곤륜의 태허도룡검이나, 무당의 태극검도 그러하지. 그것은 도(道)에 이르고자 하는 몸놀림일 뿐, 검법이라고 부를 만한 것도 아니야."

알 수 없는 소리를 하는 검황을 불만스러운 시선으로 노려본 청명이 볼을 부풀렸다.

"나, 나도 똑같이 할 거예요!"

청명은 운혜를 손에서 놓았다. 청명의 뜻을 받은 검이 공중에 떠올랐다. 검황의 눈에 처음으로 이채가 떠올랐다.

"이기어검이 아니로구나."

이기어검이 아니었다. 기로써 마음을 조종하는 것이 아니었다. 검에 기가 닿는 느낌이 없었다.

검황은 흡족하게 웃었다. 자신이 추구하던, 그리고 화산이 닿아야 할 경지가 바로 저것이었다.

검이 아니라 마음을 공부하는 법. 바로 도가의 검을 만드는 것이 그의 오랜 숙원이었다.

"허허헛… 하나 매화검의 본 검형으로는 검선의 경지에 이르지 못해. 분하지만 태허도룡검이나 태극검보다 모자랐던 게지."

"네?"

청명은 자신의 검을 바라보았다. 검은 제 스스로 의지를 가진 양 휘돌고 있었다. 매화검의 초식대로 꽃을 그리는 검황의 검에 맞추어, 함께 새로운 꽃을 그리고 있었다.

"그 이유를 찾아봤지."

검황은 자신의 검을 불러들였다. 청명의 검과 함께 노닐던 검이 검황에게로 돌아왔다.

"이유가 무얼까? 초식이 문제일까?"

애정 어린 따듯한 눈으로 자신의 검을 바라보며 말했다. 그리고 한 발 앞으로 내딛었다.

"그것을 풀어내는 것이 오랜 화산의 숙원이었네. 속세의 검이 아니라 검선의 검을 만들어내는 것. 하지만 아무도 찾아내지 못했어. 나도 마찬가지였다네."

그의 발이 부드럽게 움직였다. 원에 닿아 있지만 구부러진 원이었다. 그 원은 기묘한 문양을 그려가는 시발점이 되었다.

검황은 매화 무늬를 그리며 청명에게로 들고 있던 검을 내뻗었다.

"……."

공중에 떠 있던 청명의 검이 검황의 검을 막아내었다.

조금 전과는 상황이 반대로 흐른 것이다. 청명이 손에 검을 들고 검황의 이기어검을 막아내던 것처럼, 공중에 뜬 검을 검황이 막아내고 있었다.

"그때 검선이 강림했네. 아버님의 전언을 전하기 위해서는 그를 꼭 만나야 했거니와……."

"……."

"화산의 숙원을 풀기 위해서도 검선이 필요했네."

청명은 아무런 말 없이 검황의 검을 막아내는 자신의 검을 바라보았

다. 초식도 없고 의미도 없다. 그저 상대가 검을 뻗으니 그것을 막아내
는 것뿐이었다.

검황의 검과 자신의 검이 어우러지는 광경은 조화로웠다.

"이제 알려주게."

청명은 자신의 검을 불러들여 손에 쥐었다. 무공을 가르쳐 달라는
것이라면 불가능하다. 그것은 자신이 할 수 없는 일이니까.

하지만, 검황이 말하는 것이 무엇인지 이해하고 보니 굳이 불가능한
것은 아닌 듯했다. 그는 무공이 아니라 선검을 청하고 있었다.

청명, 아니, 검선은 자신의 검을 쥐어 들고 눈을 감았다.

잠시 고요히 서 있던 청명은 검을 쥔 채 검황을 돌아보았다.

"그랬군요."

검황은 히죽 웃고 검을 뻗었다. 매화검의 일초식이었다.

청명은 그 검을 바라보며 천천히 검을 들어올렸다.

검황의 검이 빠르게 청명의 어깨를 향해 나아갔다. 그러나 그것은
청명의 어깨를 베고자 함이 아니요, 청명의 검과 어울리고자 함이었
다.

청명은 자신의 어깨로 날아오는 검을 부드럽게 막아갔다.

마치 비무처럼, 내공이 조금도 섞이지 않은 둘의 검이 어우러졌다.

"매화검일세. 매화가 만발하듯 피어난다 하여 붙여진 이름이지."

"천하 만물 속에는 도가 있으니, 매화 속에도 도가 있겠지요."

매화를 닮고자 하든, 태극을 담고자 하든 둘 사이에는 차이가 없
다.

매화 속에 태극이 있으니 매화를 닮으면 태극을 그릴 수 있고, 태극

속에 매화가 있으니 태극을 닮으면 매화를 그릴 수 있다.

순간 청명의 검이 검황의 검을 닮아갔다. 그러나 그것은 같으면서도 달랐다.

"꽃이 피면 지고, 지고 난 자리에 또다시 꽃이 피는 법. 매화는 꽃을 피우기 위해 사는 것이 아니라, 살기 위해 꽃을 피우는 거예요."

검선의 검은 앞으로 나가기보다는 뒤로 나가고자 했고, 공격하기보다는 상대의 검을 어우르고자 했다.

"……."

검황은 조용히 그 모습을 바라보았다. 군자의 꽃이라 불리는 매화는 다른 꽃들보다 먼저 피어나 봄이 왔음을 알린다. 그 기상이 고고하여 선비의 꽃이라고도 불리운다.

때문에 매화의 기상을 닮은 검은 때때로 웅대하게 흘러 크게 검로를 뻗어내곤 한다.

'그것이 패도로 이어졌음인가?'

검황의 노안이 굳어졌다.

*　　　*　　　*

청명과 검황이 검의 지고한 도를 논하고 있을 즈음이었다.

"오늘은 진일이 아니야. 오늘은 자일이란 말이다. 미륵의 아래 있는 자로서 약속을 어기겠단 말이냐?"

키는 작지만 올록볼록 근육질의 몸을 한 기괴한 사내가 말했다. 그는 자기 키만 한 궁을 어루만지며 얼굴을 붉히고 있었다.

마궁 나영균은 약속을 어겨본 적이 없는 사내였다. 그리고 그것은 신의가 있다는 백련교 내의 평가뿐만이 아니라 그 교리에도 맞는 것이었다.

그러나 황금충 금명석은 그런 약속 따위는 얼마든지 어겨도 된다고 생각하는 사람이었다.

"그래. 그럴 계획이다."

"그게 무슨 소리냐! 마궁이 약속을 어기는 모습을 보아야겠다는 건가!"

"한 번쯤은 색다른 모습을 보여주는 것도 좋겠지."

삐쩍 말라 고루와도 같으나 그 어깨만은 웬만한 장정보다도 넓은 사내, 금명석이 말했다.

그는 마궁의 말에 대꾸하면서도 시선을 옮겨 누군가를 훑어보고 있었다.

"말도 되지 않아! 그 명령은 듣지 않겠다!"

"…들어야 할걸."

황금충 금명석은 슬쩍 몸을 일으켰다. 약속을 꼭 지켜야 한다는 나영균의 절박한 사정은 전혀 신경 쓰지 않는 듯한 모습이었다.

그래서 나영균은 대단히 흥분했다.

"안 돼! 안 가! 나는 안 가겠다!"

"……."

금명석은 이제 그의 말에 대꾸조차 없었다.

그는 객점의 구석에 앉아 있는 흑의사내를 바라보고 있었다. 비쩍 말라 어깨만 넓은 금명석이나, 난쟁이 같은 키에 근육질의 나영균이나 괴인이라 불릴 만한 자였지만, 흑의사내는 그보다 조금 더 심한 모습을 하고 있었다.

흑의사내의 피부는 화상이라도 입은 듯 잔뜩 뭉그러져 있었는데, 뭉그러진 살점들이 왼쪽 눈을 짓눌러 마치 피부가 녹아 흘러내리는 듯했다.

"이봐! 내 말을 들어! 나는 신의를 어기지 않는 사람이란 말이다!"

나영균이 외치는 분노의 목소리가 객점에 울려 퍼졌다.

어깨가 굽고 등이 튀어나온 꼽추는 추레한 모습으로 오른 눈을 들어 금명석을 바라보았다.

금명석은 그에게 포권을 취하였다.

"본인은 금명석이라 합니다. 과분하나마 백련교의 교우들이 황금충이라 별호를 지어주었지요."

"클클, 황금충이라… 안목이 뛰어난 자로구나."

명부의 목소리가 이러하련가! 괴인의 사내의 목소리는 소름 끼치는 탁음이었다.

금명석은 저도 모르게 몸을 스르르 떨었다.

"그리고 간도 커다란 자로군. 내게 말을 거는 것을 보니 내가 누구인지 알고 있겠구나."

"…호교법사께서 당신 같은 모습을 하고 있다고 알고 있습니다."

"헉!"

수상쩍은 분위기를 감지했던 탓일까? 조용히 눈치를 살피기만 하던 나영균의 입에서 헛바람이 튀어나왔다.

호교법사라니? 고작 표국 하나 접수하는데 왜 호교법사가 출행했단 말인가!

"클클클……."

사이한 웃음을 지은 흑의꼽추가 몸을 일으켰다. 흑의꼽추는 그대로 몸을 일으켜 옆에 놓인 작은 단도들을 챙겨 들었다.

"네 뜻대로 시행하라. 교주께서도 비슷하게 생각하고 계시니."

흑의꼽추는 그렇게 중얼거리고는 금명석을 똑바로 바라보았다.

금명석은 재빨리 무릎을 꿇었다. 상대가 누구인지 확인했으니 당연히 무릎을 꿇어야 했다.

"백련교 서열 백팔십사 위 금명석이 호교법사를 뵈옵니다. 이곳에 서열 이백 위 이상 백 위 이하의 교우들이 이십삼 명이 있으니 호교법사께서……."

"내가 굳이 나서야겠느냐? 네가 이끌어라."

"하면, 바로 출발하겠습니다."

"…뜻대로."

흑의꼽추가 중얼거렸다. 금명석은 머리를 조아려 대례를 취하고는 천천히 몸을 일으켜 뒷걸음질을 쳐 꼽추의 앞에서 벗어났다.

"……."

뜻대로 하라는 말씀은 진일이 아닌 오늘, 자일에 진령표국을 접수하여도 괜찮다는 뜻일 것이다.

반 각 뒤.

서안 가까이의 객점 하나가 폭삭 주저앉았다. 자신의 객점에 든 손님의 대화를 우연찮게 주워들은 대가로 객점주는 목숨을 바쳐야 했다.

그리고 서안의 구석구석에서 몇몇의 무인들이 모여들었다. 이곳에서 진령표국까지 고작해야 두 시진 거리.

곧 진령표국은 피로 물들게 되리라.

                    *   *   *

　“그러나 매화검은 매화만을 담고자 하는 게 아니네. 매화의 모습을 빌렸으나 그 모습 속에서 구현되는 삼라만상을 그린 검일세. 현제(賢弟)는 화산을 너무 우습게 보는구만.”

　마지막 남은 자존심 때문일까? 매화검이 패도에 가깝다는 것을 인정하지 못하는 마음으로 검황이 읊조렸다.

　청명은 고개를 끄덕였다. 자신도 비슷하게 생각하고 있었다. 매화검은 그 자체로 선검이나 방향이 잘못 잡혔다. 생하고 사하는 흐름보다 그 고고한 기상을 닮고자 했으니 별수없을지도 모른다.

　“본래 검은 검을 든 자를 닮게 되지요. 매화검은 선검이지만, 매화검의 검로를 따르다 보면 어긋나기 쉬우니 선검을 얻은 자는 없을 거예요.”

　청명은 검을 들어 휘둘렀다.

　“그러니까— 제가 무공은 못하지만요. 매화를 닮는다는 것은요—”

　청명의 검이 삐뚤삐뚤 매화를 그렸다. 매화검수가 보았다면 ‘내 매화검은 그렇지 않아!’ 라고 외치며 달려들 만한 어설픈 몸짓이었다.

　“그거, 매화검로를 따른 겐가?”

　한심하다는 듯한 얼굴로 검황이 말했다. 검황쯤 되니까 인자하게 말할 수 있었지, 어지간한 사람이었으면 얼굴부터 붉혔을 것이다.

　신선이 어떤 사람인지 잘 아는 권재후마저 얼굴을 붉힐 정도였다.

　자신도 그것을 아는지 청명의 얼굴이 수줍게 흔들렸다. 청명은 검황의 한심하다는 시선을 피하며 중얼거렸다.

　“하지만요, 요기서 마음이 흔들려요.”

삐뚤삐뚤, 아무렇게나 그려진 모습이었지만 매화검에 달통한 검황은 청명이 그린 초식이 무엇인지 알 수 있었다.

매화난영!

"허……."

그러나 무엇인가가 달랐다. 검을 우로 뻗을 때의 매화난영은 저보다 움직임이 크다. 그리고 저처럼 흔들려 자신을 방어코자 하지 않는다.

상대를 공격하여 상케 하는…….

"아!"

그런 것이었던가? 매화를 닮아야 했으나 매화를 닮지 못했다는 것이 그런 뜻이었던가?

"초, 초식이 마음을 흔들었던 겐가?"

"…네."

긴장으로 떨리는 검황의 목소리에 청명이 부끄럽다는 듯 웃으며 고개를 끄덕였다.

그렇다. 초식이라는 것은 본래 행신(行身)의 길, 수만 번 연습하고 또 연습하여 만들어지는 길이다.

그러나 정신은 육체를 벗어나지 못하는 법, 초식을 크게 하여 상대를 찌르는 연습을 수천, 수만 번 계속하다 보면 저도 모르게 마음이 바뀐다.

미약하지만 마음가짐도 커지고, 마음가짐도 살기를 품게 되는 것이다.

아주 간단한 진리였다. 왜 그것을 지금까지 몰랐던가 싶을 정도로 쉬운 것이었다.

청명이 말하고자 하는 바도 그것이었다.

"매화검은 본래 선검. 웅대함을 밟아도 선경에 들 수 있으나 초식이 크고 웅장하니 선경에 들기 전에 마음을 흔들어요. 웅대함 뒤에 생하고 사하는 기운의 흐름이 숨어 있지만, 그것을 엿보기 힘들어요. 만약 웅대함 뒤에 있는 흐름을 보여주기만 하면……."

"그렇구먼……."

검황은 자신이 들고 있던 청강검을 부드럽게 흔들었다.

한줄기 깨달음이 찾아온 것이다.

"그래. 내가 몰랐던 것이로군."

자신의 검은 분명히 선경에 닿아 있었다. 자각하지 못하였으나 웅대함 뒤의 흐름을 어렴풋이나마 느끼고 있었으니까.

하지만 검황의 지위를 얻기까지 수만 번 고련해 왔던 것이 그를 방해했다. 마지막 깨달음으로 가는 길은 초식이 막아섰다.

초식을 버려야 깨달음을 얻는다 했던가? 그 말은 굳이 무학에만 소용되는 것이 아니었다. 도학에서도 얽매임은 금기로 치거늘, 자신은 그만 매화검에 선경으로 가는 길이 있다 믿고 매화검의 초식만 튼튼히 연습하고 말았다.

연습할수록 무엇인가 잘못 되어간다는 느낌이 들더니, 이 때문이었나!

검황의 검이 청명의 검과 닮은 모습으로 부드럽게 흔들려 꽃을 피웠다. 삐뚤삐뚤했던 청명의 검과는 비교도 되지 않은 모습이었다.

"매화……."

저도 모르게 한마디를 중얼거리며 검황이 검을 흔들었다. 검이 꽃을 그리자 곧 검이 시들었다. 그리고 그 자리에 또 꽃을 피웠다.

"허허허……."

이제 알겠다. 매화검은 시간을 그리는 검이었다.

*　　　　*　　　　*

"클클……."

흑의꼽추는 천천히 걸음을 옮겼다. 산보라도 나온 듯한 여유로운 모습이었다. 그가 누구인지 모르는 백련교의 무인들은 평화로운 모습이었지만 그가 누구인지 아는 금명석과 나영균의 속은 평화롭지 못했다.

"저, 정말 호교법사신가?"

"…그렇다."

금명석이 입술을 달싹여 나영균의 전음에 대꾸했다.

"왜? 왜 호교법사께서 직접 나오신 겐가!"

"그거야 표국을 흡수하는 일이 예상보다 중요했으니 그랬지."

호교법사를 훑어보며 금명석이 대꾸했다.

'그런데 왜 표국 따위에 호교법사가…….'

그것은 바로 자신들 같은 일반 무사들이 해야 할 일이었다. 그런데 예상보다 너무 거물이 왔다.

'무슨 일이지?'

머리를 굴려보아도 답이 보이지 않는다. 그는 지략에 뛰어나나 아무런 정보도 없는 곳에서 단숨에 결정을 내릴 정도로 뛰어난 혜안을 지닌 것은 아니다.

"저곳이 진령표국이냐?"

"……."

명부에서 흘러나온 듯한 귀령음이 다시 한 번 들려왔다. 온몸에 끼치는 소름을 느끼며 금명석은 호교법사를 바라보았다.

"예. 그렇습니다."

"으흠… 서두르자꾸나."

"…뜻대로 하시옵소서."

호교법사는 금명석을 기특하다는 듯 바라봐 주고는 웃음을 터뜨렸다.

"클클클……."

*   *   *

검황은 자신이 깨달은 바를 검으로 펼치려는 듯 매화검을 한바탕 펼쳤다.

권재후는 그 모습을 바라보며 얼굴을 굳혔다.

주위의 시선을 잊고 너울너울 춤추던 검황은 마지막으로 칠매검기의 기운을 뿌리며 검을 수습했다.

"……."

잠시 침묵이 감돌았다. 권재후는 눈을 질끈 감고 검황의 검로 하나하나를 기억하기 위해 머리를 굴렸다.

잊어서는 안 된다. 저것이 자신에게로 내려온 또 다른 숙원. 그를 이루기 위해서는 선대의 업적을 보아야 했다.

"우와! 너무 예뻐요!"

청명이 팔짝팔짝 뛰며 외쳤다. 검황의 검은 한줄기 춤사위처럼 너무나 아름다웠다. 매화꽃은 마치 매화가 만발한 산에 온 듯한 느낌을 주었다.

“응? 냄새도 나네!”

청명이 코를 킁킁거리며 냄새를 맡았다. 그리고는 ‘여기엔 매화꽃이 없는데’라고 중얼거리며 고개를 갸웃했다. 이맛살을 살짝 찌푸리고 중얼거리는 모습이 수수께끼를 만난 어린아이와 같았다.

“본래 매화검이 경지에 오르면 매화향이 나는 법이라네.”

“아… 신기하군요.”

검황은 인자하게 웃음을 터뜨렸다. 그로서는 오히려 저 아이, 아니, 신선이 더 신기하다.

잠시 청명을 바라보던 검황은 조용히 시선을 돌려 권재후를 향했다.

“모두 보아두었느냐.”

“예.”

“이제는…….”

기력 넘치던 노인이 되었던 검황의 몸이 다시 쪼그라들었다. 마치 수십 년의 시간이 한번에 흐르는 듯한 모습이었다.

꼿꼿이 서 있던 허리가 굽고, 윤기가 넘치던 피부가 다시 푸석푸석해져 주름들이 돋보였다. 눈에 어렸던 한줄기 안광도 사그라졌다.

“이제는 네가, 쿨럭, 쿨럭! 네가 해야 할 일이야.”

“…….”

권재후는 조용히 시립하여 크게 머리를 조아렸다. 사조님께서 방금 하신 행동이 무엇인지 잘 알고 있었다. 내공으로 기운을 북돋우는 것은 검황쯤 되면 충분히 가능한 일이나, 늙은 몸에 내공을 일으켜 몸을 움직이면 원기를 크게 상하게 된다.

“제자가 뜻을 받자옵니다.”

“그래… 콜록! 그리고, 화산이 무당에 빚을 졌구나. 제자는 언제고 무당에 빚을 갚아야 할 것이야. 콜록!"

이것은 아마도 고맙다는 말을 에둘러 하는 것이리라. 권재후는 그리 생각하며 피식 웃었다.

"꼭 빚을 갚지요."

"허허허……."

청명은 검황과 권재후의 대화를 들으며 고개를 갸웃했다.

그때였다.

"마교도다!"

다급한 외침이 들려왔다.

＊　　　＊　　　＊

"클클……."

일단은 진령표국에 기회를 주었다. 이 기회를 받아들여 백련교의 교도가 되어 무극정토에 든다면 좋은 일이고, 받아들이지 않으면 직접 무극정토에 보내주면 될 일이다.

호교법사는 천천히 걸음을 옮겼다. 그 뒤를 금명석과 나영균, 그리고 무인들이 따랐다.

만약 국주가 백련교를 받아들이지 않는다면 아마도 모든 표사들과 시비들을 죽여야 하리라.

그러나 받아들인다면 저들은 형제가 된다.

마두들은 한 명의 목숨도 빼앗지 않고 표국에 들었다.

호교법사는 별관과 본관 사이에 위치한 정갈한 정원까지 아무런 방해도 받지 않고 들어왔다.

정원에 도착한 호교법사는 금명석을 바라보며 흘끗 눈짓을 했다.

그 눈짓을 알아챈 금명석이 목청을 돋웠다.

"금일, 백련교의 미륵께서 진령표국을 어여삐 보시어 수하로 맞고자 하시니, 국주는 흰옷을 입고 달려와 무릎을 꿇으라!"

"……."

장내가 침묵으로 물들었다. 시비들은 조용히 숨어 눈치를 보았고, 표사들은 검자루를 어루만지며 마교도들을 노려보았다.

하지만 침묵은 곧 깨어졌다.

"싫다, 요놈들아!"

이제 어지간한 마교도는 우습게 보인다. 본관에서 짐을 꾸려 나오던 추걸개는 상대가 마교도라는 것을 알아채고는 말썽꾸러기 손자에게 하는 것처럼 장난스레 말했다.

귀곡자는 상대가 백련교도라는 것을 알아채고는 본관 밖으로 나서지 않았다. 백련교가 무서워서가 아니었다.

자신이 백련교도였다는 것이 들키면 지금 해야 하는 일에 지장이 있다.

"……."

운풍자는 차분한 얼굴로 옆에 서 있던 진령표국주를 바라보았다.

그리고 무덤덤한 목소리로 말했다.

"다행입니다."

"예?"

"다행이라고 했습니다."

사실 마교의 침입을 방비해 주지 못하고 떠나는 것이 마음에 걸렸었다. 이제 마교가 왔으니 그를 해결하고 떠나면 될 일이다.

운풍자는 검을 뽑아 들었다.

"클클클, 모두 머리가 돌아버렸나 보구만."

흑의꼽추가 웃으며 뒤를 바라보았다. 그는 금명석을 보고 고개를 끄덕였다.

"모두 참살하라."

"……."

이제 곧 혈해가 펼쳐지리라. 진령표국의 사람이라면 모두 목숨을 잃게 될 것이다.

그런데 금명석은 명을 듣지 않았다.

"모두 참살하라 했다."

"……."

여전히 고요했다.

짜증이 난 호교법사는 눈살을 찌푸리며 금명석을 바라보았다. 그리고 그 기색이 파리하게 질린 것을 보고 입을 다물었다.

금명석뿐만이 아니었다. 나영균도 입을 벌리고 아무런 말도 하지 못하고 있었다.

장세협에서 몸을 빼기가 얼마나 힘들었던가! 평교도들이 모두 포로가 되어 무림맹으로 압송될 때에 자신들만 겨우 몸을 빼어 살아남을 수 있었다.

그 모든 것이 바로 신선 탓이었다.

그리고 그 신선이 이글거리는 눈동자로 자신을 바라보고 있었다.

"시, 신선……."

청명은 금명석을 바라보고 있는 것이 아니었다. 그는 호교법사를 바라보며 화난 표정을 짓고 있었다.

마기(魔氣).

그것도 수많은 목숨을 거둬간 자의 살기가 섞인 마기였다. 사내의 잔인한 흉심에 목숨을 잃어간 자들이 눈에 선하게 보이는 듯했다.

"악독한 자로군요."

"…음?"

호교법사는 금명석의 입에서 흘러나온 신선이라는 소리를 똑똑히 들었다.

그리고 무당의 푸른색 도복을 입은 소년을 보았다.

당금 강호에 살고 있는 자라면 누구나 기억하고 있는 이름이 문득 떠올랐다.

"세류소선……."

호교법사의 몸이 슥, 사라졌다.

정말 신선이라면 자신이 죽는다. 아니면 상대가 죽음을 맞으리라.

사라졌던 호교법사의 몸은 청명의 앞에서 모습을 드러냈다. 그는 손을 뻗어 청명의 목가로 가져갔다.

"……!"

"사조님!"

청명에게는 무공이 없다. 선기로 방비할 수 있지만 무공의 쾌속함에 선기를 불러일으키지 못하는 경우가 생기면 어찌하겠는가!

운혜가 찢어질 듯한 비명을 질렀다.

"청명 사조님!"

"크흑!"

운혜의 뒤를 이은 비명은 바로 호교법사의 비명이었다.

청명의 목가로 손을 가져갈 때만 해도 그는 희열에 빠져 있었다. 목을 쥐고 똑 부러뜨리기만 하면 신선은 끝장난다. 그때가 거의 다 왔다는 느낌을 받았기에 호교법사는 긴장과 흥분을 느꼈다.

신선의 목 앞에 칼 한 자루가 나타날 때까지만 해도 그랬다.

손을 수습해 보려 했지만 이미 목 가까이까지 출수한 손을 수습하기는 몹시 어려운 일이었다.

결국 그는 여린 목 앞에 선 검날에 손을 들이민 꼴이 되었다.

"…내공이?!"

손의 상처는 별것 아니었다. 그것보다 무서운 것은 손에서부터 시작되어 내공이 사라지고 있다는 점이었다.

내공을 잡아먹는 기묘한 기운이 혈맥을 타고 넘어 들어온다.

"……."

호교법사는 이를 악물었다. 그리고 왼손을 곧게 펴고 오른팔을 내려쳤다.

놀랍게도 날카로운 칼에 잘린 듯 팔이 떨어졌다.

"크흑!"

짧은 신음 소리가 터져 나왔다. 내공을 잃느니, 팔을 잃는 것이 낫다. 그는 스스로 자신의 팔을 자른 것이었다.

청명은 시선을 내려 바닥에 떨어진 팔을 바라보았다.

"……."

그리고는 시선을 돌려 전에 없이 차가운 얼굴로 호교법사를 바라보았다. 현기 어린 눈이 호교법사의 눈과 마주쳤다.

잠시 그대로 눈을 바라보던 청명이 차가운 목소리로 말했다.

“꼽추인 게 억울했군요.”

“……!”

호교법사의 눈이 크게 떠졌다. 신선의 눈과 마주치자 갑자기 기운이 주욱 빠지는 느낌이 들었다.

“무, 무슨…….”

팔을 자른 채 서 있던 꼽추가 한 발자국 뒤로 걸어갔다. 그에 맞추어 청명이 한 발자국 앞으로 걸어갔다.

왠지 모를 두려움에 어깨를 떨며 꼽추가 뒤로 홱 돌아섰다. 도주하려는 것이다. 신법도, 보법도 잊어버린 듯 그저 마구잡이로 달려가려고 몸을 돌린 것이었다.

“헉!”

그러나 뒤에는 검 한 자루가 땅바닥과 수평으로 서 자신을 노리고 있었다.

“그래서 죽였나요?”

“…….”

꼽추는 천천히 뒤를 돌아보았다.

“꼽추라 놀린 사람을 처음으로 죽였군요.”

청명이 다시 한 발자국을 떼었다.

꼽추는 공포에 질린 얼굴로 한 발자국 뒤로 떼었다.

그랬다. 첫 살인의 희생자는 자신을 꼽추라고 놀리는 관부의 소공자였다. 몇 년간의 지속적인 놀림 끝에 분기를 참지 못해 우발적으로 칼로 찔러 버렸다.

“그리고 돈을 위해 사람을 죽였고.”

“…오, 오지 마!”

꼽추는 다시 한 번 한 발자국을 뒤로 떼었다.

청명이 한 발자국 따라붙었다.

살인을 하고 도주하던 꼽추는 살수 집단에 들어갔다. 한 명을 죽이면 일반 가정이 일 년은 족히 먹고살 만한 돈이 떨어졌다.

처음엔 돈 때문에 살인을 했다. 하지만 한 명, 두 명 목숨을 앗아가다 보니 재미가 있었다. 살인을 할 때면 꼽추라며, 아무 쓸모 없는 밥버러지라며 무시했을 사람들과 자신의 입장이 바뀐다.

위에 있던 그들은 아래로 내려와 살려 달라 빌고, 자신은 위에 올라가 그들을 죽인다.

청명은 그에게서 읽혀지는 과거의 기억에 이를 악물었다.

"그리고 심심해서 사람을 죽였군요. 일곱 살배기 아이를……."

차가운 눈동자로 꼽추의 과거를 읽어내며 청명이 한 발자국 떼었다.

꼽추가 또다시 뒤로 물러섰다.

'어, 어떻게 내 과거를……!'

길을 가다가 꼬맹이와 마주친 적이 있었다. 그 꼬맹이는 실수로 자신과 몸을 부딪쳤는데, 그때 꼽추는 재미있는 생각을 했다.

자신이 꼽추라서 버린 어미가 생각난 것이다. 이 아이가 죽으면 그어미는 울어줄까? 그때 그는 아닐지도 모른다는 생각을 했다. 본래 어미란 차갑고도 냉정한 법이니까. 자신의 어미가 그랬으니까.

그래서 그는 아이를 죽였다, 어미가 보는 가운데서.

"오, 오지 말라니까!"

"죽이면서도 마음에 한 점 거리낌이 없었군요. 이제 꼽추인 게 억울하지 않지요? 그대는 누구보다 강하니까요."

꼽추이면 또 어떤가? 말 그대로 누구보다 강한데.

자신을 보고 비웃는 자들을 모두 죽일 만큼 강해졌는데.

청명이 잔인한 미소를 지었다. 분노한 청명의 눈에서 한줄기 신광이 뿜어져 나왔다.

하늘의 신장 같은 눈동자였다.

"그대보다 강한 힘을 만나면 그대가 죽어야 해요. 일곱 살배기 아이를 죽였던 것처럼요."

청명이 다시 한 발자국 떼었다.

꼽추는 두려움 섞인 눈물을 흘렸다.

"아이를 움직이지 못하게 해놓고 발목 아래를 잘랐지요?"

마치 그렇게 해주겠다는 목소리로 청명이 말했다.

"그리고 다리를 잘랐어요. 아래부터 일 촌씩, 일 촌씩. 어미를 가두어 놓고 그 모습을 보여주었지요."

아이가 죽어가는 모습을 보는 어미는 울부짖으며 자신을 대신 죽여 달라고 외쳤다. 하지만 어미가 슬퍼하면 슬퍼할수록 꼽추의 손속은 잔인해졌다. 아이의 혈도를 막아 출혈을 멎게 하고는 다리를 조금씩 잘랐다.

결국 어미는 미쳐 버렸다.

"오지 마! 내 다리를 자르지 마!"

신선에 의해 다리를 잘릴까 두려워진 꼽추가 미친 듯이 고개를 저어 댔다.

"아이는 금방 죽지 않았어요. 아이는 그저 아파서 울 뿐이었지요."

청명의 눈에 눈물이 어렸다.

그 다음은 팔이었다.

팔을 일 촌씩, 일 촌씩 잘라내어 버렸다.

울고, 아파하고, 괴로워하던 아이는 두 다리와 왼팔을 잘릴 즈음에 울음을 멈추었다.

상상을 초월하는 고통에 그저 지친 표정으로 고개를 숙인 채 있을 뿐이었다.

아무것도 느끼지 못하는 눈동자를 발견한 꼽추는 그제야 아이를 죽음으로 보내주었다.

청명은 한줄기 눈물을 흘리며 꼽추를 바라보았다.

"그대도 당하게 되면 어찌 될까요?"

"으아아아아악!"

꼽추는 가진 내공을 모두 끌어올렸다. 그리고 청명에게로 아무렇게나 주먹을 내뻗었다.

픽—

그러나 주먹이 청명의 얼굴에 닿기도 전에 검선의 검이 단전을 파고들었다.

아무런 상처 없이 내공만을 잡아먹는 검이었다. 단전을 꿰뚫린 꼽추가 발을 헛디뎠다.

"으아아악!"

검에 찔려 땅에 널브러진 꼽추가 비명을 질러댔다. 그런 그를 보며 청명이 차가운 얼굴로 허리를 세웠다.

허리를 곧게 펴고 외친 청명의 목소리에는 거역하지 못할 천기(天氣)가 실려 있었다.

"그대의 업보는 반드시 보답받으리라! 아이의 느린 죽음을 보는 어미의 눈물이 하늘에 닿았으니 그대는 어미가 흘리던 눈물보다 배로 눈물 흘릴 것이요, 아이가 느꼈던 고통보다 배로 고통받을 것이다."

"으아아악! 으아아아악!"

청명은 손가락을 펴 장원의 밖을 가리켰다.

"돌아가라! 앞으로 아무도 그대를 죽이지 못하리라! 타인은 물론이요, 그대 스스로도 그대를 해할 수 없으리니, 그대는 세상 속에서 고난받을 것이요, 오직 하늘이 원할 때에만 죽을 수 있으리라!"

"으아아아! 으아아아!"

꼽추는 미친 듯이 고개를 저었다.

"돌아가라!"

준엄한 음성이 하늘에서 울려 퍼지듯 울려 퍼졌다. 청명은 차가운 눈으로 꼽추를 바라보았다.

마침내 겁에 질린 꼽추가 몸을 일으켰다. 그리고 무언지 모를 말을 주워섬기며 밖으로 달려나갔다.

질린 듯 서 있던 표사들도, 그리고 그를 믿고 서 있던 마교도들도 그를 막지 않았다.

그는 있는 힘껏 앞으로 달려나가 머지 않아 장내에서 사라졌다.

차가운 얼굴로 그의 뒷모습을 바라보던 청명이 울음을 터뜨린 것도 그때였다.

"흑, 흑……."

좌중은 고요했다. 아무도 몸을 움직이지 않은 채 선인을 주시할 뿐이었다. 하늘의 뜻을 직접 목도했으니 무슨 말을 더 할 수 있겠는가! 그저 선인의 눈물을 바라볼 수밖에 없었다.

청명의 울음소리가 커져갔다.

"흑, 흑… 으아아아앙!"

아이를 위해, 그리고 자신의 목숨보다도 사랑하던 아이의 죽음을 보던 어미를 위해 청명은 울었다.

그리고 그 업보로 인해 고난을 받게 될 꼽추를 위해 울었다.

하늘은 꼽추의 행보를 지켜보리라. 그가 어찌 행동하느냐에 따라 그의 구원이 결정되리라.

그러나 그 가운데서 그는 반드시 그가 베풀었던 고통을 배로 받게 될 것이다.

"으아앙! 흑, 으아아앙!"

청명은 마치 아이처럼, 땅바닥에 아무렇게나 주저앉았다. 두 다리를 주욱 뻗고 손으로 땅을 짚고 앉아 하늘 높은 곳을 향해 울었다. 고개를 들고 우는 청명의 눈물은 처연한 데가 있었다.

"사, 사조님……."

운혜도 슬픔 가득한 눈으로 청명을 바라보았다. 그리고는 천천히 그에게로 다가갔다.

청명의 옆에 선 운혜는 조심스레 청명의 어깨를 안았다. 기댈 곳이 생기자 청명은 서러운 울음을 토해냈다.

운혜의 품에 안긴 청명은 목이 쉴 때까지 울었다.

6장

제6화 마선(魔仙)

청명의 울음이 그칠 때까지 아무도 움직일 수 없었다. 목 놓아 울던 청명은 마침내 잠에 빠져들었고, 그제야 표사들과 화산파의 도사들은 마교도들을 포로로 잡을 수 있었다.

마교도들은 신선의 무공을 보아서인지, 신선의 울음을 보아서인지 아무런 반항도 하지 않았다.

순순히 포로로 잡힐 뿐이었다.

다음날.

청명은 오전 내내 우울한 상태였다. 어제의 일이 마음에 걸려 괴로웠다. 아이와 어미가 떠오른 탓도 있었지만, 자신이 꼽추에게 그런 형벌을 내려야 했다는 사실이 괴로웠던 것이다.

만약 청명이 선계에 올라 정말 신선이 되었다면, 우울해할 것도 슬

퍼할 것도 없었으리라. 인세의 인연을 잊었고 천계의 성정만 품고 있
으니 인간사에 휘둘릴 것이 없는 것이다.

그러나 청명의 소임은 인중선, 적덕선이다.

원시천존은 선계에 오른 청명의 머리에 꿀밤을 먹여 내려보내며 끊
어진 인연을 다시 이어놓았고, 새로운 육신을 주어 인간의 마음을 다시
품어놓았다.

"……."

"사조님, 좀 괜찮으세요?"

"…네."

청명은 우울한 얼굴로 고개를 끄덕였다. 어느새 옆으로 다가온 운혜
가 씁쓸한 미소를 지으며 옆에 앉았다.

잠시 침묵이 흘렀다. 아무도 오지 않는 별관에 고요히 앉아 있던 둘
은 아무런 말 없이 같은 시간을 공유할 뿐이었다.

한동안의 침묵이 지나자 청명이 입을 열었다.

"…운혜 사손."

"네?"

"저는요, 신선이 되면 안 되나 봐요."

"예?"

운혜가 멍하니 청명을 돌아보았다. 신선이 되면 안 되다니? 도에 이
르른 자가 어찌 이런 말을 한단 말인가!

"저는요, 꼽추 도우가 불쌍했어요."

측은지심.

청명은 본래라면 느끼지 않아야 할, 그리고 장세협에 있을 때까지만
해도 느끼지 않던 감정을 지금에서야 느끼고 있었다.

느리지만 확실하게 인간을 배우고 있었던 것이다.

"꼽추 도우는 미웠지만, 사실은 불쌍했어요. 하늘은 공정해야 하는데, 저는 벌을 주기 싫었어요."

청명은 꼽추의 과거에 대해 생각했다. 만약 그가 건장한 몸이었다면 어땠을까? 하지만 그는 신체에 대한 악연으로 인해 마인이 되어버렸다.

운혜는 아무런 말도 하지 못한 채 멀뚱히 청명을 바라볼 뿐이었다. 해줄 말은 수십, 수백 가지고 하고 싶은 말도 많은데 말이 나오지 않았다.

"운혜 사손."

"네?"

뭐라고 해줄까 고민하던 운혜가 깜짝 놀라 대꾸했다. 청명은 우울한 어조로 말했다.

"인간에게 도가 있을까요? 인간지도라는 것이 존재할까요?"

어쩌면, 없을지도 모른다. 꼽추가 행한 짓을 보면 인간에겐 미래가 없을지도 모른다.

청명은 그렇게 말하고는 우울하게 고개를 숙였다. 운혜도 대꾸할 말이 없는 듯 고요히 앉아 있을 뿐이었다.

한동안 생각하던 운혜가 말했다.

"저는……."

"……."

"몰라요."

운혜는 생긋 웃으며 말했다. 모른다. 도가 무엇인지도 모르는데 인간에게 있는지, 하늘에 있는지를 어찌 알겠는가!

“하지만 저는 인간이 좋아요.”

“…….”

청명의 눈이 운혜를 향해 빛났다. 말은 하지 않았지만, 궁금증으로 빛나는 눈이 ‘왜요?’ 라고 묻는 듯했다.

“사부가 있고, 사숙들도 있고 사형들도 있고… 인간에게 도가 있는지는 모르지만, 인간은 항상 못된 것이 아니라 때때로 선하기 때문에 인간이 좋아요.”

“…아.”

청명이 고개를 끄덕였다. 운혜 사손의 말이 맞다. 인간의 악한 일면을 보았기 때문에 우울했지만, 그 악한 일면만큼이나 선한 일면도 있을 것이었다.

아직 그것이 무엇인지 모르지만, 어쩌면 그 속에 도가 있을지도 모른다. 그것을 배우기 위해 하계에 내려오지 않았던가!

청명이 생각을 바꿔 나갈 때 즈음, 운혜가 나지막이 뒷말을 덧붙였다.

“사조님도 있고요.”

“…….”

청명의 얼굴이 발갛게 물들었다. 운혜는 무덤덤한 얼굴이었다. 그녀는 자신의 마음이 무엇인지 이제 확실히 알고 있었다.

‘나이가 좀 많긴 하지만…….’

백오십 세다.

‘그리고 좀 애 같긴 하지만…….’

백오십 살이나 되어서 바닥에 주저앉아 엉엉 울기도 한다.

‘뭐, 괜찮겠지?’

운혜는 상상의 끝에서 웃음을 터뜨렸다. 그리고 시선을 돌리자 얼굴이 발갛게 물든 청명이 시선을 어디다 두어야 할지 몰라 주저주저하며 눈동자를 굴리는 것이 보였다.

"저, 저도 운혜 사손이… 있으니까……."

인간을 좋게 보려고 노력할게요. 인간에게서 도를 찾아볼게요.

청명의 고백이 이어지려는 찰나였다.

"선이인!"

저 멀찍이서 추걸개가 달려왔다. 그는 손에 자그마한 보따리를 들고 미친 듯이 달려오고 있었다.

"전병! 전병이 이만큼이나 있습니다! 특별히 사탕수수를 많이 넣어 무지하게 달다오! 먹고 싶지 않으십니까? 이것을 먹으면 기운을 조금이나마 회복……!"

추걸개가 들고 있는 것은 전병이었다. 표국주에게 부탁해 특별히 만든 전병이었다.

"돼지!"

청명이 몸을 일으키며 소리를 질렀다. 흥분으로 얼굴마저 새빨갛게 물든 채였다.

"만날 내가 말하려고 할 때만 오고!"

"예, 예?"

슬퍼하는 선인을 위해 전병을 준비했던 추걸개의 얼굴이 멍해졌다. 도대체 왜 혼나는 건지 이유를 모르겠다.

"흥, 거지 도우는 못 됐어요."

청명은 마지막으로 콧방귀를 뀌어주고는 몸을 돌려서 도도도 빠져나갔다. 운혜 사손에게 말을 모두 전달하지는 못했지만, 그래도 운혜 사손은 다 알아들었을 것 같다.

그걸 생각하니 부끄러움이 밀려온다.

청명이 사라지고 난 자리에 남은 추걸개만 멍하니 서 있을 뿐이었다.

"왜… 왜……."

"마, 막 선배."

운혜도 기운 없이 몸을 일으켰다. 그리고 뾰로통한 시선으로 추걸개를 바라보며 말했다.

"저도 막 선배 미워요."

추걸개는 충격을 받았다.

"자, 이제 다시 령보로 출발해야 합니다."

진령표국의 일이 대충 마무리되자 운풍자의 마음이 급해졌다. 사천의 혈사는 시시각각 다가오고 있었다. 상황이 시급하니 최대한 빨리 맹주를 찾아 사천으로 달려가야 한다.

"…어떤 일이 있어도 맹주를 모셔야만 할 겁니다."

운풍자의 말에 귀곡자가 고개를 끄덕였다. 추걸개는 우울한 얼굴로 동의했다. 아직 청명 선인과 운혜 도고에게 당한 상처가 낫지 않았다.

무표정한 얼굴로 운풍자가 청명을 바라보았다.

"사조님."

"네?"

"진령표국에 무당의 이름으로 맡겨둔 전표를 찾았습니다. 이제 전병과 꼬치를 드실 수 있을 겁니다."

“…네.”

운풍자 나름대로는 위로 섞인 농담을 건넨 것이었다. 하지만 표정이 너무 진지하니 진담으로만 들린다.

“그럼 출발하시지요.”

“네.”

추걸개가 먼저 몸을 일으켰다. 그리고 우울한 얼굴로 어깨를 늘어뜨린 채 터벅터벅 걸음을 옮겼다.

그 뒤로 귀곡자가 걸어갔다. 그는 안쓰러운 얼굴로 추걸개를 바라보았다. 그리고 어깨를 툭 건드렸다.

“너무 우울해하지 말게. 자네가 뭐 알고 그랬겠나.”

신선과 손녀딸을 몰래 구경하다 추걸개의 추태를 모두 보았던 귀곡자가 위로를 던졌다.

“그렇지? 나는 둘이 무슨 대화를 하는 줄 모른단 말일세! 심각한 이야기 중인 줄 짐작도 못 했다네!”

“그래, 자네는 잘못한 게 없어. 그저 멍청할 뿐이지.”

“……”

추걸개의 얼굴이 한층 더 어두워졌다.

그 뒤로 운풍자가 무표정한 얼굴로 걸어나갔다. 운혜는 미소를 지은 채 청명을 바라보았다.

청명의 얼굴은 전에 없이 심각했다.

“그러니까, 진짜 맹주를 찾으면 마선의 정체가 드러나서, 그가 더 이상 정파의 도움을 받지 못한다는 건가요?”

“네. 아마 마교의 도움을 받으려 들겠지만… 그거야 어쩔 수 없고요, 아마 정도 무림맹에서는 쫓겨나 버릴걸요?”

운혜가 고개를 끄덕이며 말했다. 청명은 곰곰이 생각하는 얼굴이 되어 고개를 끄덕였다.

앞서 걸으며 운혜의 목소리를 들은 운풍자가 뒤이어 입을 열었다.

"게다가 맹주는 공명정대하기로 이름 높은 인물. 그 하나만 놓고 보더라도 반드시 찾아야 합니다. 더군다나, 마선의 그릇된 껍데기까지 벗길 수 있으니 천만다행이지요."

운풍자는 그렇게 말하고는 걸음을 재촉했다. 청명과 운혜도 빠르게 걸음을 옮겼다.

앞을 보니 추걸개가 어느새 기운을 회복해서는 귀곡자와 티격태격하는 것이 보였다.

티격태격은 진령표국에서 빌린 네 필의 말 앞에 갈 때까지 이어졌다.

"아니야! 네가 뭘 봤는지 모르지만 맹주는 정말로 신의있는 사람이란 말일세!"

추걸개가 수염을 파르르 떨었다. 그는 맹주와 우의를 나눈 인물이었다. 의형제에 가깝게 지냈으니 자연 그를 생각하는 마음도 남달랐다.

귀곡자는 귓구멍을 후볐다.

"그래도 정파놈이지, 뭐."

"뭣이! 마도의 잡종 주제에 뭐라고 지껄이는 게냐!"

"흘흘, 마도인은 솔직하기라도 하지. 내 여기서 맹주에 대한 이야기를 해줄까? 만약 듣는다면 그를 존경하고 싶지 않을 터인데."

"이런 개떡 같은 놈을 보았나! 너는 언제 맹주가 뒤바뀌었는지 알기라도 하는 게냐?! 그 행동을 맹주가 했는지, 마선이 했는지 알 게 무어야!"

"아니, 뭐 꼭 그렇다기보다는……."

귀곡자가 멀뚱히 고개를 돌렸다. 사실 그로서도 할 말은 없다. 맹주
가 갑자기 변한 것은 확실하다. 그리고 그가 어떤 기점을 중심으로 변
했다는 것도 맞다. 그 기점이 이전에는 공명정대까지는 아니어도 바르
게 살긴 했던 것 같다.

운혜는 허구한 날 치고받는 두 노인을 바라보며 한숨을 쉬었다.

"하아……."

"운혜 사손, 왜 한숨을 쉬나요?"

청명이 운혜에게로 다가와 손을 잡았다. 이제는 서로 손을 마주잡는
것이 자연스러워진 두 사람이었다.

사조님은 별생각없이 손을 잡은 것이었지만, 사실 운혜는 그것이 의
식될 때가 많았다.

그럴 때면 붉어지는 얼굴을 감추기 위해 애써야 했었다.

"아, 그러니까… 두 분이 또 싸우시길래요."

"음, 그렇군요. 도(道)에서 멀어질수록 다툼이 생기고 분쟁이 생기는
법이니, 두 분은 지금 도에서 아주— 멀어요."

청명이 운혜의 손을 잡은 채로 눈을 가늘게 떴다. 그리고 대단히 훈
계하는 어조로 입을 열었다.

"못된 거지 도우는 그만해요. 운혜 사손이 한숨을 쉬잖아요."

"…응?"

추걸개는 당황스러운 얼굴로 청명을 바라보았다. 청명은 슬쩍 볼을
부풀리며 추걸개에게 말했다.

그 얼굴을 보니 괜히 심술이 피어오른다. 조금 전 운혜 사손과의 시

간을 방해받은 것이 억울해지는 것이다.

"못된 거지."

"…예?"

"막 도우는 못됐어요."

"그러니까… 저……."

추걸개는 당황스러운 얼굴로 버벅거리는가 싶더니, 곧 음흉한 미소를 지었다.

그는 운혜 도고에 대한 청명의 변화를 조금이지만 느꼈다. 물론 거기에 참견할수록 선인의 미움을 산다는 것은 몰랐지만 말이다.

"선인, 선인께서는 운혜 도고가 한숨을 쉬는 것이 싫으시오?"

은근한 목소리였다. 추걸개는 나이에 걸맞는 체통이라고는 조금도 없이 샐쭉샐쭉 웃으며 입을 열었다.

"네?"

바야흐로 청명이 당황하기 시작했다. 어버버거리는 청명에게 추걸개가 한마디를 더 할 때 즈음, 귀곡자가 달라붙었다.

"헛헛, 두 분이 그리 손을 잡고 계시니 보기가 좋소이다."

"아……."

청명은 부끄러움 속에서 얼른 손을 놓았다.

나비가 꽃을 찾는 것처럼, 양이 음에 끌리는 것은 당연한 일이다.

도에서 어긋나지 않는 일인데, 추걸개 막 도우와 귀곡자 도우가 저리 말하니 부끄러워진다.

"……."

운혜는 손에서 따듯한 온기가 없어지자 서운한 마음이 들었다. 손을 놓고 싶어 놓은 것도 아니고 남들의 시선을 의식해 손을 놓아버리다니,

그것도 남자가 소신머리 없이 말이다.

"흥!"

뾰로통해진 운혜가 콧바람을 일으키며 몸을 홱 돌렸다. 청명은 무엇인가가 잘못 되어간다고 생각했다.

"아, 운혜 사손."

"부르지도 말아요!"

"앗!"

청명의 입에서 비명이 튀어나왔다. 운혜 사손이 화가 난 것이다.

곧 신선은 우울한 얼굴로 한숨을 짓기 시작했다.

하지만 추걸개는 마음껏 웃고 싶은 얼굴이 되었다.

"으하하핫!"

"…자네, 뭘 잘했다고 웃는 겐가, 이 모두 자네 탓인데."

귀곡자가 고개를 절레절레 저으며 말했다.

"응?"

"선인의 눈을 좀 보게."

추걸개는 시키는 대로 시선을 들어 청명과 눈을 마주쳤다. 추걸개와 눈이 마주치자 청명은 흥! 하고 고개를 돌려 버렸다.

"……."

그의 얼굴이 당혹으로 물들었다.

그동안 선인께 신임을 얻기 위해 얼마나 노력했던가! 부단한 노력 끝에 선인께서도 마음을 여시고 함께 농을 주고받던 때가 있었거늘, 오늘은 벌써 두 번이나 실수를 했다.

추걸개는 단숨에 우울해졌다.

"으음……."

운풍자 역시 마찬가지였다. 그는 청명 사조님과 운혜가 손을 잡는 것을 보고 가슴 한구석이 옥죄이는 기분을 느껴야 했다. 스스로도 파악하지 못할 짧은 시간 동안, 가슴 한켠이 욱신욱신거렸다.

하지만 운혜 사매가 청명 사조께 화를 내고 떠나자, 욱신거림이 잠시 가라앉았다.

"…이만 출발하시지요."

운풍자는 차갑게, 평소보다 훨씬 더 차갑게 중얼거리고는 말 위에 올라탔다.

＊　　　＊　　　＊

화산파의 금정룡은 더 이상 화산의 도복을 입을 수 없었다. 그는 장강에서의 일이 모두 알려졌으리라 생각하고 있었다.

호진이라는 예의없는 녀석에게 훈계를 내려준 것뿐인데, 그 녀석이 무당파의 일원이라는 이유 하나 때문에 그의 모든 기반이 사라져 버리고 말았다.

신선, 신선이 무엇이길래 자신이 이런 수모까지 겪어야 한단 말인가!

금정룡은 불쾌해진 얼굴로 한 걸음, 한 걸음을 옮겼다.

'하지만 그렇다고 죽으라는 법은 없지.'

하늘은 자신을 버리지 않았다.

장강을 벗어나 떠돌던 그의 앞에 맹주의 밀사가 나타난 것이었다.

지금 생각해 보면 이상한 일투성이였다.

그가 자신이 있는 곳을 어찌 알았는지, 그리고 그 먼 곳까지 왜 나타난 건지 알 수가 없다. 어쩌면 그것은 요괴였을지도 모른다. 하지만 별 상관 없었다.

그 때문에 자신은 구원받을 수 있을 테니.

그가 권하길, 지난날 맹주께서 특별히 명을 내렸으며, 그 때문에 장 강을 벗어난 것이라 변명하여 명예를 보존하라 했다.

물론 감지덕지한 일이다. 자신을 구원해 주기만 한다면 혼이라도 팔 판에, 이토록 훌륭한 제안이라니.

그는 맹주의 뜻에 따라 령보로 행차하고 있었다.

장문인께 자신의 처지를 고하지 못했으니, 당분간 화산의 도복을 입 을 수는 없었다. 그러나 머지 않아 다시 원래의 자리로 돌아갈 수 있으 리라.

아니, 그래야만 한다.

"제길, 제길!"

금정룡은 끊임없이 욕지거리를 내뱉었다. 이 모든 것이 신선, 그리 고 건방지게 자신을 노려보던 호은이란 자 때문이다.

신선이야 그의 능력에 닿지 않는다지만, 언젠가는 호은이란 자에게 꼭 복수하고 말리라. 반드시 그의 생명을 끊으리라.

"여, 여행객은 거, 걸음을 머, 멈추어라!"

"……."

금정룡은 조용히 걸음을 멈추었다. 그리고 차가운 눈으로 주위를 훑 어보았다. 자신의 걸음을 막은 무리를 보니 웃음이 나온다.

"큭큭, 내가 이리 우스운 꼴을 당하다니."

화전민일까? 아니면 농노였을까? 비쩍 마른 사내들이 곡괭이와 낫 따위를 들고 부들부들 떨고 있었다. 살이라고는 한점도 없어 뼈와 가

죽뿐인 자들이었다.

이 일도 처음인지 눈에는 두려움이 가득했다. 하긴 처음이 아니라면 자신의 기도를 보고 먼저 자리를 피했으리라.

이들은 자신들의 수가 더 많다는 것을 위안으로 삼고 접근한 것이었다.

"…가라. 내 살려주지."

"이, 있는 거 다 내놔! 내놓지 않으면 주, 죽일 거야!"

"가라고 했다."

금정룡은 대꾸도 없이 걸음을 옮겼다. 목표물이라 생각했던 사내의 차가운 눈을 보고 무엇인가 잘못 되어간다는 것을 짐작한 화전민 하나가 두려움 가득한 얼굴로 눈을 굴렸다.

동료들 모두 비슷한 얼굴이었다. 하지만 수장이라는 자는 그 속에서도 한가닥 용기를 품고 있었다.

어차피 이번에 은자 몇 푼이라도 얻지 못하면 그의 어린 아들은 목숨을 잃게 된다. 피죽 한 그릇 못 먹은 지 벌써 여드레째다.

"으, 은자 부스러기 며, 몇 개만 주면 무사히 보내주겠다!"

말은 협박이지만 구걸에 가까운 어조였다. 실제로 그 내용도 그러했다. 금정룡은 싸늘히 웃고는 소맷자락을 뒤졌다.

툭—

소맷자락에서 번쩍거리는 은 부스러기가 나오더니, 조용히 땅에 떨어졌다. 은자를 떨군 금정룡은 몸을 돌려 걸음을 재촉했다.

"앞으로 상대를 보고 덤비도록."

"……."

화전민들은 아무 말도 하지 못했다. 제대로 된 협박은 해보지도 못했지만 오히려 다행이라는 생각이 든다. 이것이 정당하지 못한 일이라는 걸 알기에 그런 생각이 드는 건지도 모른다.

게다가 은자까지 얻고 나니, 오히려 후회가 든다.

'차라리 구걸을 해볼걸. 조금만, 조금만 돈이 있다면 다시 농사를 할 수 있을 텐데.'

일할 몸을 두고 구걸을 한다는 것도 우습긴 하지만 한 마지기 논이라도, 아니, 소작농으로라도 들어가려면 은자 부스러기나 구리 몇 조각쯤은 있어야 한다.

한 점 밭을 농작하길 소망하는 소작농들이 많으니 지주에게 뇌물이라도 조금 바쳐야 경쟁에서 이길 수 있는 것이다.

화전민은 고마운 무사님의 등에 인사를 올렸다. 별것 아닌 동정이었겠지만 그것이 살아갈 힘을 주었다.

'내 팔자에 무슨 도적질.'

화전민은 피식 웃고는 크게 외쳤다. 이제 모든 걸 끝내고자 하는 마당이니 유쾌한 기분이 든 것이다. 그는 갑자기 은거에 들어가는 이야기 속 고수의 기분이 되어 농담을 지껄였다.

물론 은자를 건네준 고마운 무사님께 들리지 않을 작은 목소리였다.

"으하핫! 이번에는 곱게 보내주자꾸나, 아우들아! 이제 우리는 은거에 들어갈 터이니 앞으로 누구도 우리를 찾지 못하리라!"

"저분이 마음씨가 너그러운 거요, 형님. 아무리 어리고 약해 보여도 강호에서 노니는 무사님인데, 죽이지 않은 것만도 다행이지."

비슷한 생각을 했는지, 그의 동생이 농을 던졌다. 화전민이 그에 대꾸하려는 찰나였다.

서걱.

웃는 얼굴 그대로, 동생의 목이 흔들렸다. 살짝 흔들거리나 싶더니, 마침내 목이 땅에 떨어지고 말았다.

"…어? 우, 우길아! 우길아!"

너무 놀라 눈물도 나지 않는다. 빛이 번쩍이나 싶더니, 동생의 목이 잘려 버리고 말았다.

그는 동생의 목을 자른 사람을 돌아보았다. 그는 방금 전에 은자를 건네주었던 그 무사였다.

"어, 어째서……."

"너희들이 또 다른 자를 습격하면 어찌하겠는가. 그렇다면 순진한 백성이 피해를 볼 것이니, 내 피를 보아서라도 그 뿌리를 뽑으려는 것이다."

"우리는 이제 강도가 아니… 컥!"

말을 채 끝맺기도 전에 그의 목이 잘렸다. 마지막까지 상황을 이해하지 못한 화전민의 눈이 붉게 물들었다.

금정룡은 그 눈을 보고 마음 한편이 풀리는 듯한 기분을 느꼈다.

"사실, 뒷말이 거슬렸어."

잔인한 미소를 입에 건 그가 차갑게 말했다.

"뒷말이 거슬리더라고."

그랬다. 또 다른 누군가가 피해를 입을까 근심하여 도적을 벤 것이 아니라, 자신을 놓고 농을 던진 사내가 괘씸했다.

어리다니? 약하다니?

순진한 양민들을 괴롭히는, 아니, 기껏해야 밭이나 갈던 하찮은 놈이 감히 누구를 평가하는 것인가!

벌을 받아도 싸다.

"큭큭, 시원하군, 그래. 생각해 보면 그때도 내 잘못이 아니었어."

예전, 호진이란 녀석도 그랬다. 그 녀석이 비웃지만 않았다면 자신은 정도인의 모습에 걸맞게 그를 상대했을 것이었다. 하지만 그는 자신을 비웃었다.

아마도 벽력탄을 보고 놀란 자신이 우스워 보였기 때문일 것이다.

"그래, 그 녀석이 비웃었기 때문이지."

금정룡은 오랫동안 고뇌해 왔던 문제를 해소한 듯 크게 웃었다. 그는 방금 자신이 마지막 남은 한 점의 양심을 버린 것이라는 걸 짐작도 하지 못하리라.

"아하하하!"

그것을 자각할 때 즈음이었다. 그의 눈에 어려 있던 한가닥 정기마저 사라졌다. 그리고 그 자리에 녹색 기운이 슬쩍 어렸다.

그것은 마기였다.

일각 뒤.

빠른 속도로 네 필의 말이 달리고 있었다.

추걸개와 귀곡자, 운풍자와 운혜가 탄 말이었다. 네 필의 말은 빠른 속도로 관도를 달려가고 있었다.

그리고 그 위로 청명이 날아가고 있었다.

추걸개는 하늘을 날아가는 청명을 바라보며 신임을 되찾을 방법을 연구해 보았다.

'전병, 동파육, 어쨌든 달콤한 것과 고기……'

그래, 선인께서는 먹을 것에 약하시다. 무공으로는 천하제일, 아니,

고금제일이고 이기어검을 숨쉬듯 펼쳐내며 검을 타고 하늘을 날아가실 수도 있다.

그런 분이 먹을 것에 약하시다니, 알고 보면 역설적인 일이다.

"음?"

추결개는 상념에서 깨어났다. 검을 타고 하늘을 날아갈 수 있다. 즉, 세상천지 어디든 마음이 내키면 시간에 구애 없이 빠르게 날아가실 수 있다.

"으하핫! 그래! 그렇지! 이보게, 운풍자! 우리 모두가 갈 필요 있겠나?"

추결개가 외쳤다.

"예?"

"선인께서는 어검비행을 하실 수 있지 않나! 그렇다면, 령보로 사조님을 먼저 보냄이 어떤가?"

"……."

운풍자는 조용히 고개를 끄덕였다. 생각해 본 적 없는 것은 아니다. 사조님께서는 실제로 마교에서 천하제일가까지 단숨에 날아오신 적도 있으니까.

하지만 사조님의 강호 경험이 적으니 그것이 문제다.

"그렇긴 하지요. 사조님께서 먼저 가신다면 일이 한층 편해질 것이 분명합니다. 하나, 사조님께서는 강호 경험이 적으시니……."

"이보게, 운풍자! 지금은 천하가 피로 물들기 전이라네! 시급을 요하니, 신선을 믿음이 어떠한가?"

추결개가 외쳤다. 사조님이 가서서, 맹주를 검에 태우고 다시 돌아오시면 모든 일이 끝난다.

귀곡자는 무엇인가 생각하는 듯한 얼굴이었다.

'불길한… 느낌이 드는군. 이게 무슨… 느낌이지?'

하지만 쉽사리 생각이 나질 않는다. 분명히 선인을 먼저 보내는 것이 나은데, 왠지 모를 찝찝한 기분이 들었다.

귀곡자는 떠오르지 않는 무언가를 떠올리기 위해 머리를 굴렸다.

그 옆에 서 있던 운혜는 별다른 생각 없이 그것에 동의했다.

"맞아요. 우리가 모두 이렇게 힘겹게 몰려갈 필요 없잖아요? 사조님께서 직접 다녀오시면 편할 텐데……."

"그러게 말이야. 애초에 사천의 일이야 천하 강호의 일이니 우리가 빠질 수 없다지만, 마선의 일은 우리가 개입할 수 있는 일이 아니잖나. 오히려 그것은 힘겹더라도 천선께서 감당하셔야 할 일이지."

신선이 강호에 내려온 적이 없으니 경험해 본 적이 없는 일이지만, 노강호로 강호의 일에 통달한 추걸개의 말은 틀린 것이 아니었다.

사천의 일은 천하 정도인과 마도인의 한판 승부가 될 것이었다. 그 뒤에 마선의 음모가 있다고는 하지만 그것은 인간을 통하지 않고서는 될 일이 아니다. 그러니 자신들이 해야 할 일은 마선의 음모를 분쇄하는 것일 터이다.

마선이 또 다른 수를 쓴다면, 그때에는 천선께 기대는 수밖에 없다.

'어느새 이기적이 되었군.'

자조 섞인 웃음을 지으며 추걸개가 되뇌었다. 본래라면 자신들이 모든 일을 다 했어야 하리라. 지금은 그저 신선에게 기대는 것밖에 되지 않는다.

'하나 그렇다고 해도 이는 인간이 할 수 있는 일이 아니야.'

추걸개가 상념에 빠져 있는 동안, 운풍자는 결심을 마쳤다.

그는 조금 더 합리적인 생각을 했는데, 그것은 시간을 끌어보았자 좋을 일이 없을 거라는 의도에서였다. 사천으로 향하기 전에 맹주를 확보해 두어야 한다.

게다가 제자가 사조를 믿지 못하면 어떻게 되겠는가! 어려운 일도 아니니, 사조님께서 능히 감당하실 수 있으리라.

"사조님!"

운풍자가 하늘을 우러러보며 외쳤다. 높은 곳에서 바람을 즐기고 있던 한 자루 검이 빙글 회전하여 땅으로 향했다.

숨 한번 들이마실 시간도 되지 않아 검은 땅에 도착했다.

"불렀어요, 운풍 사손?"

운풍자는 말과 같은 속도로 날아가면서도 편안해 보이는 사조님을 보며 고개를 끄덕였다.

"예. 사조님, 시급을 요하는 일이니 모두 움직여 굳이 걸음을 늦출 필요가 없을 듯하옵니다. 소손, 송구하오나 사조님께서 먼저 걸음하시어 맹주를 모시고 돌아오시기를 바라옵니다."

예의를 갖춘 운풍자의 말이었다. 청명은 곰곰이 생각하는 얼굴이 되었다.

"예, 그렇게 할게요."

청명은 손쉽게 승낙했다. 자신이 생각해도 이 일은 시간을 끌 만한 일이 아니다. 검선으로서 행보하고자 했으니 거리낄 것도 없다. 그렇다면 서두르는 편이 낫다.

"그럼, 나 먼저 가볼게요, 운풍 사손!"

"예. 이곳에서 기다리겠습니다."

운풍자는 말을 천천히 멈추며 목례했다.

청명은 그것을 보며 헤죽 웃어 보이고는 검을 하늘로 띄웠다.

곧 청명과 검, 운혜가 눈에 보이지 않을 속도로 사라져갔다.

"빠, 빠르군요."

운혜가 멍하니 하늘을 올려다보며 말했다. 추걸개 역시 마찬가지였다. 빠르다, 빠르다 했지만 이토록 빠를 줄은 몰랐다.

"그러게 말일세."

"다시 부르시게!"

그때였다. 가만히 뒤를 쫓던 귀곡자가 비명을 질렀다. 그는 더 생각할 여지도 없이 내공을 끌어올려 고함을 질렀다. 멀리까지 소리가 울려 퍼졌다.

"돌아오시오, 선인!"

"왜, 왜 그러나, 자네!"

추걸개가 황급히 귀곡자에게 다가왔다. 귀곡자는 하늘 한구석을 바라보며 이를 악물었다.

"선인!"

다시 고함 소리가 터져 나왔다. 하지만 하늘에서는 아무런 반응도 없었다. 응당 내려와야 할 검 한 자루가 보이지 않는다.

귀곡자는 신음성을 내뱉었다.

"으으음……."

"무슨 일이십니까."

운풍자가 무표정한 얼굴로 귀곡자를 바라보았다. 귀곡자는 고개를 절레절레 저었다.

"무슨 일이냐고 묻지 않느냐!"

추걸개가 성이 나 외쳤다. 귀곡자는 그제야 입을 열었다.

"마선이… 왜 맹주를 놔두었을까?"

"예?"

귀곡자는 아쉬운 듯 하늘을 한 번 더 바라보고 입을 열었다.

"이상하지 않나? 자신이 그 껍데기를 쓰려면 맹주를 죽이는 게 나아. 후일 증거가 드러날 위험이 없으니 확실한 방법이지. 한데 마선은 맹주를 살려두었어. 왜 그랬을까?"

"그, 글쎄요?"

운혜가 멍하니 중얼거렸다. 생각해 보니 말이 안 된다. 맹주를 왜 죽이지 않고 살려 두었을까?

"그냥 불쌍해 보여서? 아니면 그의 무공이 마선에 필적했을까? 아니, 아마도 아닐 걸세. 포로를 살려두는 이유는 하나밖에 없어. 그건 그가 필요해질 때뿐이지. 그리고 말이야, 이건 불길해서 말하고 싶지 않았는데 포로가 있으면 적을 유인할 수 있는 법이라네."

"……."

귀곡자의 어조가 점점 더 불길해졌다. 그리고 마침내 그 추측을 입 밖으로 내뱉었다.

"혹시, 이거… 함정이 아닐까?"

"제기랄!"

노강호의 자존심이 단번에 구겨졌다. 왜 그런 걸 생각하지 못했는지, 추걸개는 자신을 마구 타박하고 싶은 심정이 되었다.

말도 안 되는 일이 벌어졌다.

"함정이라면, 누구를 위해?!"

운혜가 황급히 외쳤다. 답은 모두가 알고 있었다.

“짐작하기로는 천선 같네만. 천선이 아니라면 함정을 팔 이유가 없지.”

“하지만 사조님께서 마선의 음모를 못 알아챌 리가 없는데? 사조님께서는 인연의 흐름을 파악하실 수 있단 말이에요!”

“선인들의 우열이 어찌 가려지는지는 모르겠지만, 그 능력의 차이가 있다면 천선이 밀릴 가능성도 있지 않겠나?”

운혜의 질문에 귀곡자가 대답했다. 귀곡자는 그 다음 말을 이어나가기 위해 입을 열었다.

“그렇다면…….”

“왜 일찍 말하지 않았나!”

추걸개가 성을 냈다. 그는 있는 힘껏 소리를 지르고는 주위를 둘러보았다.

“내공을 있는 대로 끌어올리게! 말을 버리고 선인의 뒤를 추적함세! 어디라 했더라? 령보라 했지?”

“그렇습니다. 이러고 있을 시간이 없군요. 서두릅시다!”

운풍자가 가장 먼저 빨랐다. 그는 말에서 뛰듯이 내려 경공을 펼쳤다.

그 뒤로 한 무리의 사람들이 다급히 경공을 펼쳤다.

*   *   *

무림맹의 후원에 앉아 정원을 바라보던 마선은 싱긋, 미소를 지었다.

“이제야들 알았구먼. 허헛…….”

마선은 고개를 들어 멀리 흐르는 구름을 바라보았다. 구름 사이로 무엇인가 반짝거린 것도 같다.

아마도 천선은 령보로 가고 있을 게다.

"허허헛……."

마선은 조용히 시선을 내려 정원을 다시 둘러보았다.

그리고 그 상태 그대로 한동안 움직이지 않았다.

"오호……."

고요히 앉아 흐르는 세월을 구경하던 마선은 무엇인가 독특한 것을 발견했다.

"메뚜기로군."

그것은 작은 메뚜기였다. 여름철이니 응당 자랄 법한 생물이었다. 메뚜기는 근처에 사마귀가 있다는 것도 모른 채 아삭아삭 풀잎을 갉아 먹고 있었다.

"허허……."

소소한 자연의 풍광 속에서 마선이 웃음 지었다. 메뚜기 뒤에 나타난 사마귀를 보면서 그는 아이처럼 미소 지었다.

"호오, 대적자가 등장했구나."

사마귀는 최대한 움직임을 줄였다. 한 발, 한 발 앞으로 전진하는 신중한 몸놀림에 마선은 긴장한 듯 침을 꿀꺽 삼켰다.

마치 고수들의 생사대전을 관전하는 듯했다.

마선으로서는 이보다 더한 흥밋거리가 없으리라.

메뚜기가 문득, 갉아먹던 움직임을 멈추었다. 무엇인가 이상한 기척을 느낀 것이리라. 메뚜기는 잠시 더듬이를 이리저리 휘날리더니 별 이상이 없다고 판단한 듯 다시 풀잎을 갉아먹는 데 열중했다.

행동을 멈췄던 사마귀가 마침내 다가섰다. 그리고 전광석화 같은 몸놀림으로 날카로운 낫을 흔들어 메뚜기의 몸통을 낚아챘다.

"허헛, 화려하구나."

메뚜기는 강력히 반발하기 시작했다. 있는 대로 다리를 버둥거려 보고, 더듬이로 사마귀의 눈을 힘껏 가격하기도 했다.

"그래, 살아야지."

마선의 눈이 차갑게 변했다. 차가운 그의 눈이 메뚜기와 사마귀를 훑어보았다. 메뚜기는 날개를 움직여 사마귀의 앞발을 벗어나고자 했다.

하지만 사마귀의 입이 더 빨랐다. 사마귀는 날카로운 입으로 메뚜기의 몸통을 깨물었다.

그리고 천천히 메뚜기의 반항이 줄어들었다.

"…이것이 도(道)라네, 천선."

마선은 그 모습을 보면서 차가운 미소를 지었다. 그의 시선이 흐릿해졌다. 사마귀의 식사에서 관심이 떠나가는 것이다.

"자네의 등 뒤에 사마귀가 다가가고 있는 것을 자네는 모르겠지."

그가 보는 것은 도대체 어디였을까? 무엇을 보고 입을 열었단 말인가?

그것은 아무도 모를 일이었다.

*　　　　　*　　　　　*

밤하늘이 빛나고 있었다. 마치 은가루를 뿌린 듯 반짝반짝 빛나는 하늘을 유영하던 청명은 예전에 보았던 혈랑채가 보이자 헤죽 웃었다.

혈랑대원들은 자신들이 가진 재물과 포로를 모두 넘기고 그 자리에 화전을 일구기로 결심했다.

그것은 선인의 뜻을 따르는 것이기도 했거니와, 스스로 선택한 길이기도 했다.

그들 나름대로 청명에게서 감화받은 바가 적지 않았던 것이다.

청명이 다시 돌아오는 것을 모르는 그들은 때로는 투덜대며, 때로는 편한 마음으로 화전을 준비하는데 바빴다.

"그런데, 우리 중에 농사짓는 법 아는 사람 있어?"

"글쎄? 화노에게 물어보는 건 어때?"

조그마한 키의 사내가 말했다. 예전 다리가 부러졌을 때 화노가 구해준 적이 있었다. 그때 펼친 신묘한 의술을 생각해 보면 화노는 참 똑똑한 사람인 것 같다.

"화노가 뭘 아나. 백치인걸."

"그래도 모르는 게 없더라고. 내 다리도 고쳐 주고 좋은 말씀도 해 주고 그랬어. 어쩌면 예전에 지체 높으신 학사님이셨을지도 몰라."

다리를 다친 자신에게 한바탕 인간의 예와 법에 대해 설명해 준 적이 있었다.

워낙에 무식한 놈인지라 알아먹지는 못했지만, 어려운 소리는 무조건 좋은 소리라는 생각을 가지고 있었던 사내는 그때부터 화노를 다르게 보고 있었다.

"그래?"

혈랑대의 대원이었던 거한이 고개를 갸웃하고는 화노를 바라보았다. 화노는 저만치서 조그마한 물동이를 낑낑거리며 옮기고 있었다.

피죽도 없는 노인이 하는 짓이 안쓰러워 누군가가 물동이를 대신 받아 들었다.

"이리 줘, 화노."

"고, 고맙, 고맙……."

머리를 조아리는 화노를 보며 혈랑대원 하나가 피식 웃고는 힘있게 물동이를 들어올렸다.

"참, 화노. 저기 뒤에 가서 장작이랑 짚단 좀 보고 올래? 내일쯤에 불을 놔서 개간해야겠어."

"응, 응."

고개를 끄덕거리며 침을 질질 흘린 화노가 투박투박 걸음을 옮겼다.

거한은 조그마한 키의 사내를 바라보며 역정을 냈다.

"저런 사람이 알긴 뭘 알아. 이 멍청아!"

바보도 저런 바보가 없다. 화노는 장작이 쌓인 곳이 어딘지 잊어버린 듯 주위에 물어보고 있었다.

"내가 쟤보다 똑똑하겠다!"

조그마한 키의 사내가 뻘쭘한 듯 고개를 숙였다.

평소의 화노는 분명히 그랬다. 말도 제대로 못하고 버벅거리기 일쑤고, 하는 행동도 멍청해서 이것저것 실수하곤 했다.

"…그, 그렇긴 하지만."

작은 키의 사내가 고개를 주억거렸다. 하긴, 화노는 백치다.

그런데 그때는 왜 그렇게 똑똑했던 걸까?

참 신기한 노릇이다.

*　　　*　　　*

금정룡은 령보의 귀령산에 도착해 있었다. 어느새 산중턱에까지 오른 그는 혈랑채를 슬쩍 훑어보았다.

예전에 있던 채를 부숴 터를 만들고 그 자리에 조그마한 모옥을 만든다. 한두 채가 아닌 것이 마을을 하나 만드는 것이 분명했다.

'멍청한 놈들.'

혈랑채에 대한 소문은 들어본 적이 있다. 워낙에 조무래기들이라 신경을 쓰지 않았지만, 일반 양민들에게 혈랑채는 공포의 이름이었던 것이다.

무인들이 없애보았자 이득이 되지 않는다는 이유로 가만히 내버려두어 더 더욱 기세가 올랐던 산채였다.

'이대로 숨어버린다고 잘살 것 같은가.'

아니, 틀림없이 복수하겠다고 나타나는 놈들이 있을 것이다. 혹은 협객행을 한답시고 산채를 찾는 무인이 있을지도 모른다.

'나와는 관계없겠지.'

금정룡은 산채의 뒤편에 느긋하게 앉아 밤공기를 들이마셨다. 차가운 공기가 가슴 깊숙이 파고 들어왔다.

'정말… 그 말대로 될까?'

자칭 맹주의 밀사라던 자가 그에게 내린 명령은 기괴한 것이었다.

"령보의 귀령산에 가서 혈랑채를 찾으라. 혈랑채의 후원에 장작더미가 있을 것인데, 거기에 노인이 나타나거든 이 환약과 이것을 먹여라."

모월 모시까지 가라고 약속 시간을 정해준 것이 아니다. 노인과 약속이 되어 있는 것 같지도 않다.

그런데 장작더미 뒤에서 어떻게 만날 수 있다는 것일까?

궁금증은 그것 하나뿐만이 아니다.

장작더미에는 이끼 하나 없고 먼지가 끼어 있지 않았다. 즉, 쌓아놓은 지 얼마 안 된 것이다.

또한, 만약 이곳이 장작을 내어두는 곳이라면 장작이 쌓인 곳 아래는 풀이 자라지 못하고 흙이 보여야 하는 법이다.

그러나 장작더미 아래는 푸른 녹지이니, 이는 이곳에 장작을 쌓은 것이 처음, 혹은 두 번째라는 소리다.

'그는 어찌 알았던 것일까……'

금정룡은 생각에 잠겼다. 하지만 그것도 잠시였다.

'뭔지 모르지만 믿어주지. 맹주의 황룡금패는 분명히 맹주의 것이었어.'

맹주의 밀사라던 자가 보여준 패는 분명히 맹주만이 가질 수 있다는 황룡금패였다. 그렇다면 더 의심할 필요가 없다. 그것 하나만으로도 모두 확인된 것이나 마찬가지다.

"……"

그때였다. 멍청해 보이는 노인 하나가 아무런 경계 없이 터덜터덜 걸어와 짚단을 살펴보았다.

그리고는 주섬주섬 짚단들을 세어본다.

하나, 둘, 셋…….

몇 번을 세다가 잊어버렸는지 다시 처음부터 센다.

그는 바로 화노였다.

또한 무림맹주이기도 했다.

"하나, 둘, 셋, 넷……."

자꾸 세고, 잊어버리고 다시 세고를 반복하던 화노는 아예 쪼그려 앉아 바닥에 숫자를 적어가며 짚단을 세기 시작했다. 글씨를 아는 것을 보니 조금의 이성은 있는 듯했다.

"스물여덟, 스물아홉… 서, 서른?"

화노는 서른이라는 말에 고개를 몇 번 갸웃하더니 다시 숫자를 세어나갔다.

마선의 선기에 잠식당한 그는 모든 기억을 잃었다. 그리고 한번 싸워볼 것도 없이 마선에게 제압당했다.

마선은 그의 뇌로 향하는 혈맥을 몇 가닥만 빼놓고 모두 끊어놓았다.

그 덕택에 모자라긴 했지만 생활을 할 수 있었다. 가끔은 기억이 되돌아오기도 했다.

"서른넷!"

짚단을 모두 센 화노가 기뻐하며 몸을 일으켰다. 그리고는 어설프게 몸을 흔들며 춤을 추었다.

다음은 장작더미 차례였다.

금정룡의 차가운 시선이 장작더미로 옮겨졌다. 그의 눈에 화산의 자하기가 아닌 녹기가 떠올랐다. 바로 저 노인이 맹주께서 말씀하신 그 노인일 것이다.

'일이 쉽겠군. 어렵지 않겠어.'

형편없이 구겨진 더러운 옷을 입은 추레한 노인네를 보며 금정룡이 사악한 웃음을 지었다.

"크크큭… 정말 쉽겠군."

　장작더미에 쌓인 장작을 하나하나 세어보려는 노인의 뒤로 금정룡이 걸어갔다.

　노인은 장작더미를 열심히 세느라 누가 다가오는지 알아채지 못한 듯했다.

　"열다섯, 열여섯……."

　"……."

　금정룡이 노인의 맥문에 손을 가져갔다. 그러나 금정룡의 손은 금세 멈추었다.

　"열일곱……."

　노인의 몸에서 기묘한 기운이 느껴졌다. 평생 위에서 군림해 온 자의 기운과 닮은 것이었다.

　"열일곱… 열일곱……."

　평소처럼 풀린 눈이 아니라 차가워진 눈으로 노인이 뒤를 돌아보았다.

　살기에 짓눌리자 순간적으로 정신이 든 것이다.

　"자네는 누구지? 열일곱, 열일곱……."

　"……."

　금정룡의 입이 벌어졌다. 노인은 맹주의 얼굴을 하고 있었다. 조금 마르고, 아니, 형편없는 몰골이었지만 그 이목구비는 변하지 않았다.

　"대답하게. 열일곱, 열일곱……."

　"나는… 아니, 저는……."

　"어디서 낯이 익어. 열일곱, 자네의 몸에서 뿜어져 나오는 기운도 그렇고. 열 일곱……."

　"저는 화산파의 제자로……."

금정룡은 이를 악물었다. 뭐가 어떻게 되가는지 짐작이 가지 않았다. 하지만 기왕 명령을 받았으니 그에게 구원을 받으려면 그대로 실행해야 했다.

"금정룡이라 한다!"

"열일곱!"

금정룡은 일수를 뻗어 노인의 맥문으로 가져갔다. 노인이 계속 되뇌이던 숫자를 기합처럼 외치며 금정룡의 일 수를 피해냈다.

내공을 잃었지만 몸에 배어 있는 무공이 어디로 가지는 않았던 것이다.

"화산파의 제자가 감히 날 죽이려하다니. 열일곱, 열일곱… 그런데 나는 누구지?"

기억을 되찾은 듯하더니, 금세 기억을 잃어버린 화노였다.

"가르쳐 줄까? 너는 내 아버지야."

"열일곱, 열일곱… 넌 나와 닮지 않았어."

"…그건 그렇군."

금정룡은 대화로 시간을 끌어 노인을 세세히 훑었다. 그리고 확신을 가졌다.

몸에 남아 있던 무공 탓에 자신의 손을 피해낼 수 있었을 것이다. 때문에 깜짝 놀랐던 것도 사실이다.

하지만 저 노인에게는 내공이 없다. 자신이 내공을 끌어올리면 일은 쉬울 것이었다.

"흡!"

생각을 마친 금정룡이 내공을 끌어올려 신형을 날렸다. 무의식에 쌓인 반응으로 맹주가 몸을 뒤로 뺐었지만, 신형과 동시에 날아온 손을 막아내지는 못했다.

"큭!"

목을 잡힌 노인이 비명을 터뜨렸다. 금정룡은 노인의 목울대를 자극해 입을 열었다.

"이건 약이야, 영감."

금정룡의 눈에서 녹색의 마기가 떠올랐다. 그는 한 알의 약을 먹었다.

두 번째는 조그마한 동물의 뼈였다.

"그리고 이건……."

금정룡의 눈에 어린 마기가 짙어졌다. 그는 잔인한 미소를 지으며 노인의 입가에 뼈를 밀어 넣었다.

"이게 뭔진 나도 몰라."

반 각 뒤.

하늘에서 빠른 속도로 빛줄기가 내려왔다. 빛줄기는 서서히 광채를 줄이는가 싶더니, 혈랑채에 도착해서는 아예 완만하게 흘러 공중에 떠돌았다.

그리고, 빛줄기를 이루던 검 한 자루에서 소년이 폴짝 뛰어내렸다.

한줄기 빛을 확인한 혈랑채의 대원들은 신이 나서 달려왔다.

"선인! 선인!"

"아, 안녕하세요."

선인이 떠나간 지 보름도 되지 않아 다시 돌아올 줄은 몰랐다. 혈랑채의 대원들의 얼굴에 화색이 돌았다.

"선인, 어떻게 이렇게 빨리… 저희들이 어떻게 살고 있나 확인하시러 오신 겁니까?"

"아, 아니요. 이곳에서 해야 할 일이 있어서요."

"그러시군요! 하핫, 선인, 너무 반갑습니다."

"네?"

혈랑대원들이 잔뜩 신이 나 있었다. 그들은 지나치게 반가운 얼굴로 어리둥절해진 청명을 바라보았다.

사실 그들의 심정은 마치 저녁에 돌아온 아버지에게 자신의 성취를 자랑하는 아이와 같았다.

세류소선께 직접 새로워지라는 명을 받아 착실하게 살아가고 있으니 이것저것을 자랑하고 싶었던 것이다.

"선인, 저희가 드디어 화전을 일구기로 했습니다! 본래 화전은 여름에 일구는 게 아니라는데, 먹고살려니 어쩔 수가 없지 않겠습니까! 그래서 집도 짓고 있지요! 으하하핫!"

신이 나서 웃는 혈랑대원이 있었다.

"선인, 게다가 말입니다. 재물을 모두 돌려주었습죠! 새로워지기로 마음을 먹으니, 이리 혼나고 저리 혼나도 즐겁기만 합디다!"

자랑을 하는 혈랑대원도 있었다.

이들은 어쩌면 터무니없는 자랑을 하는 것일 수도 있었다. 이들이 목을 베어낸 사람이 몇이며, 이들이 능욕한 여성이 몇이던가!

마땅히 하늘의 벌이 떨어져야 하리라.

그러나 새로워지기로 마음을 먹은 이상, 그들은 그간 했던 짓을 최대로 수습했다. 물론 자결을 하거나, 복수하러 온 사람들과 대결을 한 것은 아니다. 아무리 그래도 목숨은 아까웠으니까.

하지만 재물을 모두 돌려주었고 데려온 여성들께는 최대한 참회하여 사죄했다.

그것은 쉬운 일이 아니었다. 온갖 수모와 온갖 고난의 길이었다. 그 길은 아직도 끝나지 않았고, 어쩌면 그들의 평생 동안 변하지 않을 수도 있다.

그래도 그들은 새로워졌다는 자부심을 가지고 있었던 것이다.

모두가 선인을 다시 만난 기쁨에 그간의 선행을 자랑할 때였다.

혈랑대주였던 서문다천만은 고요했다. 그는 침울한 얼굴로 자신의 손을 내려다보았다.

"세류소선, 저희들이 제대로 살 수 있을까요?"

손에는 아직 피가 묻어 있다. 한순간에 사람이 변하기도 힘들다. 선인이 내공을 파훼하지 않았다면 자신은 선인의 눈을 피해 똑같은 짓을 할 것이었다.

솔직히 지금도 그러고 싶다.

"저는… 제가 바뀌지 않았음을 압니다."

그는 암울한 얼굴로 말했다. 이대로 변하지 못할까 봐 두려웠다.

그런 그에게 청명은 따듯하게 웃어주었다.

"변하셨어요, 도우."

"……."

서문다천은 한줄기 희망을 가지려는 듯 청명을 바라보았다. 청명은 그를 보고 미소를 지어주었다.

시작이 반이라는 소리가 있다. 그가 변하기로 마음을 먹었고, 또한 그렇게 행동하고 있으니 하늘은 반드시 보답할 것이었다.

어쩌면 어려운 고난을 많이 겪을지도 모른다. 하지만 하늘은 선히 여기는 자를 선히 여기는 법이니, 과거는 모르지만 미래의 그는 반드시 선하게 여겨지게 될 것이다.

"그대는 이미 변하였으니, 하늘이 꼭 복을 줄 거예요."

청명은 그렇게 말해주고는 미소를 지었다.

서문다천은 홀린 듯이 고개를 끄덕였다. 선인께서 말씀하시면 꼭 그렇게 될 것 같은 기분이 든다.

"저, 그런데 화노는 어디 있나요?"

"예? 화노 말씀입니까?"

어린 혈랑대원 하나가 멍하니 고개를 들고 중얼거렸다.

"장작더미를 보러 갔는데요? 화전을 일구려면 불을 태워야 해서요."

"장작더미는 어디에 있나요?"

청명은 눈을 동그랗게 굴리며 말했다. 어린 혈랑대원은 신선의 관심을 받는다는 것에 흥분해 외쳤다.

"제가 안내해 드리겠습니다!"

어린 혈랑대원은 신이 나 청명을 안내했다. 다른 혈랑대원들이 부러운 눈초리로 그를 바라보며 뒤를 따랐다.

"저쪽이 장작더미입니다. 가깝죠?"

"네."

청명은 헤죽 웃으며 고개를 끄덕였다.

선인께서 웃어주셨다는 것이 자랑스러웠던 어린 혈랑대원은 환한 미소를 지으며 동료들을 훑어보았다. 동료들이 부러워하는 시선으로 보고 있다. 어린 혈랑대원은 의기양양하게 어깨를 들썩였다.

어린 혈랑대원과 청명은 얼마 걷지 않아 장작더미에 도착했다.

“화노가 여기 있을… 응?”

혈랑대원은 장작더미 너머로 쓰러져 있는 인영을 발견하고는 비명을 질렀다.

“어이쿠, 화노! 화노! 괜찮아?”

가까이 달려가 보니 죽은 듯이 누워 있다. 어린 혈랑대원은 우선 숨을 쉬는지부터 확인해 보았다. 다행히 숨은 쉬는 것 같다.

“선인, 많이 다쳤나 봐요! 이걸 어떻게 해!”

“아니에요. 화노는 다치지 않았어요.”

화노의 몸 상태를 알아본 청명이 고개를 저었다. 많이 다친 듯 보이지만 사실 죽은 듯이 잠을 잘 뿐이었다.

이제 그를 데리고 떠나기만 하면 된다.

청명은 천천히 걸어가 화노를 부축했다.

과연 마선의 얼굴과 똑같았다.

“아…….”

하지만 마선을 감싸고 있어야 할 그 만의 기운이 눈에 보이지 않는다. 그는 마선과 같은 얼굴일 뿐, 마선이 아니었다.

청명은 그제야 비로소 부드러운 미소를 지으며 혈랑대원들을 돌아보았다.

“저는 이만 돌아갈게요. 그리고 화노는 제가 데려가야 해요.”

“예? 더 있다 가시지 않구요. 그리고 화노는 왜…….”

어린 혈랑대원이 서운한 듯 말했다. 청명은 고개를 저었다.

“자세히는 말씀드릴 수 없어요. 하지만 가야 해요. 운풍 사손이 시간이 없다고 했거든요.”

청명이 부드러운 미소를 지은 채 말했다.

“예. 그러시다면 어찌할 수 없지요.”

신선이 가고 싶다는데 감히 누가 말리겠는가! 어린 혈랑대원은 순전히 고개를 끄덕일 수밖에 없었다.

“운혜.”

청명은 하늘을 올려다보며 중얼거렸다. 말 잘 듣는 강아지처럼 청명의 뒤를 쫓던 검 운혜가 천천히 내려왔다.

준비를 마친 청명은 화노의 몸을 들어올렸다.

“끙차!”

검, 운혜가 발치 앞으로 다가왔다.

*   *   *

추걸개는 한줄기 광풍과도 같았다. 그의 취팔선보는 그 어떤 때보다도 빠르게 휘몰아쳤다.

본래 취팔선보는 경공보다는 운신법에 가까운 보법이었다. 용천혈에 진기를 쏟아 붓는 방식은 다른 경공과 다를 바가 없으나, 용천혈의 세맥을 이용하는 방식에서 취팔선보는 다른 경공과 다른 면모를 보인다.

사소한 예로, 취팔선보를 펼칠 때에는 마치 취한 것처럼 갈지자를 그리며 걷게 되는데, 이는 용천혈의 기맥을 슬쩍 뒤튼 것으로 변화무쌍한 움직임을 보여 상대의 행보를 가늠할 수 없게 한다.

취팔선보는 태생적으로 운신법이었던 것이다. 그러나 때때로 개방에서 취팔선보는 색다른 변화를 보이는데, 그것은 바로 용천혈의 기운을 크게 흔드는 것이다.

짧게 기운을 흔드는 운신법과 달리 길게 기운을 흔들면서 취팔선보는 이전의 취팔선보와 다른 면모를 보이게 되었다.

그것이 바로 취행보, 개방의 경공 중 속도 면에서 제일이라는 경공이었다.

그 뒤로 부드러운 바람이 흘렀다. 유운만천이었다. 유운보법 중에서도 멀리, 그리고 쉼없이 나간다 하여 붙여진 이름인데, 호사가들은 이를 곤륜의 일맥과 비슷하다 평한다.

운룡대팔식보다 먼 거리를 날아가지는 못하지만 행공만큼은 비슷하다. 때문에 쾌속한 속도를 자랑한다.

운풍자와 운혜가 펼치는 경공이 바로 이것이었다.

"서두르세!"

추걸개가 일행을 독려했다. 기운을 온통 쏟아 붓느라 입을 열 수 없었던 운혜와는 다르게, 추걸개는 한줄기 바람처럼 달리면서도 입을 열어 말을 할 수가 있었다.

그의 내공 역시 고수로서 모자람이 없는 것이다.

"잠깐!"

귀행보를 펼쳐 달려가던 귀곡자가 크게 소리를 내질렀다. 그리고는 서서히 속도를 줄이더니, 마침내 걸음을 완전히 멈추었다.

마찬가지로 일행의 걸음도 멈추었다. 내공이 가장 약한 운혜는 현기증을 느끼며 걸음을 멈추었고 운풍자는 그 외중에서도 무표정했다.

추걸개는 가장 멀리 나가 있다가 바람처럼 귀곡자에게 달려와 멱살을 잡았다.

"이 미친 늙은이야, 안 그래도 바쁜데 왜 지랄이냐!"

“닥쳐, 만두!”

귀곡자는 거칠게 외치고는 추걸개에게서 시선을 떼어 하늘을 올려다보았다.

추걸개는 이를 악물었다. 한시라도 빨리 령보로 달려가야 하는데 이런 곳에서 시간을 지체하다니!

자칫하면 선인이 위험할 수도 있는데 말이다.

그러나 귀곡자는 여전히 하늘을 올려다볼 뿐이었다.

“이 돼지 같은 놈! 무슨 일인지 서둘러 고하지 못하겠느냐!”

귀곡자는 추걸개의 말을 무시했다.

그리고 할 수 있는 한 최대로 안력을 돋워 하늘을 살폈다. 한참을 더 살펴보고서야 귀곡자는 자신이 느낀 것이 틀리지 않았다는 확신을 가질 수 있었다.

하늘 저편에서 보이는 것은 반짝거리는 빛이었다.

“선인이야.”

귀곡자는 단정 짓듯 말했다.

“뭐라고?”

“선인께서 오셨다고.”

하늘 멀찍이서 보이는 빛은 마치 별과 같이 보였으나, 그것은 별과는 다른 것이었다.

“돌아오셨나 보구먼.”

귀곡자가 중얼거렸다. 추걸개와 운혜의 얼굴이 멍해졌다.

운풍자 역시 당황스러운 마음을 추스르며 고개를 들어 하늘을 바라보았다.

“으음…….”

"잠깐! 사조님을 위험하게 만들 함정이 있을 거라면서요!"

운혜가 소리를 질렀다. 숫제 따지는 듯한 목소리였다. 그녀는 당황을 넘어 분기를 느끼며 귀곡자를 돌아보았다.

"그랬지, 분명히 그랬네. 내가 틀렸었나 봐."

귀곡자는 순순히 고개를 끄덕였다. 자신의 추측으로는 분명히 그러했다. 그런데 그만 추측이 틀려 버렸나 보다.

하지만 그는 민망하지도 않고 일행에게 미안하지도 않았다. 내공을 모두 소진해 가며 달려왔지만, 오히려 기쁠 뿐이었다.

불길한 추측이 틀렸다니, 이보다 기쁜 일이 어디에 있겠는가!

"허허헛, 틀렸나 봐. 가끔 늙으면 머리가 제대로 안 돌 때가 있다네. 용서하게나. 허헛!"

추걸개는 상황을 잘 파악하지 못했다. 그는 귀곡자와 마찬가지로 하늘을 올려다보며 입을 열었다.

"그, 그럼… 우리가 갈 새도 없이 선인께서 위험에 처하신 것인가?"

늙은 거지가 걱정하는 것은 이것이었다. 혹시 지금 하늘을 가르는 선인이 많은 상처를 입으신 건 아닐까?

귀곡자가 그에 답했다.

"그런 것 같지는 않네. 똑바로 날아가고 있어. 아니, 방금 방향을 틀었네. 우리를 확인했나 보이."

차분하게 설명하는 귀곡자를 바라보던 추걸개의 얼굴이 붉어졌다. 그렇다면, 이 망할 늙은이가 똥개 훈련을 시켰다는 것이 아닌가!

"이 잡종 같은 늙은이가! 선인께서 위험할 거라고 하지 않았더냐! 설마 나를 약 올린 거였더냐!"

황망한 가운데서 운혜와 마찬가지로 분노가 끓어오른 추걸개가 이를 뿌드득 갈았다. 미친 듯이 달려온 것에 비해 결과가 너무 허망하지 않은가!

"허헛……."

귀곡자는 신이 났다. 불길한 추측은 대개 늘 맞는 법인데, 이번엔 틀렸나 보다. 마음이 편해지자 웃음이 나왔다.

"그런가 봐. 약 올리고 싶진 않았는데, 미안하게 됐구먼."

"에잇, 망할 늙은이!"

"일단… 기다려 봅시다, 막 선배. 혹여 사조님께 이상이 있을지도 모를 일이 아닙니까."

운풍자가 말했다. 신중한 성정답게 그는 추이를 지켜보고 있었다.

마침내 검이 천천히 하강했다. 어두운 하늘에 요요롭게 떠 있던 검 위에는, 맹주를 품에 안고 있는 청명이 서 있었다.

그것은 몹시 신비로운 광경이어서, 분노하던 추걸개와 운혜도 정신이 팔려 그 모습을 바라보았다.

"서, 선인……."

천천히 하늘에서 신선이 내려왔다.

"괜찮으십니까?"

"아니요."

일행의 얼굴이 사색이 되었다. 운풍자는 표정은 그대로였지만 피부색이 파랗게 변해 버렸고, 운혜는 헛바람을 들이켰다.

추걸개가 황급히 말했다.

"어, 어디가 다치시기라도……."

"너무 무거워요."

화노를 들고 있던 청명이 볼멘 목소리로 말했다.

일행은 근심스러운 얼굴로 청명을 바라보았다. 일행의 고민은 일리가 있는 것이었다.

마선이 왜 맹주를 살려두었던 것일까? 정말 사조님을 유인할 미끼로 사용한 것이 아니란 말인가?

귀곡자가 무거운 얼굴로 질문했다. 불길한 추측이 빗나갔다지만 확실히 확인해야 마음이 편할 것 같았다.

"정말, 정말 아무런 이상이 없었던 겝니까?"

"예."

일행이 왜 이렇게 초조해하는지 이해하지 못해 어리둥절한 얼굴이 된 청명이 고개를 끄덕였다.

귀곡자는 다행이라는 듯 한숨을 내쉬었다.

기운이 쫙 빠진 추걸개가 귀곡자를 바라보고는 넋이 나간 듯 중얼거렸다.

"이 노망난 늙은이 같으니… 다시 네놈 말을 믿는다면 내 성을 갈겠다."

"선인께 아무 일도 없었다니 다행이로구만. 네놈한테 그런 소릴 듣는 건 싫지만 정말 다행이야."

"그래, 다행이긴 하지."

추걸개는 한숨을 내쉬며 하늘을 올려다보았다.

운혜는 불만스러운 얼굴로 귀곡자를 바라보며 종알종알댔다.

"노선배 때문에 이게 무슨 꼴이에요? 노선배야 진기가 하늘로 뻗치는지, 땅으로 뻗치는지 모르겠지만 제 내력은 일천하단 말이에요.

하마터면 진원지기까지 쏟아 부을 뻔했던 거 알아요? 정말 억울해요!"

운혜는 청명이 다칠까 봐 있는 힘껏 내력을 쏟아 부었다. 혹시라도 그렇게 된다면, 자신의 마음을 자신이 통제하지 못할 것 같았다.

"미안, 미안하네, 도고. 내 일부러 그런 것이 아니라 불길한 생각이 들길래……."

"…흥!"

귀곡자가 민망하다는 듯 운혜를 올려다보았다.

운혜는 고운 눈을 흘겨 귀곡자를 슬쩍 노려본 다음, 청명으로 차례를 바꿨다.

"사조님도 그래요! 빨리 좀 오시지!"

"…예?"

얼떨떨한 얼굴의 청명은 뾰로통한 운혜의 얼굴을 보고는 몹시 당황한 얼굴이 되었다.

운기조식보다 투덜거리는 게 급했는지, 운혜는 귀곡자와 청명에게 한 소리를 하고 나서야 좌정하고 눈을 감았다. 내기를 수습하려는 것이다.

추걸개와 귀곡자가 티격태격하는 사이 잠시 운기하여 기운을 수습한 운풍자가 몸을 일으켰다.

그는 땀 한 방울 흘리지 않은 듯한 모습으로 귀곡자에게 다가왔다. 그리고 무덤덤한 목소리로 중얼거렸다.

"다행이로군요."

"…그렇지?"

멋쩍은 듯 귀곡자가 웃음을 내뱉었다. 운풍자는 귀곡자에게 슬쩍 목례한 다음, 청명에게로 걸어갔다.

그리고 시립하여 깊게 읍했다.

"제자 운풍이 사조님을 뵈옵니다. 진실로 상하신 곳이 없는지요."

"네, 운풍 사손. 저는 아무렇지도 않아요."

"다행입니다."

다행이라는 소리를 한 번 더 중얼거린 운풍자가 청명의 품에 안겨 있는 사람을 보고는 무겁게 고개를 끄덕였다.

사조님께서 다치지 않았다면 그것으로 되었다. 이제는 사천의 일을 걱정해야 할 것이다.

"이분이 진짜 맹주님이로군요."

"……."

내기를 어느 정도 수습한 추걸개와 귀곡자가 운풍자 옆에 섰다. 그리고 마찬가지로 맹주를 바라보았다.

맹주는 변한 것이 없는 모습이었다.

다만 몹시 수척해진 얼굴과 바싹 마른 몸이 그간 그가 무슨 고초를 겪었는지 느끼게 해주었다.

"비켜보게. 맥이라도 쥐어봐야겠으니."

"……."

운풍자는 아무런 말 없이 몸을 비켜 세웠다.

추걸개는 안쓰러운 얼굴로 맹주를 바라보고는 한숨을 길게 내쉬었다. 그리고 소매를 크게 흔들어 떨친 다음, 맹주의 맥문을 쥐었다.

잠시의 시간이 흘렀다.

한동안 눈을 감고 맹주의 몸 이곳저곳을 살펴보던 추걸개가 몸을 일으켰다.

좌절이 깃든 목소리였다.

"단전이 깨어졌어. 근맥도 심하게 상해 있고. 그나마 가지고 있던 무공이 있어 운신이야 할 수 있겠다만 무공을 되찾기는 힘들게 됐네."

추걸개는 씁쓸히 말하고는 운풍자를 바라보았다.

"맥문에 진기를 조금 심어두었으니, 이제 곧 몸을 일으킬 게야."

"예."

운풍자는 짧게 말하고는 주위를 둘러보았다.

자신들이 어디 서 있는지 알기 위해서였다. 령보 쪽으로 길을 잡긴 했으나 워낙에 정신없이 달렸던 터인지라 자신이 어디 서 있는지도 짐작하지 못하고 있었다.

그저 하남성 구석의 이름 모를 야산에 서 있다는 것만 짐작이 갈 뿐이었다.

운풍자가 일행을 바라보며 말했다.

"오늘은 이곳에서 노숙을 해야겠습니다."

"뭐, 별수없지. 이제 사천으로 이동하기만 하면 될 걸세."

귀곡자가 고개를 끄덕였다. 그리고 한시름 놓은 표정으로 운기조식을 마치고 내기를 수습하고 있는 운혜를 바라보았다.

추걸개는 귀곡자에게 한바탕 욕을 해주려 입을 열었다. 몸이 녹신녹신해질 때까지 달리게 했으니 한두 번 욕한 것으로 마음이 풀리지 않는다.

"이런 돼지 같은 노친네야, 너 때문에 우리가 이 고생을……."

"으으음……."

투덜대려던 추걸개의 입이 단숨에 다물어졌다. 지금 신음을 내는 사람은 분명히 맹주였다.

진기를 조금 넣어주었더니 어느새 정신을 차렸나 보다.

추걸개와 귀곡자, 청명과 운혜, 그리고 운풍자가 얼른 맹주에게로 달려갔다.

늙은 거지가 재빨리 맹주의 맥문을 쥐고 눈을 감았다.

머지 않아 추걸개는 눈을 떴다.

"깨어났나 보구먼."

"으음……."

맹주는 눈을 뜨기가 괴로운 듯 인상을 찌푸리며 고개를 살짝 돌렸다. 그러기를 잠시, 곧 평화를 찾은 듯 표정이 편해졌다.

마침내 맹주가 눈을 떴다.

추걸개가 따듯한 미소를 지으며 머리를 숙였다.

"개방의 추걸개 막현우가 맹주를 뵙소이다. 이런 궁핍한 산에서 뵐 줄은 몰랐는데 말이오. 허헛."

추걸개의 인사를 필두로 몇 마디의 인사가 더 이어졌다.

"무당의 운풍이 무림맹주를 뵙습니다."

"무당의 운혜가 무림맹주를 뵈어요."

차분히 인사말을 듣던 맹주는 이제 정신을 완전히 차렸는지 피식 웃었다. 그리고 시선을 돌려 청명을 똑바로 바라보았다.

혈랑채에서 백치가 되어 있던 것과는 다르게, 똑똑히 정신이 박힌 눈동자였다. 어딘지 모르게 차가워진 눈동자를 빛내며, 맹주가 한마디를 내뱉었다.

"반갑소, 천선."

"……!"

청명의 눈동자가 커졌다. 방금의 목소리, 그리고 그 목소리에서 느껴지는 미미한 선기…….

뒤에서 귀곡자가 목이 졸린 듯한 신음 소리를 내뱉었다. 조금 전에만 해도 틀렸으리라 생각했던 불길한 추측이 확신으로 변했다.

마선이 맹주를 살려둔 것은 함정이 맞았다.

귀곡자는 암울한 어조로 신선께 확인을 구했다.

"설마 이자가…….”

청명이 그에 답했다. 귀곡자의 말에 답한다기 보다 저도 모르게 중얼거린 것에 가까웠다.

"마선.”

추걸개는 수염을 부들부들 떨었다. 본래 마선은 맹주의 얼굴을 하고 있었다. 그리고 이제는 그 얼굴이 자신을 바라보며 비웃고 있다.

그는 청명을 바라보며 부르짖었다.

"마선? 선인, 정말로 이자가 마선이란 말이오?”

신선은 그에 대답하지 않았다. 청명은 맹주에게서 시선을 떼지 못했다.

"당신이 어떻게…….”

청명은 멍하니 중얼거리며 맹주의 눈을 바라보았다. 마찬가지로 청명을 똑바로 바라보던 맹주는 피식 웃고는 몸을 일으키려 했다.

그때 누군가가 검을 뽑는 소리가 들려왔다.

챙—!

"…….”

운풍자가 차분한 태도로 맹주의 목에 검을 들이밀었다. 맹주는 차가운 얼굴로 자신의 목에 겨누어진 검을 바라보았다.

"허허헛, 역시 차분한 친구로군. 놀라는 기색이 보이지 않아."

사실 운풍자도 엄청 놀랐다.

물론 검을 겨눈 운풍자의 얼굴은 평소와 다를 바가 없었지만, 운풍자의 심장은 크게 두근거리고 있었다.

하나 도가 특유의 마음공부로 인해 서서히 평정을 찾아가고 있던 중이었다.

"너는 마선인가?"

"…그렇지. 지금은 마선이라네."

마선은 피식 웃고 손가락을 들어 검면에 가져가 가볍게 튕겼다.

위잉—

"큭!"

맑은 검명과 함께 운풍자의 팔이 크게 휘어졌다. 목을 겨누던 검이 사라지자 마선은 피식 웃으며 몸을 일으켰다.

그리고는 어깨를 슬쩍 움직여 보고 발을 한번 돌려보더니 중얼거렸다.

"더러운 몸이로군."

마선은 발을 들어 가볍게 굴렀다.

쿵—!

땅이 한번 울렁거리며 흔들렸다.

추걸개의 눈이 부릅떠졌다. 방금 전 맹주의 육신을 진맥했을 때, 분명히 혈맥이 끊어져 있었고 단전이 파괴됐었다. 그런데 지금은 자연스럽게 진각을 구사하고 있지 않은가!

마선이 추걸개의 의문을 풀어주었다.

"내공은 남아 있다네. 광혈단을 먹였거든. 예전에 무림맹주였던 자이니, 아마 제법 무서울 게야."

인자한 목소리로 마선이 말했다.

"뒤로 피해!"

귀곡자가 외쳤다. 그는 이미 신형을 뒤로 빼는 중이었다.

추걸개와 운혜와 운풍자도 재빨리 몸을 뒤로 뺐었다.

맹주를 중심으로 반경 일 장쯤 되는 둥그런 원이 그려졌다.

추걸개가 다시 한 번 으르렁거렸다.

"마선이라니! 우리가 구출한 게 마선이란 말이야? 이봐, 귀곡자 늙은이! 이게 어떻게 된 거야!"

"제기랄, 나한테 묻지 마! 나도 모르니까!"

"이런 젠장맞을 일이 있… 흡?!"

기묘한 기운이 소리를 지르는 추걸개를 덮쳤다. 추걸개는 깜짝 놀라 마선을 바라보았다. 마선의 몸에서 기묘한 기운이 흘러나오고 있었다.

그것은 모든 일행에게로 번져들었다.

"협!"

귀곡자는 순간적으로 내기를 끌어올렸다. 그의 손이 붉게 물들었다. 무의식적인 생존 본능이 그를 움직인 것이다.

"……."

운풍자는 과연 차분했다. 그는 조용히 검을 들고 마선을 노려보고 있었다.

마선이 인자한 미소를 지어 말했다.

"이게 어떻게 된 건지 궁금한가, 늙은 거지?"

마선의 차가운 목소리에서 희열이 느껴졌다. 마선은 활활 타오르는 눈으로 웃음 지었다.

"이 몸은 맹주의 몸이야. 내가 잠시 빌렸지."

"허, 허어……."

추걸개가 신음성을 내뱉었다. 마선이 부연했다.

"물론 아무리 신선이라도 남의 몸을 빌릴 수는 없다네. 이건 이혼전 이대법이지."

"…무량수불."

운풍자의 입에서 도호가 터져 나왔다.

절전된 지 오래라 전설처럼 남아 있는 것이었지만, 만약 이혼전이대 법이 존재한다면 마선이 맹주의 몸에 들어간 것도 이해가 된다.

매개체를 중심으로 상대의 몸을 자신이 움직이는 것, 상대의 몸에 자신이 깃드는 것이 바로 이혼전이대법이었다.

이혼전이대법을 자세히 알고 있던 귀곡자가 거칠게 외쳤다.

"말도 안 돼! 이혼전이대법이라니! 매개체가 없었는데?"

이혼전이대법은 매개체가 있어야만 발현된다. 쌍방의 몸을 바꾸는 데 필요한 주술적 제물이 바로 매개체다.

그러나 맹주의 몸을 확인할 때에 그가 아무런 소지품도 지니지 않았 다는 것을 확인했었다.

마선이 희열 어린 미소를 지었다.

"먹었다네. 허허헛……."

마기가 섞인 매개체를 만들어 맹주에게 먹였다. 그 역할을 해준 사 람이 바로 금정룡이었다.

"그럼 두 명의 맹주가 모두 마선이 된 게로군……."

신음처럼 추걸개가 말했다.

마선은 손을 들어 목덜미를 쥐었다. 그리고는 몸을 푸는 듯 고개를 좌우로 까닥거렸다. 늙은 몸이었지만 마치 젊은이의 몸동작처럼 자연스러웠다.

자신의 몸 상태를 점검하던 마선이 무엇인가 생각난 듯 미소를 짓더니 입을 열었다.

"오, 그래. 재미있는 사실을 알려줄까."

"……."

"나도 신선이라네. 그러니 천선의 선기를 막을 수 있지. 그렇게 되면 육신 대 육신의 대결이 펼쳐지게 될 걸세. 그럼 과연 어떻게 될까?"

불길한 예감은 대개 들어맞는다. 귀곡자는 황급히 청명을 바라보았다.

청명의 얼굴은 새파랗게 질려 있었다.

검을 들어 기수식을 취하며 운풍자가 조그맣게 속삭였다.

"사조님, 검을 타고 최대한 빨리 피하십시오."

"아, 안 돼요."

청명은 고개를 저었다. 자신이 떠나면 모두 죽는다.

마선이 자신의 선기를 막을 수 있듯 자신도 마선의 선기를 막을 수 있다. 만약 자신이 떠나면 마선은 선기를 펼칠 것이고, 그렇게 되면 모두 죽음을 맞게 된다.

"피하십시오. 천하를 생각하셔야 합니다!"

운풍자는 날카로운 눈으로 청명을 노려보았다. 청명은 울상을 지으며 고개를 도리도리 저었다.

"아, 안 돼요. 나는 도망갈 수 없어요."

"사조님!"

마선이 운풍자와 청명의 대화를 끊었다.

"아까 말했던가? 이 몸에는 광혈단이 들어 있다네. 잠력을 이끌어내
는 단환 중에서는 최고로 치는 약일세."

추걸개는 조용히 고개를 저었다. 일전을 피할 수가 없다는 것을 느
낀 것이다.

추걸개는 강룡십팔장의 기수식을 취했다.

"제기랄, 잘하면 밥숟갈 놓겠구만."

마선은 피식 웃고는 청명을 노려보았다. 그리고 손을 들어 부드럽게
떨구며 청명에게 신형을 날렸다.

"그럼, 한바탕 놀아보세!"

"으앗!"

청명은 재빨리 몸을 뒤로 빼었다. 그리고 애검, 운혜를 꺼내 들었다.
하지만 마선의 몸놀림이 더 빨랐다.

마선이 부드럽게 손을 들어 손목을 털 듯 흔들자, 손가로 기묘한 기
운이 어렸다. 청명은 그 기운을 확인할 수 있었다. 그것은 선기가 아
닌, 내공의 힘이었다.

산화수(散花手)!

"천(天)!"

청명은 조잘거리듯 짧게 외치고는 애검 운혜를 하늘 높이 들어올렸
다. 그리고는 둥그렇게 원을 그리며 마선의 기운을 해소했다.

부드러움이 강함을 이기는 법, 청명의 검은 무력했지만 가까스로 마
선의 손을 비껴냈다.

그것이 혈전(血戰)의 시작이었다.

“으랏차차차!”

우렁찬 목소리가 들려왔다. 동시에 하늘로 손을 뻗어 내공을 끌어모은 추걸개가 쌍장을 앞으로 곧게 뻗었다.

강룡십팔장!

웅대한 내기가 공기를 흔들었다.

추걸개의 장영이 마선의 몸에 박혀 들었다. 제대로 박혀 들었다면 광혼단을 먹은 맹주라 해도 제대로 버텨낼 수 없을 만한 일격이었다.

“흡!”

그러나 마선의 몸은 추걸개의 예상보다 빨랐다.

장영에 적중당한 마선의 몸이 바람에 흩어지듯 사라졌다.

“이형환위!”

귀곡자의 입에서 탄성이 터져 나왔다. 비록 적으로 만났으나 전설 속에서나 보던 이형환위가 등장했으니 감탄성이 아니 나올 수 있으랴!

곧 수세에 몰린 추걸개가 미친 듯이 장영을 뿌려댔다. 마선의 몸은 상상할 수 없을 정도로 빨랐다. 이리저리 흔들리던 장영이 하늘을 뒤덮었다.

“제, 제길, 살려줘!”

“무량수불!”

운풍자는 눈을 부드럽게 감았다. 그리고 오른손에 든 검으로 부드럽게 원을 그렸다. 태극검이었다.

그리고 왼손으로는 흐릿한 장영을 그려냈다.

느릿느릿 다가간 장영이 바람과도 같은 마선의 신형을 잡아냈다.

"태극검과 무당 면장을 동시에? 운풍자, 자네!"

한숨 돌릴 여유가 있다는 것일까? 추걸개가 희열에 가득 차 외쳤다.

두 가지 무공을 동시에 펴는 것은, 무당에서 가장 유명한 심공을 익히면 가능하다.

태극양의심법!

예전 사천의 객잔에서 내린 청명의 가르침 덕분에 운풍자는 태극양의심공을 깨달을 수 있었던 것이다.

"으하하핫, 이거 어쩌면 해볼 만하겠는데!"

추걸개가 웃음을 터뜨렸다. 그러는 사이, 전혀 다른 기운이 얽혀들었다.

쾅―!

육편이 부딪치는데 어찌 이런 소리가 날까? 운풍자의 일장과 마선의 쌍장이 서로 마주치자 굉음이 울려 퍼졌다.

그러나 한 손이 두 손을 이길 수는 없는 법!

운풍자의 손으로 마선의 내기가 파고들었다.

운풍자는 재빨리 손을 뒤로 뺐다. 상대의 힘을 거스르지 않고 함께 흐르는 것은 무당 무공의 기본 중에 기본. 운풍자는 오히려 차력타력의 수법으로 어깨를 흔들어 힘을 모은 다음, 오른손으로 태극검의 절초를 뿜어냈다.

'먹혔다!'

운풍자의 눈이 이채를 발했다. 검은 분명히 상대에게 먹혀들어 갔다.

하지만 전혀 먹히지 않았다. 마선은 어깨를 트는 것만으로 태극검을 피해냈다.

"피해요, 사형! 꺄악!"

냉기 어린 오행검이 운풍자의 검로를 가로막았다. 아니, 가로막는 것이 아니라 검로를 비껴 흘렀다.

챙―!

두 자루의 검이 서로 부딪쳤다.

"허헛, 그 나이에 대단하구먼. 그 나이에 그 화후면 석년의 무당제일 검보다 나아."

운풍자의 검과 운혜의 검이 비껴선 교묘한 틈바구니에서 마선이 모습을 드러냈다.

스륵―

갑자기 소리없이 손 하나가 나타나 마선의 목을 쥐어갔다.

마천혈귀조!

본래 암살공에 가까운 마교의 수공이었다. 귀곡자가 바람같이 손을 날린 것이다.

마선은 목을 슬쩍 저어 귀곡자의 손을 피해내고는 공중으로 뛰어올랐다. 그리고 깃털처럼 운혜와 운풍자의 검을 밟고 섰다.

"무량수불……."

그 상태 그대로 아무도 움직이지 못했다.

"제법들 하는구만. 대단하이. 허허헛……."

맹주의 얼굴을 한 마선의 입에서 인자한 웃음소리가 터져 나왔다. 칭찬의 말을 주워섬기며 그가 따듯하게 웃었다.

"나오시게, 천선."

"……."

검, 운혜를 들고 있던 청명이 눈을 부릅떴다. 마선의 몸에서 느껴지는 기운이 바뀌었다. 내공이 아니라 선기였다.

"흡!"

사기(死氣)가 자신의 몸을 올올히 옭아맸다. 청명은 재빨리 검을 들어올렸다.

청량한 한줄기 기운이 사기를 훑어 맸다. 두 기운은 서로 얽히며 흩어지기를 반복했다.

청명이 사기를 훑어내느라 정신없을 시점이었다.

마선의 몸이 사라졌다.

"피하십시오, 사조!"

"잘 가시게."

사기(死氣)와 동시에, 내공 섞인 마선의 수공이 청명의 천령개로 밀쳐 들어왔다.

*   *   *

청명과 마선이 한바탕 결전을 펼치고 있을 때였다.

무당산의 운현궁은 깊은 밤인데도 불구하고 번쩍번쩍 빛나고 있었다. 화려한 연등이 운현궁의 밤을 대낮처럼 밝히고 있었던 것이다.

운현궁에 위치한 커다란 삼천상이 달빛 아래 형형히 빛났다.

삼천상 아래에 선 무당 장문인 현평 진인이 근엄한 얼굴로 자신의 앞에 무릎을 꿇은 호은을 바라보았다.

"속인 호은은 대답하라. 그대는 도에 입문하여 속세를 떠나고, 검을

받들어 마음을 곧게 하며, 거울을 받들어 마음을 깨끗이 할 것을 맹세
하라.”

“맹세합니다.”

“여인을 탐하지 않으며, 술을 마시지 않으며, 함부로 사람을 폭행하
지 않으며, 분쟁하지 않으며, 살생하지 않으리라 맹세하라.”

“맹세합니다.”

“물욕을 버려 사사로운 물건 가지지 않도록 하며, 궁휼히 여기는 마
음을 버려 사리를 공정하게 하고, 한점의 거짓도 행하지 않으리라 맹세
하라.”

“맹세합니다!”

“속세와의 인연을 끊어 어미를 잊고 아비를 잊으며, 핏줄을 잊으리
라 맹세하라.”

“…….”

입도례의 마지막 순서를 치르는 무당산의 모습은 장엄했다.

운현궁에 불이라도 난 듯 오색 등이 번쩍였고, 도사들은 한 자루 검
과 주름 한 점 없는 도복을 차려입고 수행도사들을 바라보고 있었다.

운현궁은 달빛을 받아 그 어느 때보다 신비로운 자색을 뿜어냈다.
운현궁의 상단에 금포와 금관을 쓴 노도가 원시천존의 상 앞에 서 준
엄하게 호은을 내려다보고 있었다.

현평 진인이 크게 외쳤다.

“맹세하라!”

“제자는…….”

호은은 안 그래도 보이지 않는 눈을 질끈 감았다.

어찌 아비를 잊고, 어찌 어미를 잊으며 핏줄을 잊겠는가? 그러나 무

당의 입도례를 치르고 있으니 어떻게든 맹세를 할 분위기다.

현평 진인은 슬쩍 웃었다.

정(情)을 떨쳐 내지 못해 등선을 미루고 있던 청허 사부를 생각하면 진정으로 인연을 끊는 것은 백여 년의 생을 살아도 불가능할 것 같다는 생각이 든다.

"제자는 아직 그럴 경지가 되지 못했습니다."

준엄한 얼굴의 현평 진인을 향하여 호은이 말했다.

현평 진인의 준엄한 얼굴 사이로 한줄기 춘풍이 새어들었다.

앞이 보이지 않아 캄캄한 어둠 속에 살아야 하는 호은은 현평 진인의 얼굴을 살피지도 못한 채 두려움에 떨었다.

'파, 파문인가?'

그러나 현평 진인은 그저 부드럽게 웃어주고는 다시 목청을 돋울 뿐이었다.

"제자에게 황목의 도호를 내리니, 이제 너는 더 이상 호은이 아니고, 속인도 아니다. 제자 황목은 도인으로서의 몸가짐을 바로 하여 원시천존께 고하라!"

"…예?"

"원시천존께 고하라!"

행사를 이렇게 오래 잡아먹은 것은 처음이다.

다른 제자들은 예, 예 넙죽넙죽 절하고 검을 받아 가는데 이놈은 사사건건 딴죽이다. 운향자 허진무가 입문할 때가 이와 비슷했던 것 같다.

현평 진인이 준엄히 바라보는 가운데 호은은 보이지 않는 눈 대신 귀로 거리를 가늠해 조심스레 원시천존의 상 앞에 섰다.

그리고 세 번 절하기를 세 번 하여 예를 갖춘 다음, 향 한 자루를 피워 올린 후 다시 세 번 절하기를 세 번 하였다.

"금일, 속인 호은이 도를 보기를 원하여 무당에 들었으니, 원시천존께서는 해량하시어 무극선계에 들게 하소서!"

그 다음은 태상노군의 차례였다.

호은은 똑같이 삼궤구고를 반복한 다음 향을 피워 올리고 다시 삼궤구고를 올렸다.

"금일, 속인 호은이 도를 이루기를 원하여 무당에 들었으니, 태상노군께서는 부디 갸륵히 여기시어 현교를 내려주소서!"

호은은 마지막으로 영보천존께 삼궤구고 후 향을 피운 다음, 원시천존께 했던 말을 다시 읊조렸다.

그리고 다시 장문인의 앞에 선 호은이 무릎을 꿇고 크게 절하여 외쳤다.

"이제 황목이 무당에 들기를 원합니다!"

"속인 호은에게 황목의 도호를 내렸으니 이는 속세의 인연이 끊어졌음이요, 도적에 이름이 올랐음이라! 그를 증거 하여 삼보를 내리니, 제자는 이를 들어 간직하라!"

"뜻을 받드옵니다!"

"무당파 제십구대제자 황목자 인!"

도장이 호은에게로 건네어졌다.

입도례는 자주 열리지 않으니 만큼 화려하게 치러진다. 큰 행사라 무당 전체가 들썩이는 날이기도 했다.

하지만 단점이 있다면 그것은 몹시 지루하다는 것이다. 약식이 아니라 정식으로 모든 예법을 다 갖추니, 보고 있는 사람은 제 순서가 올 때까지 몹시 지루해할 수밖에 없다.

하물며 몇십 년 전에 입도례를 치러 순서를 기다릴 건덕지도 없으니 운향자 허진무가 느끼는 지루함은 생각 외로 컸다.

'아아, 했던 이야기 또 하고, 또 하고 하는구만.'

성정이 자유롭다 하여 바람결에 떠도는 향기, 운향이라는 도호를 하사받았다. 그때야 흥분되었지만 지나고 보면 그것도 별일 아니었다.

'지루하구만.'

하품을 억지로 참던 허진무가 무심코 하늘을 올려다보았다. 모처럼 별이 많은 날이었다.

배운 것이 그것이기 때문이었을까?

허진무는 하늘을 본 김에 천문을 짚어보았다.

하나하나 별을 짚어보던 허진무는 무엇인가 수상쩍다는 것을 깨달았다.

"음?"

불길한 기운이 느껴졌다.

한동안 천문을 되짚어보던 허진무는 대단히 황망한 기세로 자세를 바로 한 다음, 약식으로 천월을 열었다.

그리고는 더 더욱 황망해진 기세로 수선을 떨기 시작했다.

'이, 이거……'

당황한 허진무의 눈이 식을 진행하는 장문인에게 가 박혔다.

방금 천하가 흔들렸건만, 무당은 그것도 모르고 태평하게 식을 치르고 있었다.

아직 식은 한참이 남았다.

＊　　　＊　　　＊

"흐잇!"

기묘한 비명 소리가 터져 나왔다. 그리고 청명의 얼굴이 쏙 사라졌다. 다행히 마선의 손이 다가오기 직전 사기를 훑어낸 것이다.

사기를 훑고 보니 손이 다가 오길래 얼른 머리를 피해야 했다.

"……."

마선은 조용히 뒤를 돌아보았다.

본래 천선은 손이 다가오는 것을 보면서도 죽음을 맞아야 할 것이었다, 자신의 손은 쾌속하기 짝이 없었으니.

그러나 뒤에서 찔러 들어온 검 때문에 손길이 흔들리고 말았다.

자신의 육신이 아니니 상처를 입어도 무방할 터인데 무인으로서의 태도가 손길을 막은 것이다.

"지(地)!"

천만다행으로 목숨을 건진 청명이 검 운혜를 들어올려 횡으로 베었다.

"허헛……."

맹주는 자연스레 몸을 뺐다. 선기가 섞여 있는 검놀림이었지만 선기는 자신도 쓴다.

어쩌면 그 사용은 천선보다도 능숙할지도 모른다.

청명은 순간 자신의 마음이 흔들리는 느낌을 받았다.

"으앗?"

청명의 검이 흐지부지 흔들렸다. 집중을 하지 못하겠다.

마선은 청명의 검을 훑어놓고 보법을 펼쳐 자리를 피했다.

그와 동시에 추걸개가 비명을 질렀다.

"어이쿠!"

추걸개는 마선의 뒤에서 몰래 후려칠 셈으로 쌍장을 뻗고 있었다. 그런데 갑자기 마선이 쏙 사라졌다. 그리고 그제야 비로소 선인이 보였다.

"아구구야……."

황급히 장을 수습한 추걸개가 제 속도를 이기지 못해 바닥에 철버덕 널브러졌다. 그만한 고수가 제 신형을 수습 못할 리가 없는데도 불구하고 철버덕 넘어진 것을 보면 그가 얼마나 정신없었는지를 알 수 있다.

"바보 같은 만두 같으니!"

짧은 욕설을 내뱉으며 귀곡자가 마선에게 덤벼들었다. 귀곡자의 우편로는 운풍자가 달려들고 있었다.

귀곡자가 크게 외쳤다.

"자네가 좌, 내가 우!"

"무량수불!"

짧은 목소리였지만 무슨 뜻인지 알아듣기에는 충분했다. 차륜전이 아니라 합격을 해보자는 것이다.

귀곡자와 운풍자는 방향을 정하여 몸을 빼었다.

"무의미하다네."

마선은 조용히 눈을 감았다. 곧 장영이 어지럽게 하늘을 뒤덮었다.

"큭!"

귀곡자는 마선의 왼손을 감당하지 못해 신음을 터뜨렸다. 마선의 손은 원을 그리는 듯하면서도 괴이막측했다. 초식이라기보다는 그저 빠르게 움직이는 듯했다.

"제기랄!"

"……."

운풍자 측도 크게 다르지는 않았다. 그는 끝없이 원을 그리며 마선의 오른손을 상대하고 있었다.

귀곡자와는 달리, 그 손은 원이 아니라 찌르듯 다가오고 있었다.

운풍자의 검은 그 손을 수습하고자 했지만 빈틈만 골라 쏙쏙 찌르는 손을 포용할 수는 없었다.

놀랍게도 운풍자가 아니라 귀곡자가 먼저 쓰러졌다. 마선이 손을 빙글 돌리더니 손끝을 세워 귀곡자를 찌른 것이다.

"크헉!"

볼썽 사나운 신음 소리를 내뱉으며 귀곡자가 뒤로 날아갔다. 쌍장으로 막아내었는데도 관수는 명치끝을 파고들었다.

"귀곡자 노 선배!"

운혜가 달려들었다. 귀곡자는 재빨리 기침을 내뱉어 죽은 피를 뱉어내었다.

"큭, 쿨럭… 피, 피해!"

눈을 뜨고 보니 눈에 넣어도 아프지 않을 손녀딸이 다가오는 것이 보인다. 그리고 그 뒤에 운풍자를 밀어낸 마선이 다가오는 것도 보였다.

"까악!"

운혜를 밀쳐 낸 귀곡자가 또다시 마선의 쌍장에 맞았다.

"흐업!"

귀곡자의 몸이 또 한 번 끈 끊어진 연처럼 날아갔다.

"그, 그만해요!"

재차 공격을 가하려는 마선을 보다 못한 청명이 득달같이 달려들었다.

그리고 가진 힘을 다해 천과 지의 초식을 연달아 펼쳤다. 선기를 이용할 수는 없지만, 검을 움직일 만큼의 선기는 운용할 수 있었다.

그러나 그것은 마선의 뜻대로였다. 마선은 무거운 표정으로 중얼거렸다.

"오시게."

"천!"

청명의 검이 마선의 어깨를 노리고 아래로 내리 꽂혔다.

마선의 장력에 어깨를 얻어맞은 운풍자는 검을 꽂아 기대어 무릎을 꿇고 있었다. 그의 상태가 그럭저럭 괜찮다는 것을 확인한 추걸개는 일단은 귀곡자에게로 달려갔다.

짧은 기간이었지만 그간 쌓인 정이 있었던 것이다.

"이보게! 자네 괜찮은가?"

"…큭, 쿨럭!"

"이봐, 괜찮냐고? 정신은 있어?"

"이 멍청… 한 만두야! 쿨럭! 가서 선인을 보호해!"

눈과 귀, 코와 입에서 모두 피가 새어 나왔다. 내상이 크다는 뜻이었다. 그럼에도 불구하고 귀곡자는 추걸개를 내보내고 있었다.

"재수없는 놈!"

추걸개가 귀곡자를 놓고 몸을 돌렸다. 스스로를 수습할 여력이 있기만을 빌 뿐, 지금 당장은 어떻게 해볼 도리가 없었던 것이다.

지금은 청명 선인을 보호하는 것이 먼저다. 뒤를 돌아보니 아니나 다를까, 뒤에서는 청명이 형편없이 밀리고 있었다.

"토지신님!"

청명이 정신없이 뒷걸음질치며 외쳤다. 그러나 땅은 한 점 일렁임조차 보이지 않았다. 평소와 다름없이 고요할 뿐이었다.

"풍신님!"

토지신과 풍신님을 불러보았지만, 나타나질 않았다. 마선이 수령신들을 막아낸 것이다.

청명은 본신의 힘만으로 마선을 막아서야 했다.

"으핫!"

또다시 마선의 손이 날아왔다. 마선의 손을 부드럽게 곡선을 그리며 앞으로 뻗어지고 있었는데, 한 마리 용이 구름 사이를 춤추는 듯한 모습이었다. 그 속에 강맹한 위력이 숨어 있었다.

청명은 다가오는 손을 보면서 눈을 감았다.

'그래, 인(人). 인의 초식이면 막아낼 수 있어.'

인의 초식은 하늘과 땅을 잇는 초식이다. 즉, 변화가 자유롭고 대응하기 곤란한 초식이다. 무공은 모르지만 기운을 읽는데 능숙한 청명은 인의 초식을 펼치려 자세를 잡았다.

벌써 장은 가까이 다가와 있었다.

"인(人)!"

청명의 검이 휘어져 흘렀다. 인간은 하늘과 땅을 이어 살아가지만 때로는 선하고 때로는 악하다.

청명은 인간의 선함을 그려 강룡십팔장을 흘려보내고자 했다.

"흡!"

그러나 무공을 모르는 자가 무공을 아는 자와 부딪친다면 누구에게 승산이 있겠는가! 청명은 자연스레 뒤로 밀리고 말았다.

방어에 성공했다는 것만으로도 삼재검법은 그 소임을 다한 것과 마찬가지였다.

내기를 수습하여 몸을 일으키던 운풍자가 그 모습을 보며 눈살을 찌푸렸다.

"사권?"

추걸개가 흥분해서 외쳤다. 그의 얼굴은 흥분해 붉게 달아올라 있었다.

"빌어먹을! 강룡십팔장이다! 어디서 훔쳐 배운 게야!"

그사이에도 청명은 계속 뒤로 밀리고 있었다. 더 이상 가면 위험해진다.

그 사실을 잘 아는 추걸개가 강룡십팔장의 파훼법을 외쳤다.

"운혜 도고, 검을 던져! 마선의 왼발에서 우로 삼보!"

강룡십팔장의 보법은 부드럽다. 일장, 일장이 용이라고 치면 다리는 구름일 것이다. 다리가 구름을 밟는 듯 보법을 밟으면 손은 용처럼 노닐어 적을 파훼한다.

구름이 사라지면 용도 쉽게 움직이지 못한다.

쌔액—

냉기 어린 운혜의 검이 마선의 발을 막았다. 다행히 운혜 도고가 제시간에 정확한 위치에 검을 던진 것이다.

마선은 이를 악물며 초식을 전환했다. 천선을 죽일 수 있었건만 이번에도 실패했다.

"강룡십팔장 내놔, 이 니미럴 놈아!"

추걸개가 걸쭉한 욕을 섞어 외쳤다. 그리고 강룡십팔장의 항룡유회의 초식으로 마선의 등을 후려쳤다.

운풍자는 추걸개의 아래쪽에서 태극검을 그렸다. 마선은 흘끗 운풍자를 바라보고는 시선을 돌려 청명을 향했다.

청명은 곤란한 와중이었다. 선기를 사용할 수 있다면 좋겠지만, 선기를 사용하지 못하니 내기로만 맞서야 했다. 그러나 자신에게 내기는 조금도 없다.

결국 마선의 내기를 몸으로 흡수할 수밖에 없었다.

내기에 손상당해 울컥거리는 속을 다스리려 심호흡을 하던 청명의 눈에 마선이 보였다.

마선은 웃고 있었다.

추걸개의 항룡유회를 막는 것은 간단했다. 서로 같은 무공을 지니고 있을뿐더러, 마선의 무공은 추걸개와 비교도 할 수 없이 높았다.

만약 맹주의 몸이 아닌 본신의 육신이었다면 일찌감치 천선을 죽일 수 있었으리라.

맹주는 왼손을 뻗어 기묘한 문양을 그렸다. 그것은 한 송이 꽃의 모습으로 매화를 닮은 문양이었다.

'매화검을 손으로?'

장을 뻗어가던 추걸개의 눈이 부릅떠졌다. 항룡유회를 부드럽게 피해낸 마선은 매화난영의 초식을 손으로 펼쳐 추걸개의 조문을 공격했다.

“흡!”

추걸개는 정신없이 뒤로 물러나야 했다.

그사이 운풍자가 앞서 나왔다. 태극검으로 마선과 어울려 보려는 것이다.

“…….”

운풍자는 짧게 시선을 돌려 추걸개를 확인한 다음, 마선에게 태극검을 펼쳤다. 그것이 바로 노리던 바였다.

마선은 이미 그 자리에 있지 않았다.

“무, 무량수…….”

이형환위라는 말로는 부족했다. 도가의 전설에나 등장하는 분신술처럼 마선의 몸이 여러 개로 나뉘었다.

“…불.”

수십 명의 마선 중 하나가 그에게 장을 날렸다.

종남파의 통천장이었다.

“큭!”

운풍자의 신형이 뒤로 멀찍이 나가떨어졌다. 검으로 방어를 해보았지만 통천장은 공간을 격하여 운풍자의 내장에 파고들었다.

운풍자를 날려 보낸 마선이 시선을 돌려 청명을 바라보았다. 청명은 고집스럽게 입을 앙다물고는 마선을 노려보고 있었다.

그때 마선의 머릿속에 재미있는 상상이 떠올랐다.

“내가 만약 운혜 도고를 노리면 어찌하시겠소?”

청명의 눈동자가 크게 뜨여졌다.

스륵—

마선의 신형이 두 개로 나뉘었다. 제자리에 서 있던 마선의 몸은 바람에 흩날리듯 사라졌고, 운혜 쪽에 마선의 새로운 몸이 나타났다.

"안 돼!"

청명은 검, 운혜를 앞으로 집어 던졌다. 그 속에 할 수 있는 한 가장 많은 선기를 밀어 넣었다.

마선은 그 검을 바라보았다.

"제법이로구먼, 신선."

청명의 검은 빠르게 마선에게로 날아갔다. 그리고 부드럽게 곡선을 그리며 마선의 목을 노렸다.

청명은 눈을 꼬옥 감고 검으로 손을 뻗었다.

곧 그 손바닥이 하늘을 향하여 뒤집혀졌다.

검이 그리는 곡선의 궤적이 빨라졌다.

챙―!

마선의 손과 청명의 검이 부딪치며 맑은 소리를 내었다. 사람의 손과 검이 부딪쳤는데 검명이 울린 것이다.

검선의 검은 마선이 튕겨내자마자 반 바퀴를 회전하여 마선의 다리를 노렸다.

"흡!"

마선은 조용히 뛰어올라 다리를 노리고 달려드는 청명의 검을 밟았다. 그리고 그 상태 그대로 재주를 넘듯 몸을 빙글 돌리더니, 오른 다리를 재게 놀려 운혜의 머리를 공격했다.

"운혜 사손!"

쾌타천문의 운비각법이었다. 삼류문파의 삼류무공이었지만 마선의 발에서 구현되는 각법은 예사롭지 않았다. 오히려 정상적인 투로가 아니었기에 더욱 막아내기가 힘들었다.

"무, 무량수불!"

운혜는 입술을 꼬옥 깨물었다. 그리고는 검을 들어 태극권의 기수식을 취했다.

태극무형!

침착하게 호흡을 들이마신 운혜가 공격보다는 방어에 치중하여 권식을 펼쳤다. 사조님을 구하고자 검을 날려 버리는 바람에 지금은 베어버릴 수가 없다. 그러니 일단 방어부터 하는 것이 순서일 것이다.

게다가 자신에게는 순음지기가 있으니, 적중하기만 하면 상대에게 크게 상처를 입힐 수 있다.

하지만 운비각은 예상보다 기괴했다. 운혜의 일권을 피한 다리가 휘어질 수 없는 방향으로 휘어지는가 싶더니, 그 반동을 이용하여 채찍처럼 얼굴을 공격했다.

"까악!"

운혜는 저도 모르게 비명을 질렀다.

청명의 얼굴이 다급해졌다. 그는 저도 모르게 눈을 꼬옥 감고 외쳤다.

"수목령님!"

휘릭—

운혜가 비명을 지를 찰나였다. 운혜의 왼쪽에 위치한 버드나무가 들썩이더니, 나뭇가지가 채찍처럼 빠르게 움직여 마선의 발목을 휘감았다.

운혜의 얼굴이 각법에 차이기 직전에 벌어진 일이었다.

나무 채찍은 단단히 마선의 발을 부여잡았다.

그러나 곧 마선의 준엄한 외침이 이어졌다.

"고작 구품의 잡령이 선인의 행사를 방해하려느냐!"

수목령의 나무 채찍이 잠시 꿈틀거렸다. 하지만 별다른 수가 없는지, 휘감은 마선의 발을 스르르 놓아버렸다.

청명은 당혹감에 입을 벌렸다.

"운혜 사손, 도망가요!"

청명이 다시 자신의 검, 운혜를 가리켰다. 마선의 발에 밟혀 땅에 떨어져 있던 운혜가 공중에 떠올랐다.

운혜는 재빨리 유운보법을 펼쳐 신형을 뒤로 빼었다.

그 자리에 추걸개가 끼어들었다.

"으랏차! 지금 나 건드리지 말게!"

취행보에 취팔선보의 묘리를 섞은 추걸개가 빠르게 마선을 향해 퉁겨왔다. 추걸개는 동시에 강룡십팔장을 준비하고 있었다.

경공으로 속도를 높여 강룡십팔장으로 후려칠 속셈이었던 것이다.

"풍신!"

마선은 조용히 공중으로 뛰었다. 몸이 공중에서 머무르듯 멈추었다. 풍신의 도움 덕택이었다. 풍신이 발을 받혀주자 허공답보를 하듯 공중에 머물렀다.

청명이 외쳤다.

"풍신님! 그를 도와주지 말아요!"

스르륵―

마선의 몸이 다시 땅으로 떨어졌다.

"허허헛……."

하지만 잠시 공중에 머무른 것으로 충분했다. 그는 땅으로 떨어지는 사이 자신의 앞까지 달려든 추걸개를 보고 사이하게 웃으며 그의 머리로 발을 가져갔다.

"어이쿠!"

추걸개는 재빨리 신형을 뒤틀었다. 순간적으로 용천혈로 흐르던 진기를 빠르게 휘돌려 몸을 비튼 것이다.

쾅―!

방금 전까지 추걸개가 있던 자리에 커다란 구덩이가 파였다. 추걸개는 그것을 보고 혀를 내둘렀다. 이놈, 마선이라더니 과연 사람이 아니다. 진각만으로 저 정도의 힘을 낼 수가 있다니.

하지만 추걸개는 재빨리 정신을 집중했다. 그는 개방에서도 강룡십팔장에 달통했다 인정받는 인물, 방향을 틀어 착지하자마자 마선에게 장력을 뿜었다.

마선은 씨익 웃었다. 그리고 그 장력을 부드럽게 받아 공중으로 떠올랐다. 마치 추걸개가 잘 가라고 밀어준 꼴이었다.

"이, 이건……."

추걸개의 눈이 부릅떠졌다. 이번엔 운룡대팔식이었다. 마선은 설마 구파일방의 모든 무공을 알고 있기라도 한 것인가!

마선은 운룡대팔식을 펼쳐 공중에서 부드럽게 회전한 다음, 청명에게로 날아갔다.

"흡!"

청명은 부드럽게 검, 운혜를 띄웠다. 검은 잠시 떠오르는가 싶더니 아무런 힘도 없는 듯 땅에 철버덕 떨어졌다.

공중에 떠오른 마선이 청명의 선기를 막아낸 것이다.

청명은 재빨리 선기를 끌어내어 보았다. 하지만 선기가 모이지 않는다. 청명은 시선을 돌려 마선을 바라보았다.

"아……."

그는 공중에 뜬 채로 우장을 뻗었다. 마선의 강룡십팔장을 막아내기 위해 운혜가 던졌던 검이 허공으로 스르르 떠올랐다.

허공섭물!

그 검은 공중에서 회전하는 마선의 몸을 따라 회전하다가 마침내 그 손에 쥐어졌다.

청명은 다시 한 번 검, 운혜를 띄워보고자 선기를 발현했다. 하지만 역시 무용지물이었다.

"으앗!"

마선이 다가오는 것을 보고 비명을 지른 청명이 아무렇게나 몸을 날렸다. 보법이니, 신법이니 하는 것을 모르는 범부인 청명으로서는 그저 멀리 도망치려고 몸을 던진 것이다.

그러나 그것은 마선의 눈에 정확히 읽혔다.

"잘… 가시게."

마선의 눈이 붉게 충혈되었다. 마선의 눈에서 한줄기 눈물이 흘러내렸다. 핏발 선 눈에서 흐르는 맑은 눈물을 피눈물이나 다름없이 보였다.

그리고 청명의 몸이 공중에서 정지했다.

"사조님!"

"선인!"

운풍자가 멀찍이서 비명을 질렀다. 그나마 몸을 건사한 추걸개가 황급히 청명에게로 달려갔다.

이미 늦은 걸까?

"…으음."

공중에서 정지했던 청명이 신음 소리를 내뱉었다. 그래서 추걸개는 청명 선인께서 무사한가 보다고 조금 희망을 가졌다.

그러나 선인의 몸이 어딘가 이상했다. 바닥에 부드럽게 착지했건만 선인의 단전 부분은 만신창이가 되어 있었다.

단전에 들어가서는 아니 될 검이 깊게 박혔다. 깊게 박힌 검은 관통하여 등에 삐죽이 튀어나와 있었다.

"큭! 쿨럭! 쿨럭!"

청명의 입에서 기침이 튀어나왔다. 기침과 함께 피가 샘솟는다.

마선은 청명의 단전에 검을 꽂아 넣은 채로 눈을 감았다.

'모두 끝났구먼…….'

그대로 시간이 정지했다.

바람이 멎었고, 공기가 가라앉았다.

멀리서 움찔거리던 풀벌레들도, 하늘을 날아가던 새도 더 이상 움직이지 않았다. 추걸개와 운풍자, 귀곡자와 운혜 역시 마찬가지였다.

아무도 움직이지 않은 상태가 계속되었다.

천년만년 변하지 않을 것 같던 광경이 바뀐 것은 마선, 아니, 이제 마선의 혼이 벗어난 맹주의 육신이 쓰러질 때였다.

털썩—

청명의 단전에 검을 꽂아 넣은 맹주의 육신이 아무렇게나 털썩 쓰러졌다.

"마선, 이런 개자식! 사조님!"

살면서 평생에 한번이나 해보았을까? 아니, 욕이라는 것을 알고나 있었을까? 평생 욕이라고는 하지 않을 것 같았던 운풍자가 거칠게 욕설을 내뱉었다.

평생 무표정함을 벗지 못할 것 같았던 얼굴 표정 역시 마찬가지로 망가져 있었다.

"사조님!"

실핏줄이 몽땅 터진 눈은 붉게 물들어 있었고, 이를 악물다 못해 턱이 바르르 떨렸다. 운풍자는 할 수 있는 가장 많은 내공을 쏟아 부어 몸을 일으켰다.

추걸개는 멍하니 서 있었다.

"서, 선인?"

대꾸가 없다.

"선인? 괜찮으신 게지요?"

여전히 선인은 아무런 말이 없었다.

"선인? 선인?… 괜찮으신……."

곧게 서 있던 청명의 무릎이 털썩 내려앉았다. 청명은 무릎을 꿇은 채로 고개를 푹 숙였다.

추걸개의 수염이 바르르 떨렸다. 그는 한 점의 미동도 없이 멍하니 청명을 바라보기만 했다.

"아니야……."

운혜가 멍하니 중얼거렸다. 동공이 완전히 풀린 운혜의 눈에서 눈물이 한 방울 뚝 떨어졌다.

사조님이 죽었을 리 없어. 사조님은 신선이야. 절대 죽었을 리 없어. 죽었을 리 없어.

운혜는 천천히 청명에게로 걸어갔다.

멍하니 서 있는 추걸개를 스쳐 지나가 쓰러진 맹주의 육신을 넘어 운혜는 청명을 바라보았다.

청명은 무릎을 꿇고 있었다. 무릎을 꿇은 채로 고개를 폭 숙인 청명은 눈을 감고 있었다. 너무나 평화로운 얼굴이었다. 마치 잠시 자는 듯한 얼굴.

운혜는 청명의 볼을 쓰다듬었다.

"사조님? 일어나세요."

침묵이 이어졌다.

"사조님, 일어나요. 다시 강호로 떠나야 한다고요. 사천에 마교도들이 모여 있어요……."

청명은 대답하지 않았다. 운혜는 청명의 어깨를 흔들었다. 축 늘어진 육신이 운혜의 힘에 밀려 흔들렸다.

"사조님? 사조님?"

운혜의 힘이 점점 더 강해졌다.

이제 겨우 자신의 마음이 무언지 알았는데.

이제 사조님을 이해할 수 있었는데.

이제 인정할 수 있었는데…….

"사조님? 나랑 같이 강호를 다니셔야 하잖아요. 사조님… 나만 두고 가면 안 되잖아요……."

이리저리 흔들리던 청명의 육신이 옆으로 콰당, 넘어졌다.

"……."

운혜의 움직임이 멎었다. 운혜는 더 이상 아무런 말도 하지 않았다. 핏기가 빠진 청명의 얼굴을 멍하니 바라볼 뿐이었다.

　멀찍이서 선인이 쓰러진 광경을 바라보던 추걸개가 멍하니 중얼거렸다.

　"서, 선인이……."

　추걸개가 털썩 무릎을 꿇었다. 이제 인정하지 않을 수 없었다. 선인은… 선인은…….

　"선인이… 죽었어……."

　"사조님……."

　비틀비틀거리며 앞으로 걸어나가던 운풍자가 마침내 바닥에 쓰러졌다. 걸음을 옮길 내공 한 점이 없었다.

　그는 조금이라도 사조님께 가까이 가려는 듯 꿈틀댔다.

　흙바닥에 얼굴을 부비며 몸을 일으키려 해보았지만, 모두 허사였다. 일어나려고 꿈틀거려보아도 움직일 수가 없다.

　"사조, 사조님……."

　일어나려고 몇 번이나 꿈틀거리던 운풍자의 몸이 드디어 정지했다.

　"으아아아아아!"

　운풍자가 하늘을 꿰뚫을 듯 고함을 질렀다.

7장

제1화 사천행

　　지금으로부터 이십오 년 전, 강호에 대란이 일어났다. 근 이백여 년간 고요했던 마교가 마침내 발호한 것이다.

　　마교는 욱일승천의 기세로 천하를 집어삼켰다. 파천화련공을 팔성까지 익힌 당대의 교주 파월천마 갈문혁은 단신으로 구파일방 중 두 개의 문파를 멸문시켰고 부교주 마중마 설현귀는 공손세가와 제갈세가를 집어삼켰다.

　　정도의 몰락은 눈에 보이는 듯했다.

　　그러나 공진성승의 등장으로 형세는 뒤집혔다. 공진성승은 소림 칠십이종 절예를 모두 깨달았다 칭해지는 희대의 무재였다. 그 높은 무공에도 불구하고 강호의 일에 손대기를 꺼려 하며 불도(佛道)에만 전념하던 그는 천하의 혈란을 보다 못해 몸을 일으켰다.

　　천하제일인이라 불리던 마교주조차 그를 감당하지 못했다. 마교주

는 가진 모든 무공을 펼쳐 공진성승과 대적했지만 공진성승을 이기지
는 못했다. 하나 공진성승 역시 마교주를 이기지 못했다.

둘은 결국 양패구상을 하고 말았다.

교주의 죽음을 확인한 부교주 설현귀는 단신의 힘으로 정도 무림맹
의 무사들 사이로 뛰어들었다.

그리고 삼백 개의 목숨을 길동무 삼아서야 비로소 설현귀는 저승으
로 가는 문을 열었다.

마교 십이당주 중 네 개 당주를 제외한 모든 당주들도 정도 무림맹
의 무사들에게 사망했다.

그 모든 일이 벌어진 곳, 그곳은 사천(四川)이었다.

이십오 년 후, 현재.

당가보는 그 어느 때보다도 활성화되어 있었다. 외성에 기관진식을
준비해 놓고 안락한 내성에 틀어박혀 있던 당가의 전대고수들은 천하
혈란을 마주쳐서야 세상 밖으로 튀어나왔다.

또한 당가보는 천하 무림의 중심지가 되어 있기도 했다.

"…흐음."

당유성은 당가를 둘러보고 있었다. 같은 사천 지역에 위치한 청성파
와 아미파가 가장 빨리 당가보에 도착해 있었다. 형산파, 공동파와 점
창파는 그보다는 늦었지만 무사히 사천에 도착했고, 그 다음은 개방이
었다.

화산과 소림은 지금 당가보로 향하고 있었다.

무림맹을 통째로 옮겨왔다고 해도 과언이 아닌 것이다. 실제로 무림
맹주도 사천으로 출행을 앞두고 있으니, 더 할 말도 없다.

당가보에는 승.도.속을 넘나드는 수많은 무인들이 어우러져 있었다.

"이럴 때 우리 선경루도 장사가 잘 되야 할 텐데."

당유성은 한숨을 내쉬었다. 위기는 곧 기회, 사천에 이처럼 많은 손님이 모여들 때 가연의 가게는 새로운 기회를 맞이하는 것이다.

'하핫, 내가 무슨 생각을.'

당가의 소가주가 아니라 객잔 주인 같은 사고방식으로 생각하던 당유성은 어색한 웃음을 지었다.

그리고 천천히 걸음을 옮겨 선경루로 출발했다. 자신은 당가의 소가주이면서 선경루 여주인의 낭군이 될 사람이니까, 뭐 어쩔 수 없다.

선경루는 대단히 붐비고 있었다. 얼마 전 선경루 옆에 위치한 사상객잔을 인수했기에 망정이지, 아니면 손님을 받을 자리가 없을 뻔했다.

때문에 가연은 정신없이 움직이고 있었다. 점소이를 다섯 명으로 늘렸건만 주인인 자신이 직접 뛰어야 할 만큼 정신 없는 하루하루였다.

"여기 주문을 받으시오!"

형산파의 도복을 입은 도사들 몇이 근엄하게 앉아 가연을 불렀다. 이럴 때는 '차라리 저잣거리의 잡배들을 배불리 먹이는 게 낫지' 라는 생각이 든다. 그네들은 보다 편하게 주문하고 보다 편하게 먹는다.

"예, 주문 받겠습니다, 손님."

가연은 얼른 달려가 최대한 정중하게 머리를 숙였다. 민중협 당선규의 소개로 객잔에 찾아온 형산파 도사들이 불쾌한 표정을 지었다.

어떤 이는 활기로 느낄 만한 광경이 형산파 도사들에게는 소란으로밖에 생각되지 않는 것이다.

“동파육과 자포탕을 주게.”

“…예, 손님.”

가연은 최대한 정중하게 머리를 숙이고는 걸음을 옮겨 주방으로 달려갔다. 하지만 입술이 자꾸 비죽거리는 걸 보니 역시 저 도사들이 마음에 들지 않는가 보다.

‘무당파의 도사님들이 나왔지.’

그들은 사람을 존중하면서도 예의를 잃지 않았고, 필요할 때에는 예의를 저버릴 줄 아는 진짜 도사님들이셨다.

그리고 고기도 먹지 않는 도사님들이셨다.

‘도사가 돼가지고 고기나 먹고 말이야.’

가연은 뾰로통한 얼굴이 되어 주방에 외쳤다.

“여기 동파육이랑 자포탕이요!”

그런 가연을 보는 젊은 청년이 있었다. 그는 찬위(식탁)를 맨질맨질할 때까지 닦고는 손님이 흘리고 간 음식 부스러기들을 주워 치우는 일을 하고 있었는데, 얼굴 가득 불만스러운 감정이 끼어 있었다.

‘그래도 마 대주와 함께 다닐 적이 나았군.’

예전부터 티격태격해 왔던 호적수 마규상을 생각하는 이 사내의 이름은 기경식, 비화대주의 직함을 가지고 있는 백련교도였다. 그는 과거를 생각하며 잠시 추억에 잠겼다.

‘고작 지휘권이 뭐라고 그 친구와 그렇게 싸웠던가!’

그는 피식 웃음을 지었다. 확실히 그와 다니는 것이 전대의 노물들이랑 다니는 것보다는 나았다.

찬위를 다 닦은 기경식은 우울한 얼굴로 행주를 챙겨 포방으로 들어갔다.

　기경식은 포방 안에 행주를 던져 두고 미리 깨끗이 빨아놓았던 행주를 집어 들었다. 그리고 우울한 시선으로 포방을 바라보았다.

　포방 안의 숙수는 열의에 타오르고 있었다. 그는 옆 자리에 서 있는 고운 얼굴의 노파를 보며 감탄성을 터뜨렸다.

　"그렇구려. 칼질 한번의 마음가짐이 그토록 중요하다니!"

　요리를 할 때에는 그 음식을 먹어줄 사람을 생각하면 되어요. 그럼 행복해지고, 요리도 행복해지지요.

　"어, 어, 너무 빠르오! 손짓을 조금만 천천히 해주신다면 내 충분히 알아들을 수 있을 것인데……."

　노파는 고운 얼굴로 미소를 짓고는 고개를 돌려 버렸다.

　숙수는 순수한 마음에서 다시 한 번 감탄했다. 과연 고수는 연륜이 차오를수록 대단해진다더니, 겉보기엔 추레한 노파가 요리 실력은 장난이 아니다. 비록 할 수 있는 요리의 가짓수는 자신이 많겠으나 정갈한 음식에 어찌 비하겠는가!

　과연 가정의 맛에 비할 것은 없다는 것을 새삼 깨달으며 숙수는 열심히 과를 돌렸다.

　주방장의 옆에서 고운 미소를 달고 요리를 하는 사람은 수현옥녀라는 칭호를 가진 마교의 설수진이었다.

　그녀는 선경루의 일이 몹시 마음에 들었다. 하고 싶은 요리를 마음껏 할 수 있는 재료가 있고, 또 새로운 요리를 가르쳐 줄 주방장이 있으니 만족스러울 따름이다.

　한참을 치익거리며 요리를 하던 설수진 곁으로 작고 쪼글쪼글한 노인이 걸어왔다.

“힘들어 보이는구려.”

힘들지 않아요.

“늙은 몸을 움직이기가 얼마나 어렵겠소. 밥값 한다고 치자면 할 말은 없소이다만… 정말 무리하는 게 아니오?”

요리하는 것이 재미있는 걸요.

노파가 고운 미소를 달고 손짓을 했다. 경추추는 어쩔 수 없다는 듯 한숨을 쉬었다.

“그러나저러나, 당가의 소가주라는 친구는 왜 보이지 않는 게요? 혹시 오늘은 나오지 않았소?”

잘 모르겠는데… 양 장로님이나 곽 장로님께 여쭈어보시면 아실 거예요.

노파의 손짓을 재주껏 알아들은 경추추는 조용히 고개를 끄덕였다.

“알았소이다. 너무 무리하지 말고 일을 보시오.”

예.

설수진은 고운 미소를 지으며 고개를 끄덕였다.

곽여휘는 객잔의 뒤에 위치한 손바닥만 한 작은 후원에 있었다. 그는 도끼를 들고 나무를 패고 있었다. 몸을 대충 움직여 나무를 패는 듯 보이지만, 사실 그는 무공을 연마하고 있었다.

기로써 먼저 나무를 벤다. 그리고 그 자리에 도끼가 박힌다.

마음으로 먼저 나무를 벤다. 그리고 그 자리에 도끼가 박힌다.

언젠가는 마음이 원할 때에 바로 나무를 벨 수 있으리라.

곽여휘는 심검지도의 보다 지고한 경지를 엿보고 있었다.

그 자리에 경추추가 얼굴을 들이밀었다.

그는 한동안 말없이 도끼질하는 곽여휘를 바라보다가 따듯한 웃음을 터뜨렸다.

“끌끌, 나날이 일취월장하시는구려.”

“아, 경 형이로구려.”

곽여휘는 도끼질을 멈추고 경추추를 바라보았다. 경추추는 기묘한 웃음을 지었다.

“아마 세류소선께서 보셨다면 또 가르쳐 달라고 졸랐을 게요.”

예전, 선인은 ‘평범한 장로들은 무공을 연구한다’ 는 말에 희희낙락 토론에 참여했다가 무학의 오묘함을 깨닫고 오히려 무공을 배우게 됐었다.

곽여휘는 그때의 추억을 상기하고는 웃음을 터뜨렸다.

“허허헛… 이제는 제가 배워야지요.”

“끌끌.”

두 노인 사이로 웃음이 떠돌았다.

한동안 웃음 짓던 경추추는 문득 본래의 목적을 떠올리고는 표정을 바꾸었다.

“아, 그러고 보니 목적을 잊고 있었구려. 혹시 당가의 소가주를 보지 못하셨소?”

“이층에 계실 게요. 양 형과 함께 대화를 나누는가 싶던데.”

“허어, 가까이 두고도 물랐구려. 아, 묻는 김에 하나만 더 물읍시다. 선경루의 영업이 언제쯤 끝난다던가요?”

“글쎄… 오늘은 일찍 장사를 접는다고 알고 있소.”

곽여휘는 그렇게 대답하고는 다시 도끼질을 시작했다. 경추추는 미련없이 등을 돌렸다.

이층에 올라가 보니 양태승과 당유성은 그야말로 신이 나 있다.

"그러니 고독은 해소하기가 결코 어렵지 않지. 내공만으로도 태울 수 있는 게 고독일세. 본래 고독이라 함은 기본적으로 기생수. 생명이 있으니 그 생명을 끊기는 어렵지 않은 법이라고 할까."

"하나, 강호에서 고독이 차지하는 위치는 높습니다. 장기에 파고드는 고독도 그러하거니와, 골수에 파고드는 고독은 그야말로 난감할 뿐이지요. 그 고독을 죽이면 만사가 해결된다 하나, 그 길까지 가는 것이 어려우니 어찌하오리까."

"아니, 쉽다니까? 내공만 있으면 다 돼."

"……."

무식하기 짝이 없는 해독법을 설명하는 양태승을 보며 당유성은 질린 표정을 지었다.

이런 사람이 무슨 약선이란 말인가! 스스로를 자랑스레 약선으로 소개했던 양태승을 바라보며 당유성은 고개를 절레절레 저었다.

고개를 젓다 보니 문득 경추추가 보인다.

"아, 노선배."

"여기 계셨구려. 그간 애타게 찾았다오."

"예? 저를요?"

경추추는 조용히 고개를 끄덕였다.

"긴히 나눌 이야기가 있소. 가연 소저께는 미안하나 선경루를 조금 일찍 접었으면 하오만."

"도대체 어떤 이야기시길래……."

"부탁드리오."

차분한 눈으로 자신을 똑똑히 바라보는 노인의 눈에 당유성은 고개를 끄덕였다. 떨떠름한 얼굴이었다.

반 각이 지나자 객잔은 대충 정리가 되었다.

식사를 반도 하지 못했는데 장사를 접는다는 말을 듣게 된 형산파의 도사들이 검을 뽑아 들 뻔한 사고가 있었으나, 당유성이 직접 나와 부탁하자 금세 마음을 풀고 돌아갔다.

찬위을 정리한다, 포방을 정리한다 부산을 떨던 가연과 설수진이 돌아온 것은 반 각이 조금 지나서였다.

마침내 일층이 가득 찼다.

천기신사 경추추, 검귀 곽여휘, 약선독제 양태승, 수현옥녀 설수진.

그리고 당가의 소가주와 그런 소가주와 혼인할 객잔 주인.

마지막으로 한 명의 포로까지 모두 자리에 착석했다.

경추추가 무거운 얼굴로 입을 열었다. 그는 먼저 옆 자리의 기경식을 턱끝으로 가리켰다.

"이 녀석이 마교의 비화대를 관리한다는 것을 알고 계셨을 거요, 소가주."

"…예. 저번에 들었지요."

당유성은 고개를 끄덕였다. 그런 그를 당가로 압송하지 않고 이곳에 내버려 둔 것은 네 노인에 대한 믿음 탓이었다. 네 노인의 정체를 알고 뒤늦게 후회한 적도 있긴 하지만 지금은 아니다.

"그리고 마선에 대한 이야기를 들었을 걸세."

"예."

당유성의 얼굴이 점점 더 무거워졌다. 어떤 이야기를 꺼내려는지는 모르겠으나 예상보다 훨씬 무거운 이야기가 될 조짐을 보이고 있었다. 어쩌면 천하 강호를 뒤흔들 만한 이야기일지도 모르겠다는 느낌이 든다.

"좋네. 나는 천선을 만나고 천선께 작게나마 가르침을 받았다네. 그리고 마침내 마를 버리고 도에 입문하려 하는데, 마선이라 스스로를 칭한 자가 나타났다네. 교주가 알고보니 그의 심복이었더군."

"예."

"하여 나는 백련교의 움직임을 마선의 움직임이라 보고 주시했다네. 이 녀석을 만나지만 않았어도 천선께 맡기고 관여하지 않았을 것이나, 내가 할 수 있는 일을 천선께 미루고 나만 편히 쉰다는 것은 도에 가까운 것 같지 않더구먼. 하여 알아본 정보로는……."

"예."

"백련교는 예전처럼 구파일방의 본산을 찾아다니며 공격하지 않네. 강호세가를 공격하지도 않지. 백련교에서는 정면승부를 원하고 있네. 아마도……."

말을 느릿하게 끌던 경추추가 불길한 어조로 끝을 맺었다.

"보름 안에 대혈전이 시작될 걸세. 바로 이곳, 사천 땅에서."

"……!"

당유성의 눈이 크게 뜨여졌다. 정도인들 중에서 이 회전으로 정사대전이 마무리될 거라고 생각하는 사람은 없었다.

이십오 년 전의 혈사 때에는 교주 및 부교주, 그리고 십이 당의 당주들이 구파일방의 본산을 차례차례 박살 냈었다.

때때로 마교가 패퇴하기도 했으나 마교는 철저한 습격작전으로 한 문파씩, 한 문파씩 처리했던 것이다.

"틀릴 확률은······?"

"마교 내의 정보를 우리보다 잘 알 자가 있겠나? 내가 자네라면 그런 확률은 염두에 두지 않겠네."

"······."

할 말이 없다. 당유성이 더듬거리며 무엇인가 변명을 하려 할 때였다. 경추추가 말을 이어나갔다.

"사실 이 녀석을 데리고 사천에 있는 비화대 애들을 찾아 헤맸다네. 그리고 찾아냈지. 덕택에 날짜를 가늠할 수 있었던 거라네."

"얻으신 정보는 구체적으로 어떤 것입니까?"

"첫째로, 교주가 십여 일 안에 사천에 도착한다네. 둘째로 무림맹주가 십이 일 안에 사천에 도착하지. 셋째로 마교의 십이당의 당주들이 모두 사천에 모여 있고. 넷째로 구파일방의 장문인 중 일곱 명이 사천에 있네."

당유성의 입에서 한숨이 새어 나왔다. 바보가 아닌 이상 저 정보만 보아도 앞뒤 상황을 짐작할 수 있으리라.

"···할 말이 없습니다. 보름도 많군요. 어쩌면 그보다 더 짧아질 수도 있겠습니다."

"백련교의 부교주도 와 있다네. 호교법사만이 자리를 비웠지만 그는 본래 모습을 보이지 않는 인물이니 일단은 제쳐 두세."

"······."

"그리고 그보다 더 중요한 문제가 있지. 마선·· 말일세."

당유성의 얼굴이 딱딱하게 굳어갔다. 일단 사천 대회전이 발발하게 되는 날짜를 추측할 수 있었다는 것은 큰 이득이지만, 사실 그보다 다른 문제가 더 크지 않은가!

"마교, 아니, 백련교를 움직여 무림맹과 건곤일척의 승부를 노리는 것이… 그 모든 것이 마선의 뜻이란 말씀입니까?"

"그래. 그의 뜻대로 이루어진 셈이지. 하나 그보다 중요한 것은 그의 목적이라네. 한 군데에 정.마를 모으다니… 도대체 그가 무슨 짓을 하려는 건지 알 수가 없어."

"혹, 정도 무림의 말살을 원하는 것이 아닐는지요?"

"그럴지도 모르지. 하지만 그는 마교 쪽에도 호의적이지 않았어."

예전 보았던 마선은 마치 세상 전부의 멸망을 원하는 듯 보였다. 명확한 이야기를 듣지 못했으니 자세히 알 수는 없지만 말이다.

"설마, 정도 무림과 마교를 동시에 멸망시키려 하는 것이라는……."

"……."

경추추는 고개를 저었다. 그것은 생각만으로 남겨두자는 뜻이었다. 당유성의 얼굴이 심각해졌다.

"하지만 우리 쪽에는 천선이 있지. 마교의 비화대는 천선이 사천으로 오고 있다는 정보를 특급에 분류하여 관리하고 있더군."

"아……."

당유성의 얼굴이 밝아졌다. 가연의 얼굴도 마찬가지였다.

만약 신선께서 오시면 어떻게든 일이 해결되리라. 아마도 모든 이에게 선한 방법으로 일이 해결되게 될 것이다.

경추추에게서 이미 이야기를 전해 들었던 양태승과 곽여휘는 따듯한 웃음을 지었다. 문득 신선이 떠오른다.

양태승이 클클 웃으며 농담을 꺼내었다.

"어쩌면 맛난 것에 혼이 팔려 늦으실지도 모르지."

"하하핫! 진짜 그럴지도 몰라요, 명이는, 아니, 신선은."

가연이 고개를 끄덕였다. 당유성도 부드러운 미소를 지었다.

객잔에 온기 어린 침묵이 감돌았다. 더러는 신선을 생각하기도 했고, 더러는 신선이 가져다줄 미래를 생각하기도 했다.

"맛있는 것에 혼이 팔려 늦으시든, 길 가다 우연히 만난 나비를 쫓으시다 늦으시든 신선은 반드시 사천으로 오실 걸세."

믿음 어린 목소리로 경추추가 말했다. 그는 그렇게 중얼거리고는 당유성을 똑바로 바라보았다.

"신선을 당가에서 뵐 수 있게 해주겠나?"

"……."

당유성은 부드럽게 웃으며 고개를 끄덕였다.

*   *   *

사천성 관도.

경추추의 정보는 비교적 정확했다. 하지만 완벽하진 않았다.

그의 예상과 달리 마교주는 벌써 사천성에 진입해 있었다.

"…원융사토삼관선불."

마교주, 흑마 서중희는 눈을 지그시 감은 채 진언을 읊조렸다. 그의 머릿속은 전에 없이 복잡했다.

'천하를 경영하는 것은 마선.'

마선은 본래 마교를 등에 업고 있었다. 즉, 천하일패를 손에 쥐었다는 것이나 다름없다.

그리고 마선은 정도 무림맹의 맹주로 얼굴을 바꾸어 앉아 있다. 정도 무림맹과 마교를 합치면 천하 무림의 팔 할을 혼자 경영하고 있는 것이나 마찬가지.

'그가 원하는 것은?'

표면적으로는 마교의 득세다. 백련천하를 열어준다 늘 말하고 다녔지만, 그것이 진심일 것 같지는 않다.

어쩌면 정도 무림맹의 승리와 마교의 패망을 원할 수도 있다.

물론 후자일 확률은 적을 것이다.

어쩌면, 그는 양패구상을 유도하고 있을지도 몰랐다.

'정도 무림맹과 마교를 부딪쳐 양패구상. 이유는?'

그것만큼은 짐작이 가지 않았다.

스스로 자문해 보던 마교주는 번쩍 눈을 떴다. 마지막 질문에 대해서는 답을 찾지 못했지만, 앞으로 어떻게 행동해야 할지는 알 수 있었다.

그는 차가운 미소를 입에 매달았다.

만약 마선의 뜻이 그렇다면 일단은 따라주마. 꼭두각시처럼 마선의 뜻대로 움직여 정사대전을 발발시켰고, 또 그 뜻대로 움직여 사천대회전을 일으켜 주겠다.

'그러나 그 이후로는 마음대로 되지 않을 것이다.'

마선이 알려준 계략을 훌륭했다. 같은 날, 같은 시각에 밀서를 펼쳐 기습의 묘를 살리는 법 말이다. 같은 방법으로 마선의 뒤를 칠 수 있으리라.

'그리고…….'

마교주는 흘끗 마차의 뒤에 놓인 상자를 바라보았다. 상자 속에 무엇이 들어 있는지는 모르지만, 엄중히 관리되는 상자였다.

다른 마차에는 적령시귀들이 타고 있었다. 그들은 오로지 자멸명공

만 익혔으며, 진천벽력뇌탄과 화각련탄을 지니고 있는 생시폭(生屍爆)
이었다.

적령시귀가 가진 폭발력으로 마선을 제거한다.

“…원융사토삼관선불.”

흑마 서중희는 생각을 정리하고는 눈을 떴다.

마차 밖으로 느릿하게 풍경이 지나고 있었다. 그는 무표정한 눈으로
지나가는 풍경을 바라보았다.

‘만약에 실패한다면 남은 건 천선뿐……’

마교주는 다시 눈을 감았다. 그리고 이번엔 천선에 대해 생각했다.
마교에서 보았을 때는 천선은 인간사와 연결되지 않으려 하고 있었다.
하지만 두 번째 음화신녀를 찾으러 갔을 때는 인간에 대한 깨달음을
얻어 신선으로서의 능력을 조금이나마 자각한 상태였다.

‘지금은 어떨까?’

상념에 빠진 마교주를 실은 마차가 빠르게 달려나갔다.

사천의 관도를 지나는 일곱 개의 마차 위로 무심한 바람이 불었다.

*　　　*　　　*

사천성 륭창

륭창에는 무당의 속가제자가 세운 운중무관이 있다. 사천에서 중요
한 위치를 차지하는 무관은 아니지만, 무당파의 속가 중에서도 인의가
뛰어나다던 운자배 무인이 창시한 무관이었다.

호북성을 떠나 사천에 접어든 무당파의 장문인이 묵게 된 곳도 이곳
이었다.

보통의 무관에 무당의 장문인이 묵었다면, 그 무관주는 우선 이곳저곳에 자랑하러 다닐 것이 분명하다. 무당의 장문인이 계신 동안 연회를 열거나, 손님을 초청하여 자신이 이만큼이나 무당 장문인하고 친하다며 과장되이 홍보하려 할 것이다.

그러나 운중무관주는 전혀 그런 기색을 보이지 않았다. 그는 오히려 평소와 다름없이 아이들을 가르쳤으며 그 분위기는 현평 진인의 마음에 흡족하게 들어왔다.

그러나 그렇다고 흡족하기만 한 것은 아니었다.

현평 진인은 무관주가 안내한 별실에 현성 진인, 그리고 운향자 허진무와 함께 자리하고 있었다.

"허어……."

현평 진인은 한숨을 내쉬었다. 그는 눈앞에 놓인 찻잔을 바라보았다. 평소 다도를 즐기는 그였으나 오늘만큼은 차 맛이 썼다.

"천월이 이처럼 흐려진 것은 무당이 시작된 이래로 그다지 많지 않을 겁니다, 장문인."

하늘 같은 장문인 앞이라 그런지 제법 예의를 차리는 허진무였다. 어설프게 예의를 차리는 것이 우스워 현성 진인은 심각한 분위기 속에서도 웃음을 터뜨릴 뻔했다.

"그렇다는 것은?"

"누군가가 천월을 가려두었다는 뜻이겠지요. 천월은 모든 것을 보여주지 않습니다. 천기를 심하게 거스를 정도의 문제라면 천월은 아무것도 보여주지 않습니다. 하니, 원시천존이나 태상노군께서 천월을 막으셨을 것 같지는 않습니다."

“마선이겠군.”

“…제 짐작은 그러합니다.”

현평 진인은 손바닥을 마주하여 합장하듯이 편 다음, 얼굴로 가져가 턱에 기대었다. 그리고 눈을 지그시 감고 상념에 빠져들었다.

잠시 침묵이 흘렀다. 각자가 각자의 상념에 빠져 시간이 흐르는지 몰랐으리라.

마침내 현평 진인이 눈을 떴다. 그는 괴고 있던 손을 내려 탁자 위에 드리웠다. 그리고는 손가락을 움직여 탁자를 두드렸다.

톡, 톡, 톡, 톡…….

“그럼, 마지막으로 보았던 천월은 무엇이었나?”

“마선과 사조님께서 싸우는 광경이었습니다. 주위에 운풍 녀석하고 운혜 녀석이 있었고, 추걸개 막 선배와 운혜의 외할아비 되는 자도 있었습니다.”

“무량수불…….”

“사조님께서 수세에 몰렸다 했지?”

운향자 허진무의 얼굴이 어두워졌다. 그가 마지막으로 본 광경은 이것이었다.

청명 사조님께서 깜짝 놀라 마선을 피해 몸을 날린다. 마선은 공중에서 몸을 틀어 청명 사조님의 앞에 나타난다. 그리고, 마선의 검이 청명 사조님께로 다가온다.

그 뒤로 어떻게 되었을까? 사조님은 마선의 칼에 몸을 상하셨을까? 아니면 피해내고 마선을 물리치셨을까?

“결과는 보지 못하였습니다.”

운향자 허진무가 조용히 머리를 조아렸다. 그 후로 천월을 열어보려 수도 없이 시도해 보았지만, 더 이상은 천월이 보이지 않았다. 아마도 마선이 막아두었으리라.

고뇌하는 듯한 사질을 보며 장문인은 고개를 끄덕여 주었다.

“그래, 수고했느니라, 운향아.”

“…예, 장문 사백.”

운향자 허진무가 머리를 조아렸다. 현평 진인은 마주 고개를 끄덕여 주고는 현성 진인을 바라보았다. 그리고는 씁쓸하게 웃음을 지었다.

“어쩌면 청명 사백께서 다치셨을지도 모를 일일세, 사제.”

“…그럴지도 모르지요. 심하게 다치시지는 않아야 할 터인데.”

현성 사질이 한숨을 내쉬며 수염을 쓰다듬었다. 현평 진인이 입을 열어 사제를 바라보았다.

“그럼 자칫하면 사천에 오시는 것이 늦으실 수도 있겠네, 그려.”

“글쎄요, 그렇지만도 않을 것 같습니다만. 사조님께서는 어검비행이 가능하시지 않습니까.”

“…저, 장문 사백.”

운향자 허진무가 입을 열었다. 그는 지금의 상황을 이해하지 못하고 있었다. 그가 본 청명 사조의 위기는 그냥 웃어넘길 일이 아니었다. 생명이 위급한 지경일지도 모른다. 어쩌면 돌아가셨을지도…….

“어이쿠!”

허진무는 제 생각에 제가 놀라 자리에서 벌떡 일어났다. 그리고는 황급히 머리를 절레절레 저었다.

"쯧쯧… 또 왜 그러느냐, 이 녀석아."

현성 진인이 운향자를 보며 혀를 찼다. 운향자 허진무는 어색한 미소를 지으며 고개를 저었다.

"아무 일도 아닙니다, 사부."

"그보다 나는 왜 부른 겐가?"

현평 진인이 재미있다는 미소를 지으며 허진무를 바라보았다. 허진무의 속을 모두 짐작한 현평 진인이었다.

허진무는 민망한 듯 고개를 숙였다.

"혹여 사조님께서 생명에 지장이……."

"청명 사백은 걱정하지 말게."

무당의 장문인이 확고한 어조로 중얼거렸다. 그는 진정으로 믿음을 가지고 있었다. 사백께서 돌아가실 리 없다는 믿음이었다.

강하기 때문에? 그런 이유에서는 아니었다. 청명 사백께서는 누구보다 강하시지만 순수하시어 강함이 드러나지 않는다.

그럼 도에 닿아 있으니까? 생사의 도도 도다. 즉, 죽음도 도의 한 방편이다. 만약 죽음을 받아들여야 하는 상황이라면 사백께서는 웃으면서 죽음 속으로 걸어 들어가셨으리라.

"허허허……."

인자한 얼굴로 현평 진인이 웃음 지었다. 기이할 정도로 맑은 눈가에서는 한 점의 의혹도 보이지 않았다.

그것이 이해가 되지 않아 운향자 허진무는 멍청히 현평 진인을 살펴보았다. 장문인은 부드럽게 미소를 지어주었다.

"이만 들어가서 쉬게나."

"…예."

조용히 시립한 허진무가 별실을 빠져나갔다.

"…계속 여기 있었던 게야?"

허진무가 밖으로 나오자마자 사조님의 소식에 목을 매고 있는 제자와 사제가 보였다. 차마 장문인의 대화를 훔쳐 들을 수 없어 밖에서 초조하게 기다리기만 해야 했던 제자와 사제였다.

아마 운자배 도사들의 대화였다면 이 녀석들은 어떻게든 엿듣고 말았으리라.

"어떻게 됐습니까, 사부? 장문 사백께서는 어떻게 생각하신대요?"

불안한 시선으로 허진무를 바라보며 황우자가 입을 열었다.

"……."

허진무는 멍하니 황우자를 바라보았다. 사조님을 걱정하는 마음은 갸륵했지만 방금 보았던 장문인의 눈과 너무 비교되었다.

장문 사백은 완전한 믿음을 가지고 계셨다. 그 눈을 보니 마음이 평화로워졌다. 사조님은 신선이시니 쉽게 죽을 리가 없다.

"에라이, 요놈아. 네 태사조도 믿지 못하면 누굴 믿겠느냐? 존장을 믿지 못하다니, 존장에 대한 예의를 차리지 못한 것보다 더욱 죄가 크구나. 기사멸조로 혼나고 싶으냐?"

"…그, 그런 게 아니잖아요, 사부."

황우자가 멋쩍게 시선을 돌렸다.

"아니긴 뭐가 아니야, 이 녀석아!"

"그게, 그러니까……."

사실 사부의 말이 맞다. 자신이 태사조님을 믿지 못하면 누가 믿겠는가! 세상 모두가 믿지 않아도 자신은 믿어야 했다.

"그렇지요. 역시 사조님께서 돌아가실 리가 없지요. 사형 말이 맞습니다. 에이, 이 못난 놈아. 너는 뭘 그리 소심하냐?"

운형자가 재빨리 태도를 바꾸어 황우자를 흘겨보았다. 황우자의 머리에 가볍게 알밤을 먹인 운형자는 혀를 찼다.

"쯔쯔쯔… 너 같은 녀석 때문에 우리 무당이 욕을 먹는 거야."

무당을 욕하는 사람은 아무도 없다. 아니, 그보다 운형 사숙의 태도가 너무나 얄밉다. 방금 전까지만 해도 벌벌 떨며 같이 사조님—혹은 태사조—을 걱정하고 있었는데, 지금은 태도를 반전하여 자신을 꾸중하고 있다.

황우자는 눈을 가늘게 뜨고 운형자를 바라보았다.

"운형 사숙, 정말 하늘에 우러러 한 점 부끄러움이 없습니까?"

"흠, 흠……."

운형자가 고개를 돌려 헛기침을 했다. 분위기를 보니 그냥 이렇게 지나가려나 보다. 황우자는 참 얄미운 것을 보았다는 시선으로 운형자를 노려봐 주었다.

"뭐, 사부님 덕분에 생각지도 못했던 것을 알았으니, 사부님께 감사드립니다."

황우자가 조용히 시립하여 허진무에게 머리를 조아렸다. 장문 사백의 행동을 고스란히 흉내 낸 것에 불과한 허진무는 민망한 얼굴이 되었다.

물론 민망한 것은 잠시 뿐이었다. 황우자와 운형자가 허진무의 소식을 기다렸듯, 황목자 호은과 황검자 호진도 애타게 황우자만을 기다렸던 것이다.

허진무는 멀찍이서 황우자의 하는 양을 보고는 하마터면 대소를 터 뜨릴 뻔했다.

먼저 황검자 호진이 울먹거리며 황우자에게 말했다.

"사형아, 사형아. 그럼 우리 큰 사부 할아버지가 죽는 거야? 응? 그 럼 안 되는데. 나는 우리 큰 사부 할아버지랑 놀아야 되는데."

"…호진아, 말을 삼가거라."

동생이자 사제가 예의를 차리지 못하자 꾸중을 하려던 호은의 목소 리가 어눌하게 줄어들었다. 사실 그 역시 비슷하게 생각하고 있었던 것이다.

그러자 그 앞에 의기양양하게 선 황우자가 자신이 하던 말을 고스란 히 반복했다.

"에라, 이 못난 사제야! 태사조님을 네가 믿지 못하면 강호의 누 가 믿겠느냐! 존장에 대한 예의가 부족한 것은 용서받을 수 있어도 존장을 믿지 못한 것은 용서받지 못하는 법이니, 큰 벌을 받아야겠 구나!"

"우하하핫!"

여기까지 듣고 있자니 더 듣고 있을 수가 없었다. 자신이 했던 말을 고스란히 반복하는 제자 덕분에 근심 가운데서도 웃음을 터뜨릴 수 있 었다.

저 멀찍이서 황우자가 멋쩍은 얼굴로 자신을 바라보는 것이 보였 다.

*　　　*　　　*

무당파는 무사히 사천의 성도에 들어설 수 있었다. 그러나 구파일방의 수좌를 차지하는 무당의 장문인은 당가보에 들기를 거부했다. 무당파는 결국 성도의 구석에 있는 객잔에 묵게 되었다.

객잔의 이름은 선경루였다.

마교주 역시 사천에 진입했다.

그는 곧바로 마교도들의 진영으로 향했으며, 그 뒤로 한동안 모습을 보이지 않았다.

마지막으로 무림맹의 맹주 남궁세옥이 당가보에 들어오면서 사천은 풍운 속으로 빠져들었다.

천하를 도탄에 빠뜨릴 혈란이 바야흐로 시작되려 하고 있었다.

덕택에 성도의 저잣거리는 엉망이 되어 있었다. 예전이었다면 활기차게 굴러갔을 시장은 문 닫은 가게들로 가득한 황량한 곳이 되고 말았다.

사람의 목을 베기를 밥 먹듯 한다는 무림의 무인들이 전쟁을 벌인다는 소문이 흉흉하게 돌았다. 자칫하다 가는 누구의 손에 죽는지도 모르게 죽음을 맞게 된다는 소문도 함께였다.

결국 사천의 양민들은 며칠간이라도 몸을 의탁할 곳을 찾아 떠나갔으며 그나마도 갈 곳이 없는 사람들은 해가 지면 문을 꼭꼭 걸어 잠그고 밖에 나서지 않았다.

한산한 성도의 저잣거리에 한 무리의 여행객이 들어온 것은 한창 소문이 팽배해 있을 때였다.

"그러길래 가마를 사자니까요."

고운 목소리가 들려왔다. 앳된 목소리를 들어보면 소녀일 듯한데,
목소리만으로 보자면 몇 살이나 되었는지 짐작이 되지 않는다.

"하지만 말이야, 본래 가마라는 것이 들고 다니면 오해를 많이 사거
든. 무림인이나, 관부인이 아니면 가마를 타고 다니지는 않잖나."

늙수그레한 목소리가 이어졌다. 목소리에조차 때가 꼬질꼬질하게
낀 느낌이 나는 것이 꼭 거지일 듯한 노인의 목소리였다. 노인은 곧 카
랑카랑한 목소리에 타박을 당했다.

"거짓말하지 말게나. 가마를 들기 싫었던 것뿐이면서."

카랑카랑한 목소리는 늙은 목소리를 타박하고는 곧바로 호의를 가
득 담아 말했다.

"환자를 배려하려면 당연히 가마가 있어야지. 역시 도고의 말을 따
를 것 그랬네, 그려. 허허헛. 얼굴도 아름답고 배려하는 마음도 고우니
선녀가 아닌가 싶네."

"…자네, 너무 심한 것 아닌가?"

늙수그레한 목소리가 섭섭하다는 듯 말했다. 카랑카랑한 목소리는
단번에 반박했다.

"틀린 말은 아니잖나. 우리는 환자를 모시고 있으니."

"그야 그렇지. 하긴, 어쩌면 내 생각이 모자랐던 것일 수도 있겠구
면."

늙수그레한 목소리가 수긍하는 듯 사그라졌다. 사실 늙수그레한 목
소리도 들기 싫다는 이유로 가마를 반대한 것은 아니었다. 그는 그것
이 누군가의 이목을 끌까 두려워 반대했었다.

"이만 들어가시지요."

차가운 목소리가 들려왔다. 무덤덤한 목소리이기도 했다. 그의 말에

카랑카랑한 목소리가 대꾸했다.

"그래. 들어가야지. 천년만년 이러고 있을 수도 없는 노릇 아닌가. 한데, 선경루로 갈 텐가?"

"아닙니다. 그가 알고 있는 곳에는 가지 않을 예정입니다. 그의 시선이 우리에게서 떠났으니 지금이 곧 기회. 지금은 그의 시선을 피하는데 주력해야 합니다."

"혜안을 지니고 있구만. 자네가 가자는 곳으로 가세."

무덤덤한 목소리를 칭찬한 카랑카랑한 목소리가 먼저 걸음을 옮겼다.

저벅, 저벅, 저벅—

한동안 두런거리던 말소리가 사라지고 대신 발걸음 소리가 들려왔다. 몇 걸음 걷는가 싶더니, 무덤덤한 목소리가 뭐라고 입을 열었다.

"불편하지는 않으신지요."

"네, 저는 지금 너무 편해요."

소년의 목소리가 들려왔다. 지나가는 누구라도 한 번쯤은 돌아볼 만한 맑은 목소리였다. 목소리만 들었을 뿐인데 마음이 맑아지는 느낌이 드는 기묘한 목소리였다.

어딘지 모르게 현기 어린 목소리기도 했다.

"혹여 불편하시다면 말씀하십시오. 제가 자세를 고치겠습니다."

"네. 불편해지면 말해줄게요."

"그럼, 다시 출발하겠습니다."

맑은 목소리 뒤로 무덤덤한 목소리가 이어졌다. 그리고 곧 성도의 저잣거리를 잠시나마 채우던 목소리가 사라졌다.

발걸음마저도 사라지자, 저잣거리는 완벽한 침묵 속으로 빠져들었다. 건물들 하나하나가 스산하게 바람에 흔들렸다.

과즙을 섞어 만든 독특한 전병, 선당과를 파는 과하당점에서 시작해 포목점, 정육점을 지난 바람은 더 이상 땅에 볼일이 없는지 하늘 높이 불어 올랐다.

하늘에는 한 마리 고고한 학이 허공을 유영하고 있었다.

『우화등선』 7권에 계속…